ADVENTURES
IN TIBET

BY

S𝚟ᴇɴ Hᴇᴅɪɴ

AUTHOR OF

"Central Asia and Tibet," "Through Asia," etc.

Illustrated with Drawings and Photographs, mostly by the Author

LONDON

HURST AND BLACKETT LIMITED

1904

ADVENTURES
IN TIBET

〔瑞典〕斯文·赫定 ◎著

黄立思◎译

西部探险记

图书在版编目（CIP）数据

西部探险记 /(瑞典)斯文·赫定著； 黄立思译.
-- 昆明：云南人民出版社,2021.1
（行走中国丛书）
ISBN 978-7-222-15914-3

Ⅰ.①西… Ⅱ.①斯… ②黄… Ⅲ.①游记—作品集
—瑞典—现代 Ⅳ.①I532.65

中国版本图书馆CIP数据核字(2020)第060198号

出 品 人：赵石定
责任编辑：郑燕燕
责任校对：周　彦
装帧设计：马　滨　王冰洁
责任印制：李寒东

西部探险记

〔瑞典〕斯文·赫定 著　黄立思 译

出版	云南出版集团　云南人民出版社
发行	云南人民出版社
社址	昆明市环城西路609号
邮编	650034
网址	www.ynpph.com.cn
E-mail	ynrms@sina.com
开本	720mm×1010mm　1/16
印张	19.25
字数	320千
版次	2021年1月第1版第1次印刷
印刷	云南出版印刷集团有限责任公司华印分公司
书号	ISBN 978-7-222-15914-3
定价	48.00元

如需购买图书、反馈意见，请与我社联系
总编室：0871-64109126　发行部：0871-64108507
审校部：0871-64164626　印制部：0871-64191534

云南人民出版社微信公众号

总 序

从黑格尔以来，传统中国长期被欧洲中心主义者视为一个"停滞的帝国"。这一观念出现几十年之后，国人终于认识到，中国正面临着前所未有的深刻变革。清同治十一年（公元 1872 年），李鸿章在《复议制造轮船未可裁撤折》中说："臣窃惟欧洲诸国，百十年来，由印度而南洋，由南洋而中国，闯入边界腹地，凡前史所未载，亘古所未通，无不款关而求互市。我皇上如天之度，概与立约通商，以牢笼之，合地球东西南朔九万里之遥，胥聚于中国，此三千余年一大变局也。"光绪元年（公元 1875 年），李氏又在《因台湾事变筹画海防折》中说："历代备边，多在西北。其强弱之势，主客之形，皆适相埒，且犹有中外界限。今则东南海疆万余里，各国通商传教，来往自如，麇集京师及各省腹地，阳托和好之名，阴怀吞噬之计，一国生事，数国构煽，实为数千年未有之变局。"李鸿章对世界和中国的这种认识还在多个场合说过。当时的中国，一下子从"普天之下，莫非王土；率土之滨，莫非王臣"的天下，迅速跌进五大洋、四大洲之中的世界，甚至只是亚洲东部一个落后的大国。

这数千年未有的大变局，就是以工业革命为主导的近代化及现代化，而中国从传统社会向现代社会转型的这一近代化及现代化过程，至今仍在进行之中。

百年间，一些中外人士行走在中国这片古老而又在变动的土地上。行走者中，既有外国的传教士、外交官、探险家，更有中国的文人、学者、科学家、商人、军人，甚至有家庭妇女。他们的游记、札记、考察报告、探险实录等，见证并记录了其自身行走的经历和中国近代化及现代化的过程。当时写下这些文字的人虽身份各异，目的不同，但每一部作品记录的都是作者个人的观察与体验，也记载了他们的所思所想和个性特征。而不同的作品拼合起来，则在横向空间上似画卷一般展现了中国各地的风土人情和社会面貌，而在纵向的时间上则有如电影一样显示了中国在不同历史时期社会变迁的细节与大势。在他们笔下，中国不再是故纸堆中的陈旧记忆，而是活生生展开的现实景象。

把历史还原到现场和实际生活，这大概是每一个想了解历史的人的最大愿望。我们从这些作者在中国的行走、体验之中看到了一种活态的中国历史，它们明显区别于以往的正史和官方档案之类的文献资料所记录的静态中国历史，而且，人生的丰富性、视角的差异性及社会的多元性，也尽在其中了。

德国学者赫尔德所倡导的"同情之理解"，作为一种历史研究方法，在中国学者中以陈寅恪等用得最深也最好。如今，我们把这些中外作者的各类作品作为历史文本来阅读、感受和研究，通过这些文本去体验他们在这片土地上的行走、见闻与思考，这也是一种"同情之理解"的实践。今天的人们可以从中感受这些作者所体验的中国社会，从而更具体更深刻地观察了解中国近代化及现代化进程的艰辛与经验。

将中国放在整个世界大格局中来看，这一百多年的历史，大致就是摇摇晃晃、步履蹒跚地走向世界和走向现代的过程。鉴往才能识今和知来，但由于过去的观念、方法、习惯和经验等因素，有意无意地遮蔽和塑造了我们对于这段历史的认识与解释，因此，云南人民出版社推出的这套"行走中国"大型丛书，是在回头观看百年中国之动静，是在体会"我看人看我"的经验，其实质则是向前进，走向永恒的未来。

青山遮不住，毕竟东流去。历史的洪流和时代的浪潮虽然可能会被拖延，却不可能永远被遮挡。司马相如曾说："盖世必有非常之人，然后有非常之事；有非常之事，然后有非常之功。非常者，固常人之所异也。"李鸿章有言："处数千年未有之奇局，自应建数千年未有之奇业。"这两句话的时间相差两千年，表达的却是同一种心声，谨抄录于此，作为我们对国家和时代的期许。

是为序。

张昌山

2015 年 5 月

目　录

译者的话

本书原名《西藏探险记》（*Adventures in Tibet*）。作者斯文·赫定（1865—1952），瑞典人，享誉世界的科学探险家，曾多次到中国新疆、西藏等地探险考察。斯文·赫定一生的著作很多，中译本如《我的探险生涯》《横渡戈壁沙漠》《罗布泊探秘》《游移的湖》等等，早已广为人知。

本书叙述的是1899—1902年作者在新疆及西藏的探险活动，故中文版更名作《西部探险记》。1901年3月2日，斯文·赫定在新疆沙漠深处发现一处远古城镇废墟，事后证明这就是著名的楼兰古城。在西藏，旅行队受到藏族群众拦阻，未能前往拉萨，作者对此感到遗憾。但从国人的角度看，此事正好彰显了西藏人民的爱国主义情怀。

黄立思

2016 年 10 月 5 日

前　言

我的书《中亚和西藏》（*Central Asia and Tibet*）得到了读者的热情肯定，这促使我筹划再出一本便宜一些的普及本。普及版虽然以原著《中亚和西藏》为基础，却是从头至尾完全重写的。

长期以来，中国西部的神秘土地像磁石一样吸引着无数探险家，如今，浪漫的光环和未知的魔力都已大部分消散。我是最后一个仅仅依靠个人力量深入雪域的旅行者。将来进入中国西部的旅游者，特别是英国人，都会受到大炮和严厉条约的保护，你将失去一切浪漫的灵感。我承认，对于这个夏天发生在该地区的种种事件，我的同情完全在当地人一边。必须说明，这并非出于任何政治原因，只是因为我爱好自由。在这样说时，我不打算冒犯任何人，因为无论英国还是印度，给予我的友谊和关照都已太多太重，足以使我冷静地审视这一特别事件。但是我必须承认，对我来说，自由高于友谊。如果不公开声明我同情当地人，就是对自己不诚实。

这本书与政治没有任何关系。我只是扼要地叙述了在高原地区的旅行，那里是野牦牛和野驴顶着夏天的雹暴和雨夹雪吃草的地方。也许这书对人们的启示不大，但起码可以提醒读者，在大自然威力之下的动荡生活，和在大城市中坐着不动的固定生活是很不同的。

斯文·赫定

于斯德哥尔摩

1904 年 9 月 20 日

第一章

一路东行

在遥远的东方有一片净土，时至今日，到过那里的旅行者仍然屈指可数。它隐藏在地球上最大一洲的腹地，为高山峻岭和茫茫大漠所阻隔。在那里，令人迷惑不解的问题比地球上任何地方都要多。四十年前，要想获取亚洲中心地带的信息，只能求助于威尼斯商人马可·波罗 (Marco Polo)。他在 600 年前穿越大陆，写下一本游记，尽管粗陋，却为人类的冒险精神立下一座永久的丰碑。70 年代[①]末期，迎来了地理发现的新时代，亚洲中心地区再也逃不过欧洲人关注的目光。一块无形的面纱，遮住了沙漠另一侧那块蕴藏着无数神秘故事的土地。在现代，俄罗斯的伟大旅行家普尔热瓦尔斯基 (Przhevalsky)[②]是试图严肃地揭开这块面纱的第一人。

还在学生时代，我就先后沉迷于阿道夫·诺登舍尔德 (Adolf Nordenskiöld)[③]和普尔热瓦尔斯基的旅行故事，梦想着有一天自己也能追随他们以及马可·波罗的脚步，游遍海角天涯。自从我第一次踏上波斯的领土，在巴士拉 (Basra) 和巴格达 (Bagdad) 的枣椰树下躺着休息时起，至今已过去将近二十年。从那时起，我在亚洲的土地上度过了九个冬天。与此同时，也失去了一生中九个本该在家乡度过的、我最喜欢的灿烂的夏日。

　　亚洲的地理特点是广袤无垠，这点早已为人所知。至于细节，还有待大量的浩繁工作才能揭晓。那块大陆上无比高大的山系和无边无际的荒野，永远对我有无限的吸引力。设想一下，当地理上的一项新发现使得人类知识宝库更加充实时，你会有多么快乐。再想象一下浩瀚无边的沙漠的威力，巨大的沙浪甚至会把旅游者吞没！西藏高耸入云的庞大山脉和积雪永不消融的旷野，自古以来只有灿烂的阳光和柔和的星月之光照射着，人类的目光从未投向此处。而我是远离人间一切烦扰，站在这座海拔 16000—17000 英尺的高山上观察这一派原始风光的第一人。每当想到这点，一种奇特的欣慰与自豪感就油然而生。回到文明社会，身处房子和街道、汽船和火车、报纸和电话的包围中，你会想起马鞍上和帐篷中那种无拘无束的自由生活，想起那庄严的骆驼队，那单调的驼铃声难以打破的极端寂静。往日的无数场景像做梦一样，在你眼前飞过。你仿佛沉迷于库珀 (Cooper)④ 的冒险故事，沉迷于《鲁滨孙漂流记》或朱尔斯·凡尔纳 (Jules Verne)⑤ 的科幻小说之中，你渴望摆脱平凡的欧洲生活，回到充满诗意和魅力的亚洲去。你渴望回到沙漠的无比寂静与孤独之中，因为在那里你可以深入地思考人生的机遇与变迁。不过探险者并非总能第一个到达每处地方。如果探险者的运气好（本书所述游历的探险者的运气就很好），他会偶然发现1000 多年前，甚至更早的人类文化遗迹，或者偶尔挖掘到无人知晓的部族的遗物，除非它们像雾霾的尘埃一样被吹离沙漠表面而飞离地球。再者，旅行家的成功绝不是轻松的，不会像你在夏天，在铺满玫瑰花瓣的土地上跳舞那么惬意。不是的，在到达预想目的地之前，旅行家要走完无数危险而艰苦的旅程，每天都要经历许多倒霉的、劳累的时刻，才能到达终点，才能坐在冒烟的帐篷里休息。

　　在一个晴朗而美丽的仲夏之日，我告别家人，启程前往芬兰和圣彼得堡。凡是离家时明知长期不能和亲友见面或联系（不，确切地说，是不知道能否再相见）的人，都会理解我和他们逐一长时间握手作别时的感情。从那以后，斯德哥尔摩的最后一瞥，以及亲人们在码头上送别的情景，就不断在我眼前重现。他们最后向我挥手告别时，心中一定也充满了生离死别之感。

　　火车呼啸着，以令人眩晕的速度跨越神圣的俄罗斯，莫斯科过去了，庄严

的顿河 (Don，其浊流注入黑海) 过去了，一个又一个城镇像流星一样消失在后面。地平线上露出了一些教堂的洋葱形屋顶，越来越大，又消失了。机车的曲柄在闪亮的铁轨上无休止地砰砰作响。弗拉基卡夫卡兹 (Vladikavkaz) 飞驰过去了。1885 年，当我还是个刚刚羽翼丰满的学生时，曾在这个小镇上闲逛，其街道不断上下坡，尘土飞扬。在一个漆黑温暖的夜晚，我们向地球上最大的内陆湖泊——里海 (Caspian Sea) 飞速下降。只有蒸汽机的轰鸣声打破草原上的寂静，偶尔可听见蟋蟀尖细的唧唧声。此时此刻，高加索众山之巅闪电不断，仿佛火山之神正隐藏在群山之中，两侧的大海还来不及将它扑灭。

在彼得罗夫斯克 (Petrovsk)，我们踏上了停在两个凸式码头之间的一艘漂亮的小明轮船，这两个码头像大人国螃蟹的两只大钳，环抱着海湾。我们驶过闪烁的海面，没多久便到达克拉斯诺沃茨克 (Krasnovodsk，意为红色之水) 通往里海的铁路的终点站。不过，蓝绿色的里海是难以捉摸的。即使在天朗气清的日子里，从亚洲沙漠横扫过来，或是从高加索山巅猛扑下来的风暴，都会无比狂暴地把海水搅得恶浪滔天。不久前，一艘轮船从岸边开出，却永远没有在对岸出现。关于它的命运没有确切的消息，它消失了，没留下一点痕迹。

可别以为经过波涛翻滚的跨海旅程后，踏上克拉斯诺沃茨克的土地会感到快乐。完全不是！克拉斯诺沃茨克是人间乐园的反衬。这是一个肮脏狭小的地方，只有一些白色的平顶单层房屋，还有两座不起眼的教堂，周围是光秃秃的山头和黄色的沙丘，没有一棵树，不长一根草，甚至没有一滴水！饮用水全靠嘎吱作响的马车用巨大水桶运来。住在这样破败的地方，让酷热的阳光烘烤着，简直就是流放服刑。

国防部长库罗帕特金 (Kuropatkin) 将军（此时正在远东打仗，白种人和黄种人的眼睛都紧盯着他）友好地发来电报，命令克拉斯诺沃茨克的铁路当局为我安排一节专用车厢，全程使用，直到终点站安集延 (Andijan)。这次旅行非常舒适。列车员为我送来供盥洗用的冷水，凉爽极了，要知道，当天气温即使在背阴处也达到了华氏 106.5 度。我的"沙龙"装备有长沙发、椅子和书桌，是最后一节车厢，若想中途停留，可以轻易地将它和火车摘离。我喜欢坐在有顶棚的后平台上观景，看着两根铁轨在远方汇集成针尖大的一个小点儿。

　　火车飞速向东驶去。灼热的气浪在滚烫的沙丘顶上闪烁着，当我把头伸出车外时，就像伸进了烤炉一样。看不见绿洲的踪影，闻不到一丁点儿花香，听不到清脆的溪水流淌声。只有在各个站点上，才能看见有生命的植物，也让太阳晒蔫了。

　　随着一阵沉闷的轰隆声，火车放慢速度，驶过了阿姆河 (Amu-daria) 上由一系列桥墩架起的长桥，只是原来的木桥已被铁桥所取代。我多么想跳进大河那清凉（虽然浑浊）的河水中去！大河的源头位于高处，滔滔河水来自"世界屋脊"上的蓝色冰川，给令人窒息的沙漠带来了一丝凉意。

　　我十分渴望见到夕阳西沉，但愿那最后一缕金光加速离去，别赖在沙丘顶上折磨人，使我能松一口气。沙漠地区的黄昏很短暂，夜色快速笼罩大地，四周一片漆黑。不过，尽管气温只降了几度，却明显凉爽了许多。我仿佛从昏厥中苏醒过来，起身打开车厢门，走向火车另一端的餐厅，去吃已经晚了的晚餐。回到"沙龙"后，我脱光衣服，躺在长沙发上读《三个火枪手》，不是因为我想当强盗，而是恰巧手边有这本书。

　　终于到达世界历史上著名的征战之地撒马尔罕 (Samarcand)。有好几分钟，大家都贪婪地注视着帖木儿时代宏伟的清真寺。14 年前，我手持速记本，在此游览了两三周。我想简单地回顾一下撒马尔罕被誉作"中亚城市王后"的因由。根据当地传说，这座城市是由英雄阿夫拉斯阿卜 (Afrasiab) 创造的，它首见于史书的名称是马拉坎达 (Maracanda)。在亚历山大大帝征服粟特 (Sogdiana) 时，其首府即称马拉坎达。当年亚历山大大帝远征，把一部分军队留在大夏 (Bactria)，以制服该国。之后挥师越过奥克苏斯河 (Oxus)，入侵粟特。接着，他兵分五路，自己率领第五路军，踩踏着粟特国土，向马拉坎达进军。亚历山大的威名在中亚历史传统中流传至今，不可磨灭。阿姆河两岸的许多部族首领都乐于把自己的身世追溯到踏在他们王座上的这个或那个勇士。撒马尔罕附近有一个小湖，2200 年以来一直被称作伊斯坎德尔湖（Iskander-kul），就与他的名字有关。一个年纪轻轻就已死去的人，历经各个年代，还在人们的思想观念中留下了如此强有力的印象，真是不可思议。在名望上能与亚历山大匹敌的伟大人物唯有诸位宗教大师，他们都来自亚洲。

◇　伊斯兰姆·巴伊

　　公元 711 年，撒马尔罕为阿拉伯人所征服，1219 年又被蒙古统治者成吉思汗 (Jenghiz Khan) 侵占。以后在帖木儿 (Tamerlane)（绰号"跛足帖木儿"）治理下，这座城市开始了一个伟大的新时代。帖木儿有一句名言："得胜的君王有责任征服另一个人民受压迫的国度，为此我解放了呼罗珊（Khorasan）⑥，踏平了法尔斯 (Fars)⑦、伊拉克和邵姆 (Shaum) 等王国。"据说这位尚武者在粉碎了塞尔柱人 (Seljuk) 巴耶塞特 (Bayazid) 一世的军队后，把这位土耳其人苏丹像野兽一样关在铁笼子⑧里，一路走一路示众。帖木儿于 1405 年 2 月 17 日在向中国进军的途中死亡，时年 69 岁。此时他已建立起一个幅员广阔的帝国，声名显赫。人们在这位世界征服者的遗体上涂满麝香和玫瑰香料，用细亚麻布将它缠裹好后，放入一副黑檀木棺木，埋葬在一块软玉独石墓碑之下，正对着他自己修建的像清真寺一样的陵墓的圆形穹顶。这宏伟的绿色圆顶在火车站就可以看到。在雪花石膏板上雕刻的文字中，和神圣的《可兰经》并列的，是他的许多高贵称号和赫赫战功，还有这样一句话："只要我还活着，人们就会颤抖。"

经过酷热的沙漠的烘烤后，撒马尔罕四周清新而茂盛的绿色植被真是让人赏心悦目。700 年前，爱花的设拉子⑨诗人萨阿迪 (Sadi) 在写给心上人的信中说："如果一位设拉子姑娘把我的心捧在手里，我会把撒马尔罕和设拉子送给她，以换取她面颊上的黑痣。"意思是这两个城市是一个男人能送给情人的最宝贵财富。

但是车站的铃声响了！再见了，梦想！该回到色彩暗淡的现实中来了。撒马尔罕留在了我们身后，留在了西边，它四周繁茂的果园生机勃勃、翠绿清新，与镶嵌着名字的教堂圆顶交相辉映。留在我们身后的还有那令人骄傲的历史回忆。

最后我们到达铁路终点安集延，这是火车能运送我们的最远点。我忠实的老仆人伊斯兰姆·巴伊 (Islam Bai) 在站台上迎候我。他个子高高的，自信而沉着，穿着一件蓝色的土耳其长袍，胸前别着一枚奥斯卡 (Oscar) 国王奖章。再见面使双方都很愉快，我们热烈地握手，立即交谈起来。我的土耳其语本已生锈两年，很快又变得一如既往地流畅。可怜的伊斯兰姆·巴伊！在这快乐的时刻，我一点都没有预见到将会降临到他身上的厄运，不知道我们将会永别。

注释：

① 70 年代（The '70's），指 19 世纪 70 年代。——译者注

② 普尔热瓦尔斯基 (1839—1888)，俄国旅行家，曾到中国新疆、西藏等地游历。——译者注

③ 阿道夫·诺登舍尔德 (1832—1901)，瑞典地质学家、探险家、考古学家。——译者注

④ 库珀 (1789—1851)，美国作家，其作品大量描写边疆开拓者的生活。——译者注
⑤ 朱尔斯·凡尔纳 (1828—1905)，法国作家，现代科幻小说的重要奠基人。——译者注
⑥ 呼罗珊，历史地区。包括现今伊朗东北部、土库曼斯坦南部和阿富汗北部。——译者注
⑦ 法尔斯，伊朗中南部地理区域。——译者注
⑧ 铁笼子，实际上是一种囚禁君主并将其带着随军而行的轿子。
⑨ 设拉子，伊朗城市。——译者注

第二章

从喀什到叶尔羌河

▼

　　奥什 (Osh)［费尔干纳 (Fergana) 盆地最东端的城镇］距离喀什 (Kashgar)（中国最西端的城市）共 270 英里。一条平坦的、风景如画的大路越过通布仑（Tong-burun）的阿赖山口 (Alai Pass)，将两地连接起来，骑马用两周时间即可轻松完成旅程。受够了沙漠的酷热之后，山间的凉爽空气倍受欢迎。我带着 7 个人和 26 匹马。伊斯兰姆·巴伊是旅行队首领。我还从奥什买了两只活泼的小狗：一只名叫多夫列特，意为快乐；另一只具有亚洲野生动物血统，取名约尔达什，意为旅行伴侣。它们在我的帐篷里吃住，成为人所共知的我的最爱。当我失去它们时，就像失去人类同伴一样想念它们。约尔达什活了两年半，是我们旅行队最重要的成员之一。

　　我们从小小的伊尔克什塔姆 (Irkeshtam) 堡垒越过中俄边界，骑马下降到美丽的纳嘎拉－卓尔迪 (Nagara-chaldi) 峡谷，树林里长满了白杨、杨柳和小灌木丛。我们在这优美的林地中休息了一天多，淙淙流水声在笔直的峭壁间回响，听着就觉得凉爽。白天待在树林里十分惬意，夜晚则显得深沉而肃穆，特别是从喀什运送羊毛的大骆驼队默默地走过时。我总爱躺着聆听从远处传来的、领头驼铃瓮闷的叮当声，这会让我感到一种难以名状的愉快。铃声越来越清楚，庄严的回声与骆驼淡定威严的大步幅同步。我向帐篷外窥视，只见巨大的黑色轮廓像幽灵一般掠过，骆驼柔软的肉掌使脚步悄无声息，可是岩石峭壁却把驼铃声一次次地反射回来，有点刺耳。我悄悄地回到床上，听着这声音慢慢地消失在群山之中。简单的铃声会对神经产生催眠作用，记忆中的事物会催生阳光的、快乐的联想，这也许显得很奇怪。但是，从我第一次听到铃声到如今，已过去二十年，从此以后，它就一直在耳边回响，成为衬托我一生生活的底色。我伴着这铃声，骑马离开巴格达，走进库尔德斯坦（Kurdistan）①的群山。阿拉伯人的队伍走得太慢，无法忍受，我便独自前行。却意外地受到阿迦・穆罕

◇　纳嘎拉–卓尔迪峡谷

◇ 骆驼队涉水渡过克孜勒苏河湾

默德·哈桑（Aga Muhamed Hassan）^②的热情款待，由于我是查理十二世（Charles XⅡ）^③的国民而受到无限信任。当我穿越呼罗珊和土耳其斯坦（Turkestan）^④时，铃声一直在我耳边回荡。当我闯过塔克拉玛干大沙漠时，铃声再次陪伴着我，不过，那后一次回响有如丧钟，因为整个旅行队除了我和两个人外，都死于干渴。我也曾在蒙古和华北旅行过，驼铃的叮当声还是萦绕耳际。在长途旅行中，悲喜交替难以避免，对我来说，这种交替则始终由那穿透人心的音乐陪伴着。不言而喻，沙漠的驼铃声对我有如此魅力，是因为它与我的命运息息相关。

我们终于到达克孜勒苏河 (Kizil-Su)（意为红色的水）岸边，巨量红色而稠浊的河水像西红柿汤一样顺着河床倾泻。好几个人出去寻找渡河地点都无功而返，该轮到卡迪尔 (Kader) 出去碰碰运气了。只见他将马刺朝那毛茸茸的吉尔吉斯 (Kirghiz) 小马腰部猛一夹，径直骑入浑浊的河水中去了。小马不断下沉，水已淹没马鞍的鞍头，不一会儿，人和马都已没入水中，只露出头部。卡迪尔用胳膊紧抱住马脖子，一起打着转向下游漂流，在第二个河湾处像软木塞子一样消失了。但是卡迪尔不知用什么办法摆脱了困境，过了一段时间，他出现了，湿漉漉的像落汤鸡一样滴着水，手拉笼头牵着马。说来奇怪，他居然找到了一处水浅的地方，我们涉水渡河并不太费劲，连鞋也没湿。

　　1899年9月5日，我带着旅行队离开喀什，旅行队共有15头健壮的骆驼、12匹马和一整队队员。旅行结束时，存活下来的骆驼只有两头，马则一匹也没有。我有必要说一下两名穆斯林队员图尔杜·巴伊 (Turdu Bai) 和费素拉 (Faisullah)，两位来自俄罗斯土耳其斯坦⑤的白发老人，在整个旅行期间，他们以绝对的忠诚一路照顾着我。相反，尼亚斯·哈吉 (Nias Hadji) 尽管去过穆罕默德墓朝圣，却是一个十足的坏蛋。

　　我想介绍一下，两位西伯利亚哥萨克人——锡尔金 (Sirkin) 和切尔诺夫 (Chernoff)，是怎样参加这次旅行的。1899年4月，在谒见沙皇尼古拉二世时，沙皇要给我派一队哥萨克卫队，使我"能得到人类权力所能给予的最大保护和安全"。当时我大胆表示犹豫，理由是我从来没有雇佣过哥萨克人。同时指出，我的队伍中如果有哥萨克人，在接近印度边界时可能引起麻烦。沙皇大笑说，我如接受他的建议，一辈子都不会后悔的，并进一步说："因为我在印度、日本和西伯利亚旅行时，就是由哥萨克护卫的，根据经验，我了解他们是多么有用的家伙。"我对沙皇的特殊恩宠表示谢意。同一天大约两点钟，帝国骑兵护卫队正在举行活动，纪念他们的守护神，沙皇及所有大公都出席。一小时后，我接到库罗帕特金将军的信，叫我有可能的话，立刻去找他。在宴会上，沙皇

◇　涉水渡过克孜勒苏河

◇　两名哥萨克士兵——锡尔金和切尔诺夫

命令这位将军为我的哥萨克护卫做出安排。沙皇建议派十个哥萨克，但我想两个就够了，便请求库罗帕特金将军安排他们 12 月 1 日（西洋旧历）在罗布泊（Lop-nor）附近和我见面。这两个士兵要在外贝加尔地区的军队中征用。根据沙皇的特别命令，他们必须是布利亚特人 (Buriat)，信仰喇嘛教，"因为在西藏时他们会对你有用"。我从喀什启程时，打算过几天与旅行队分手，走另一条不寻常的路线去罗布泊，这时才想到如果有那两个哥萨克人做旅行队的护卫该多么有利。要知道，我的大部分行李，包括六七百英磅重的中国银币，都在旅行队队伍中。最后决定，在布利亚特哥萨克们到来之前，从领事馆的卫队中抽调两名哥萨克士兵归我支配。

　　我能拥有这样的护卫真是一种难得的福气。在受雇佣期间，他们的服务是这样忠诚而处处服从，这是我极少或者说根本没有遇到过的。和后来加入我们队伍的布利亚特同行一样，这两位俄罗斯东正教徒具有出色的军纪素养，他们的勇气和能力甚至超出了我的最高期望。几次旅行都能获得成功，首先要感谢从不抛弃我的神圣的上帝，第二就要归功于这些哥萨克护卫了。在危险关头，一想到有他们在我身后，就感到自信和安全。而且他们不花我一分钱，这是他

◇ 　从喀什出发。前排自左至右：两名哥萨克士兵、卡迪尔、作者、伊斯兰姆·巴伊

们最高统帅的命令。他们回去以后再领工资，每人都带着自己的马匹和装备，带着俄罗斯军队的新式步枪，还有充足的弹药供应。

　　我们出发那天天气闷热，长长的旅行队伍排成纵队通过喀什城墙的"沙之门"出城。大堆大堆的黑云像下垂的帘幕一样，从群山那边向我们围拢过来。刮起了一阵猛烈的暴风，接着是第二阵，尘土被刮得像一条长云在路上滚动。暴风雨无比疯狂地向我们袭来。在墨黑色的天空中，蓝白色的"之"字形闪电像火花一样闪烁着，雷声滚滚，震耳欲聋，暴雨像密集的箭一样斜射下来，顷刻之间道路及四周就变成了泥汤四溅的大水坑。马匹和骑马人，骆驼和驮子全部湿透，大暴雨像急流般倾倒在我们身上，每一点突起之处都在滴水。每走一步靴子都咕叽、咕叽作响，胳膊每弯一次，都像拧刷碗布一样挤出水来。道路湿滑难测，骆驼扁平柔软的肉掌使它们滑得东倒西歪。这些庞然大物一头接一头失足，四条腿都滑向旁边，可怜的牲口连同沉重的驮子，重重地摔倒在斜坡上，泥汤溅起好几码远。这引起了巨大的骚乱，人们奔走着、喊叫着，设法帮助骆驼重新站起来。

◇　赖里克村附近的沙漠

　　当牲口终于四条腿站住后，一边身子却糊上了一层厚厚的黄泥，还没等雨水将泥巴冲洗掉，骆驼又再次倒了下去。幸亏我的照相器材都被安全地装进了铁箱子严密地封好，我的所有仪器都包装得很好。至于其他行李，意义没它们那么重大。

　　这么多行李都已被雨水湿透，毫无秩序地散落在泥水中。行李包括：我足足积累了三年的各种速写本和素描材料，衣服和毛毯，一张床，一条帆布小艇，各种罐头食品，各种炊具和日常用具，足够供应整个旅行队的生活物资（有面粉、蔬菜、面包、大米等），相当数量的礼服、棉织品、帽子和准备作为礼物送给当地人的各种小物件。仅我的照相器材就装满骆驼一个驼峰上的沉重的驮子。我有足够维持整个旅程的烟草，不仅是我自己的，还有哥萨克们的。但是，即使你找遍整个旅行队，从这一头找到另一头，都找不到一滴酒或酒精。酒精依赖不管在什么情况下都是严重的错误，而出行在外，环境严酷，这更是绝对不能原谅的。能够戒酒的人，不论在文明国家还是不文明国家，都是好样的；

反之，沦为酒精奴隶者，不论是精神上还是肉体上都是可怜虫。在我的旅行队中，没有人留恋这些东西，我从未发现哥萨克们这方面有什么蛛丝马迹。我可以高兴地说，他们自觉性强，特别守纪律。如果想把事业做出成绩，这是绝对必要的。

由于在相当长时间内会与外界隔绝，一切都要自力更生，我们自然需要带上各种各样的东西。我无法一一列举，但诸如绳子、水桶、铁锹、斧子、长杆等等，以及为修理损坏的东西所需要的各种工具和器械都是不可或缺的。帐篷、睡觉的毯子、猎枪和所需弹药，所有这些加在一起，重量就相当可观。我还必须带上药箱。我自己并不需要，但是穆斯林们总是相信药物。如果旅行队里有人死了，其余的人完全相信，未曾用过的药也许可以救活他。

我带的书籍并不多，因为极少有时间阅读。除了几本关于自然地理的科学著作和一些佛教书籍外，只有几本小说，两三本瑞典伟大诗人的诗集，一本瑞典历史，还有在历次旅行中都与我相伴的《圣经》和《诗篇》，现在都已经破旧了。

当我们踏着沉重的脚步，沿着湿滑的道路绕到英吉沙 (Yanghi-shahr, 意为喀什新城) 城墙北部时，市场上已亮起了中国式的纸灯笼。不久，我们便在路边的商队旅馆住下。

跨越拦阻在喀什和叶尔羌河之间的沙漠，只须用几天时间。我们在河左岸离小村子赖里克 (Lailik) 不远处宿营。

注释：

① 库尔德斯坦，指库尔德人居住的传统地区。包括今土耳其东部、伊拉克北部与伊朗西北部的大部分地区。——译者注

② 阿迦·穆罕默德·哈桑，指哈桑一世 (Hassan Ⅰ,1857—1894)，摩洛哥苏丹。——译者注

③ 查理十二世，瑞典国王 (1682—1718)。——译者注

④ 土耳其斯坦，某些外国人沿用的对里海以东广大中亚地区的称呼。——译者注

⑤ 俄罗斯土耳其斯坦，指帝俄的亚洲中部地区，包括当今的哈萨克斯坦、乌兹别克斯坦、土库曼斯坦、塔吉克斯坦、吉尔吉斯斯坦等国家的领土。——译者注

第三章

造 船

西藏西部与帕米尔东部的高原上，有众多的冰川和积雪，冰雪融水以及泉水、雨水等，辗转汇合到一个横贯沙漠的大河谷，形成一条伟大的河流。它的上游是叶尔羌河，又称泽拉尚夫河 (Zerafshan) 或拉斯坎河 (Raskan-daria)。这条大河接纳了几条支流后，水量丰沛，有足够的力量冲过 900 英里宽的新疆沙漠，最后流入喀拉 – 库顺湖 (Kara-koshun)。

现在说说我的旅行计划。我为什么一定要走已经很熟悉的、穿越沙漠或顺着沙漠边沿的道路呢？千万年来这条大河毫无目的地耗尽了自己的能量，我为什么不选择这条河流（尽管晚了），迫使它为我服务呢？它那浑浊的河水径直东流，而我正好要去同一个方向，为什么不让它搭载着我呢？我并不喜欢过分谨慎，但也许是谨慎在提醒我前方有危险，也许是谨慎在对我耳语："你难道不知道激流会掀翻你的木筏，沙洲会一次又一次使木筏搁浅？你难道不知道，不管什么原因使你滞留不前，你都会被丢弃在一个陌生的地方，一个没有居民、没有马匹的地方？"对此我回答道："你说的都对，这一切都很有可能发生，但我常常发现，带有一点冒险与危险的生活，是最好的生活。因此，'谨慎先生'，尽管你的建议很好，我还是打算沿着大河漂流 1200 英里，直到它与沙漠做绝望斗争后最终屈服之处。"

一个大旅行队在大河的左岸宿营，这是赖里克村从未见过的热闹景象。附近的所有居民都来看看这些奇怪的陌生人究竟在做什么，但对我们的活动的真正性质，他们只有一些模糊的概念。在到达村子的第二天清早，我便要求当地头人们为我提供一条大渡船，就是在叶尔羌市郊运送旅行队和货物的那种摆渡船，并且要快，如果他们不想让喀什道台来找麻烦的话，他可是我的朋友。

与此同时，我带上锡尔金，进行小帆船试航。它顺水漂流，像羽毛一样轻，像蒲公英绒毛一样安静，使人产生一种非常奇异的感觉。如果与那灰色的、泥汤一般的河水相对比，小船似乎是静止不动的，但再看岸上的芦苇，却是令人眼花缭乱地、飞也似的后退。寂静，周围像坟墓一般死寂！我们以可观的速度前进，这是今后旅程的令人鼓舞的预测。后来，我感到我们试航已经太远了，要想办法回到营地去。我们划到岸边，锡尔金快速走进树林，不久便牵着一匹马回来。他把马和小船套在一起，便跳上马鞍，引领马匹沿着河边走，打算把我拉回营地去。但是河水逐渐变深，很快就没过他的腰部。忽然间马失前蹄，沉了下去，被急流冲走了。锡尔金猛地扑进水中，试图游向小船，但扑打了几下便消失了。我脸色都变了，背上仿佛被浇了一盆冰水，直发抖。"就在一切都很有希望时，难道他真要被淹死吗？旅程还没有真正开始，难道我就要失去一位优秀的哥萨克吗？上帝呀，不！"几秒钟后锡尔金浮出水面，挣扎着向小船游过来。我把一支桨伸向他，他抓住了，他得救了。

我们终于回到营地，看到了一幅极为生动的忙乱景象。一条渡船已经来了，被撑到河的右岸，我们打算在那里打造一个临时造船场。如何把这个沉重的庞然大物拉上陡峭的河岸，真是说来容易做来难。但是大家设法做到了，铺上一些木轨，用大约 100 人协力把它拉了上来。人们一面唱歌一面拉纤，与此同时，哈金·伯克 (Hakim Bek) 站定在渡船正中央，他并不能减轻船的重量，但是他的高调出场能使事情顺利一些，还能维持秩序。他像杂技场的总指挥一样，极为沉着，手执长杆，竭尽全力地挥舞着、吼叫着。

人们很快就聚集在船的周围，没浪费一点时间。大家按照我的指示努力工作，有的人改造船的外形，有的人重新安装设施。船就是我的住所，我希望它

◇　造船场地与营地之间的交通

◇　搭建暗室

既舒适又实用。木匠们整天捶打着，一面愉快地歌唱，一面在厚木板上又锉又锯。我们在灌木丛中安置了一个临时的锻铁炉，当人们锻造用以夹紧木板的夹钳时，火花四溅。不断有小股的骆驼队到来，带来厚木板、木梁和其他我们需要的木材。同时，参观者整天络绎不绝，他们通常都带来礼物，如水果、面包、大米、鸡蛋、羊只等，我们都付了钱。但最后他们的慷慨变得太昂贵了。这些储备比我们相当长时间的需要还多，我不得不出面正式宣告，虽然我们非常感谢他们的好意，但是我们不能再接受更多礼品了。

渡船按时完成并布置好后，是这个样子的：船头放一张书桌，有帐篷遮盖。船的中部用薄板隔出一个四方船舱，盖上两层黑色毛毡。后甲板是堆放大部分生活物资之处，同时也是来自当地的船工们的舱位。在顺河漂流的漫长日子里，暂时不撑船的人就围着一个砖砌的小火炉坐着，在那里做早餐；深秋和冬天开始上冻时，就生一个大火，保持火苗一直旺盛。

黑色船舱用作我的暗室，我在那里处理胶片。靠墙放着一些桌子和架子，上面摆满了瓶瓶罐罐、盒子和各种杂物。地板上摆着几个装着水的木制托盘，船舱顶上有一个大桶，水通过橡皮管流进一个茶炊，即水壶，我在壶嘴下方冲洗胶片。我船舱的墙上安装了三个玻璃窗，这样秋天天气寒冷时我就可以进屋了。

在帐篷前部，我把两个箱子摞起来当作书桌，照相器材箱子则权当凳子。在漫长的旅途中，我一直坐在这个凳子上，画出大河的地图，包括它的全部河岸和岛屿、树林，还有沿岸的流动沙丘。地板上，即支撑帐篷的甲板上铺着华丽的和田地毯。其余的家具是我的一张有帷帐的舒适的床，还有两三个装着贵重仪器的箱子。

我们在赖里克村还打造了一条小一些的木船，以运载较重的行李，主要是生活物资，如面粉和面包、蔬菜和水果、羊只和家禽等。在沿着塔里木河（Tarim）向下漂流时，小船简直是举世无双的田园诗般的农场。母鸡为我提供早餐的鸡蛋，公鸡每天早晨说"工作啦！工作啦！"把我叫醒，它打鸣的态度坚定不移，仿佛它就是整个船队的总司令大人。

在离开赖里克村之前，我盛宴招待附近各村的显要人物以及所有工匠们，宴会上有羊肉、蒸米糕和冒着热汽的茶，我一一递给众人，绝不吝啬。薄暮时分，各帐篷之间悬挂起中国式的纸灯笼，由鼓和弦乐器组成的乐队，在安静而清朗的暮色中奏起了单调而忧伤的音乐。我感到他们的乐曲充满了同情与友好，但却勾起了我伤心的回忆。四年前，同他们一样的人们参加了类似的送别仪式后，跟我一起走上跨越沙漠的可怕旅程，他们拼命挣扎到最后，终于和山羊皮袍一起砰然倒下。如今我们的旅行条件与当时是多么不同！这一次我们肯定不会死于干渴，潺潺流水声将会日夜不绝于耳。肺部也不会被流沙与干燥的粉尘堵塞，我们将会呼吸到纯净的空气，因为塔里木河两岸的茂密树林将它过滤了。

接下来，可爱的舞蹈者走出人群，在灯笼的暗淡灯光下起舞。她们转动身躯，以屈膝舞步（尽管稍欠优美）旋转起来。舞蹈者身穿白色长袍，黑色的粗辫子悬垂脑后。她们的舞步像仙女的步子一般轻盈无声，却是舒缓而庄重的。她们一会儿像黑影似的消失了，一会儿又像白色幽灵般闪现在亮光之中，伸出双臂，从这边滑到那边。头顶上是无边的苍穹，星星闪烁其间。听不到一丝吹过灌木丛的风声。音乐、歌声、舞蹈，这一切都像昙花一现般的短暂，却都能使人快乐。

美吗？是的，舞蹈者总是美丽的。至少，当看到她们在柔和的灯笼亮光下旋转时，我是这样想的。为了永远留下她们美丽可爱的身影，第二天早上我有礼貌地请求她们允许我拍照。但是，讨厌的阳光无情地揭开了暮色用以美化她

◇　赖里克村的音乐家和跳舞的女人

们的面纱，真是让人悲哀，原来是三个丑陋的老太婆！除了在月光之下，她们永远不该跳舞。

9月17日是早已确定的出发日期，这是一个伟大的日子，我永远不会忘却，因为这次旅程是这样富有诗意而愉快，这样充满令人愉悦的事物和重要的发现。而对那些根本不知道亚洲中部的沙漠还有河流穿过的人，我绝不让他们知道这点，他们不配分享这种快乐。然而在旅程开始时，我还是有些焦虑不安。因为在随后的三个月中，我将与旅行队分手，而我的大部分行李、几乎所有的钱和雇佣的人，包括那两名哥萨克护卫，都在旅行队中。我只带上伊斯兰姆·巴伊和那个喀什男孩儿卡迪尔，他会书写，可以当我的突厥语(Turk)抄写员。

我向旅行队及领队尼亚斯·哈吉下达了最后命令，向他们以及哥萨克护卫们告别，目送他们直至驼铃声在树林中消失。之后我转身走向自己引以为傲的"北欧海盗"船，它就在沙砾岸边，用锚链拴着。我们用了很长时间才把所有绳结都松开，渡船的龙骨受到水流的有力冲带，顺着这条威严的河流滑了下去。

我们在渡船上做些什么？怎么打发时间呢？帕尔塔(Palta)站在船头我的书桌之前，他是一个壮实的突厥人，强有力的双手握着一根20英尺长的竿子，当急流太猛，将我们冲向岸边时，用长竿把船撑开。还有两个撑竿的人，分别站在船尾的两个角上。最后一名船员是卡西姆(Kasim)，他独自坐在物资船上，他的任务是不断地测量水深，有浅滩时提醒我们。乘客有伊斯兰姆和卡迪尔，他们坐在后甲板上聊天，有时站起来，伸长脖子看着河水，对这种奇怪的旅行方式感到迷茫。几天以后，他们适应了，安静地接受了这种模式。在乘客名单中，还有约尔达什和多夫列特，它们是我的忠实伴侣，待在帐篷中。当它们感到太热时，就到前甲板底下避难，那里像地窖一样凉爽。

我的书桌上杂乱地摆放着航海罗盘针、望远镜、手表、双筒望远镜、几何圆规和各种笔。桌子中央摊开了一大张白纸，我打算绘制塔里木河的第一张地图，将我所看到的河流的每一处转弯都画清楚。我像坐在网中的蜘蛛一样，仔细观察着河岸上的每一处景物，连一处泥岸也不能错过。

还没走出多远，我们就看见岸上站着一群村民，抱着一些瓜、鸡蛋、面包和各种好吃的东西，但我们已有充足的生活物资，便不打算停船。一道激流将他们和我们隔开，渡船一路滑下去，他们被甩在后头，垂头丧气。但要逃脱他

◇　作者在渡船上工作

们并不那么容易，在第二个河湾处站着另一拨村民，也抱着一大堆物品。我们坚持在深水中行驶，想躲开他们强加于人的善举，却是徒劳了。在我们还没弄清怎么回事以前，他们就蹚水走向河心，爬到渡船上，把东西放在我桌子前的甲板上。在所制造的麻烦得到足够的回报以后，他们又跳入水中，原路返回，对小小诡计的成功得意洋洋地笑着。

在拐过几个河湾之后，我想该准备宿营了，太阳已向地平线西沉。如果一个走陆路的大旅行队要安营，首先要卸载并安置好所有行李，再搭帐篷，布置好里面，然后做晚饭。相比之下，在河边宿营不过是儿戏。我一看见岸上有合适的地方，就下令停船。帕尔塔将杆子直插河底，两脚稳站甲板作为支点，用力使大船画半个圆圈，让船尾朝岸。另一个人手执绳索跳上岸去，拴住树桩，转瞬间就把船锚泊好，再加上两三根绳子，就使船保了险，不至于夜间漂走。

我们的营地很快就忙碌喧闹起来。人们把装着生活物资和炊具的箱子搬上岸去。斧子和铁锹快速挥动着，在小树林里清出一块场地，大家围着篝火把毡毯铺成一圈，火苗在暮色中欢快地燃烧着。用小铜锅煮茶，水很快就开了，潽到余火上。火上方支着一个铁三脚架，用来吊放烹调深锅。与此同时，那边正在宰第一只羊。屠夫把羊的四条腿捆紧后，左手抓住羊鼻子，右手割断羊的喉咙。可怜的牲口刚停止挣扎，他便开始剥皮。先在羊的一条后腿内侧割下一小块皮，造成一个洞。接着嘴对着洞，用尽全力吹气，直至羊身膨胀得像一个圆球。这使得剥皮工序非常顺利，因为皮和肉很容易分开。

　　羊体被分割开，一部分最好的肉切成小长条和小块，以便制作羊肉布丁。这是我近三年来的日常伙食，因此值得说一说。把深锅洗净后放在火苗上方的支架上，投入几块刚割下来的新鲜羊脂，脂肪潲溅着融化后，放入肉块，再加上切细了的蔬菜，特别是大蒜、胡萝卜和白色甜菜。厨师早已在木碗中泡好了米，这时把米也倒入锅内，将水添满至锅边，盖上盖，以防灰尘和杂物掉入。待水煮干、米粒饱胀时，布丁就做好了。我向你保证，它非常可口，事实上这是我百吃不厌的一道美食。布丁刚出锅，伊斯兰姆就给我端来满满一盘，放在书桌上的地图、指南针旁边。我就着面包、茶、牛奶和鸡蛋把布丁吃了，再吃点梨和瓜。多夫列特和约尔达什以极大的兴趣看着我进餐，头都歪向一边，眼里充满了祈求之情，对我的好胃口一定无比惊讶。我刚吃完，点燃起晚雪茄，就该轮到它们吃饭了。有人递给我一些精选的美食和几块骨头，我总是对这两

◇　塔里木河地区的居民

个忠实旅伴亲自喂食。

此时，河岸上的篝火旁异常寂静。穆斯林们围着一盘普通饭食坐成一圈，各人用手指从盘中抓着吃。大家在餐前都说一句："感谢仁慈慷慨的真主！"吃完之后，大家碰一下胡子或下巴，一起喊道："伟大的真主！"

一天的劳动刚结束，人们便在篝火旁的毡毯上躺下，伸开四肢，几乎光着身子。红色火光映衬着他们晒成铜棕色的皮肤，这使我想起了印度人在一天的差事结束后休息的样子。在他们发出断断续续的、拉锯式的鼾声后，我便坐在桌旁，专心致志地在日记本上写下一天的经历。我把帆布帐篷向后推开，使漆黑而庄严的夜色自由地进入我这孤寂的、浮动的住所。偶尔打破这肃穆与静谧的，只有沿岸悬空突出的沙崖崩落水中的声音。蚊子们在太阳西下时举行了吸血盛宴，现在睡觉去了。银色的月光洒满了河流宽阔的胸膛，河流像一条街道似的在我面前伸向北方。我无法与这使人陶醉的美景分离，只能一小时又一小时地坐着，融入其中。此时此刻，仿佛神圣的和平使者正在地球上空飞过。后来，远处的狗吠声打破了夜晚的宁静。我的小狗们开始怒吼，做出有威慑力的回应。我从梦幻中、从对将来的沉思中惊醒过来，跳起来匆忙拉好帐篷，爬上床去。我意识到，在船上可以安全地躲开河岸上成群的蝎子和其他害虫，这种感觉更加深了休息的愉快。

第四章

壮丽的树林——叶尔羌河

好景不长，旅程开始还没几天，夏天就已过去。在瑞典的家乡，丁香花早已萎谢，现在塔里木河沿岸丰盛的植被也随之凋零。夜里天气很凉，秋意萧瑟，树叶转黄。9月20日拂晓起床时，天象险恶，薄霾笼罩四周，朝东刮去的风暴掀起了厚厚的尘土，使得河岸附近的红柳树和芦苇丛依稀难辨。风太猛，不可能继续行船，我们就在岸边停靠，耐心等待。终于可以继续行进了，浪花拍打着船头，奏出悦耳的音乐。帕尔塔拿着长杆坐在船首，唱着一首令人忧伤的民谣，诉说几位国王和他们忠实追随者的冒险故事。当伊斯兰姆·巴伊感到无聊时，总是坐小船上岸去，拿着来复枪在树林中转悠，傍晚归来时常常带回野鸭、野鸡等猎物。由于他无须跟着河流来回拐弯，就总是走在我们前头。有时看见他坐在岬角上耐心地等待着，我便派小船去接他回来。

不论昼夜，气温都已进入秋季。成群成群的野鹅飞过头顶，沿着叶尔羌河的方向飞往暖和的冬季栖息地——印度。它们通常保持600—700英尺的飞行高度，吵闹地尖叫着。当它们想停下过夜时，便逐渐下降，直到几乎擦到杨树林的树冠才停住，一会儿便消失在树林中。这些令人惊叹的、来去匆匆的空中朝圣者能精准地辨认道路，正如吸纳了冰川融水的溪流能准确无误地最终流入塔里木河盆地一样。野鹅排成有严格秩序的队形，依靠永不疲倦的翅膀，在天空中坚持不懈地飞向遥远的目的地。10 月份，野禽出现得又多又频繁，我们也就不去注意它们了。

　　我们已接近的河段称作考塔克里克河 (Kötäklik-daria)，传说这里有一处高 8 英寻的可怕瀑布。但是越靠近危险点，传说的高度越低，到接近瀑布时，其高度缩至 3 英尺。不过河水流速陡增，使渡船飞快地被吸进一条狭窄的、不规则的水道，被搅在一起的漂浮木头以及小岛屿所包围。船头常常撞到沉入水中的杨树干，被急流冲带着转一圈。我以往有轻度肌肉痉挛的毛病，一两分钟内，眼前的景象完全变了，这种旋转活动使我感到眩晕。转瞬间所有人都跳进河中，又推又拉地把船拽出困境，但不一会儿它又失控了，在小岛之间急转。我的心已经提到嗓子眼上了，不知道船能否及时刹住，还是会一头栽进急瀑布中。

　　后来远处传来轰鸣声，越前进声音越大。还没来得及弄清情况，我们已身处第一个急滩之中，水头在我们周围翻滚着、轰鸣着，十分可怕。停船绝不可能。我奔向船头观察情况。如果在"门槛"脚下没有无法预测的漩涡，我们冲过去没问题。"让它过去，直接越过瀑布！"我大声喊道。人们将船头拨正，对准急流前进的方向，渡船便以令人眩晕的速度，在翻滚的水流上方滑了下去。

◇　叶尔羌河畔营地

刚越过这一"危险"点，便看见岸上来了十几个骑马或步行的人。他们是附近两三个居民点的村民，被派来帮助我们过滩。当他们看见这个漂浮着的庞然大物时，比听见我们安然驶过急滩而没翻船更加惊讶。不过对我们来说，这些人来得非常及时。就在不远处，河流拓宽，水流变得格外浅，船被河底的蓝色黏土牢牢卡住了。我和所有人都跳入水中，光着脚跟跟跄跄、毫无目标地蹚着，想找到一条可通航的水道，只要9英尺的水深就足以使渡船浮起来。

"哎呀，"我自己想道，"难道我为之骄傲的水路行程要就此结束吗？不，绝不！我们必须前进，我们会前进的"。所有的行李，包括最小的箱子和包裹，都被转移到岸上。然后，集中全部人力，想把渡船像推雪橇一样推出蓝色黏土。结果是，它越陷越深，最后看起来活像一个镶嵌在镜框里的石膏作品。尽管我们使出了最大力气，它还是一动不动。怎么办？我们离深水处只有10—12码远。幸运的是，我们可爱的渡船在泥河床上转动几下后，黏土松软了一点。当我们最后使出吃奶的劲儿，围着它推一阵后，终于使它浮了起来。

漂流一个小时后，我们到达低处的瀑布。它的高度比第一个瀑布高相当多，看起来我们这次真的要翻船了。大家都赞成把行李再搬到岸上并立即搬好。所有穆斯林毫无例外地恳求别让他们参与可能的船难。至于我，实在抵抗不住"坐平底雪橇滑下山坡"的极其动人的诱惑。好几个人拿着绳子蹚水走进河中，拴住船尾，拉着船让它缓慢地、勇敢地滑向瀑布边缘。我在前甲板站稳，眼前就是翻滚着、轰鸣着的激流。"放手！"我大吼一声，船只便像鳗鱼一样滑过"门槛"，船头"砰"的一声猛撞到下方的水面上，船尾立即跟上，危险过去了。

河边有一座孤山，名卡劳尔墩（Karaul-dung），山顶视野开阔，可以看见这条弯弯曲曲的灰色河流深入地穿行于新疆寂静的树林中。在东南方向，可以看见绿树之后有一抹黄色的闪光。望远镜显示出这是黄色的巨浪，是沙漠"海洋"的流沙，来自可怕的、令人窒息的塔克拉玛干大沙漠。

由此往下，河面逐渐收缩到像一条狭窄的运河，有时候只有20英尺宽。这时水量已丧失大半，因为河水被抽向北方，灌溉玛拉尔-巴什（Maral-bashi）已开垦的农田。手持撑竿的船工们必须保持高度警惕，因为水流湍急，船只随时有撞到河岸的危险。有一天，它真的急速地驶上一处低矮河岸，被急流全力冲击着，离翻船只差毫厘。

◇　马萨－塔格附近的一间牧民茅屋

　　不久河面又宽阔起来。急流的冲力在拐弯处最大，当渡船来到一个河湾时，被逼到紧靠右岸，那里有一棵枯萎的杨树，树根就在河底，树枝斜伸出水面很长。船工们没有看到它，来不及躲闪。长长的树枝横刷过船的一边，把帐篷猛地掀离甲板。在紧急关头，我只来得及把桌上的东西推到暗室顶棚上，救回了一批宝贵的器材，最后我们只损失了一块很小的帐篷帆布。

　　9月底我们到达一个河段，河流接纳了来自北方的几条支流后，恢复了宏伟的规模。但是水流缓慢，不起波浪，只有一些轻柔的漩涡弄皱了河面。树林中，众多老树的树叶黄褐相间，像镜子般光滑的水面镶嵌着色彩斑斓的树冠倒影。好一派壮美的秋色！这是大自然的安息日，一架无形的管风琴正在树林中演奏着赞美上帝的乐曲，你听不见，却能感觉到。不见人的踪影，没有人类居所的痕迹。在孤独的旅行者周围，听不到哪怕是一根干柴的噼啪声。在树林下层浓密的丛林处，不时可以看见一些黑暗的洞口，那是野熊下到河边饮水踩出的通道，洞口树叶遮盖，一丝光线也透不进去。太阳灼热地烘烤着，我们四处张望，急于找到一处深水河湾，在那里上有枝叶编织的拱顶，下有凉爽惬意的树荫，船只可以像在林荫大道上驱车一样地漂流。

　　我们就这样一小时又一小时地在宽阔的河面上漂流，有时被寂静树林的枝条缠住。这简直像在仙境中行进。我幻想着这是坐在凯旋车中，看不见的小精灵和善良的天使拉着车，走在闪光的水晶小路上，弯弯曲曲地穿过迷人的树林，永恒的静谧笼罩着这块胜地。我的思绪不由自主地沉迷在这魔术般的景象中，无论发生什么事情都不会感到惊奇。我坐在那里，漂流着、梦想着，相信我会看见森林中的狩猎女神拉开绿色的帷幔，朝我们这凡人的队列行一个迷人的屈膝礼，然后转过身去，带着银铃般的笑声消失在树丛后面。但是她从未出现。森林极度寂静，听不见一丝牧人的笛声。我不敢说话，害怕打破这种魔幻境界。对于船工们来说这种状态则是催眠剂。他们抱着撑竿打盹，船只顺着河水漂流、漂流、漂流……

太阳要下山了，树林深处已经黑暗，蚊子飞舞着，它们的晚宴就要开始了。我是它们盛宴的目标。

到达马萨－塔格（Masar-tagh）山后，景色有所改观。神圣的阿里（Ali）峰的山腰是崎岖不平的台地，山脚紧临河水。山峰西侧是一个小湖，湖水通过深沟流入河中，形成一个小瀑布，我们漂过时水花四溅，像白色羽毛在飞舞。瀑布下方的水浪，是阿斯曼鱼出没之处。卡西姆大展身手的时候到了。在离开赖

◇ 卡西姆在捕鱼

里克村前，他准备了一根柔软的长竿，一端装上个尖端朝下的弯钩。击中目标时，鱼钩松动，但不脱落，因为它是用线绑在鱼竿上的。卡西姆站在翻滚的瀑布边缘，摆好投掷的姿势，目不转睛地等待着。当水面出现异样动静表明有鱼时，他便全力投出鱼竿，随着呼啸的鱼竿激起的浪花，一条大阿斯曼鱼挂在鱼钩上扭动着、翻腾着。我们"渔夫"捕获的鱼多得足够大家吃几天的了。

10 月 4 日，远处地平线上露出两处山头。这是乔卡–塔格 (Choka–tagh) 和图兹卢克–塔格 (Tuzluk–tagh) 两个互不相连的山峰，我在 1895 年的沙漠旅行中熟悉了它们。两处高山被索伦–库尔 (Sorun–köl) 和乔尔–库尔 (Chöl–köl) 两个小湖隔开。我认为这些山与湖很重要，值得进一步考察。因此我把小帆船拉到索伦–库尔湖北岸，准备航行。伊斯兰姆·巴伊跟我一起去，照看测深索和速度仪。我自己则忙得不得了，要掌握帆、舵、指南针、手表和地图，还不算笔记本、温度计、望远镜、烟斗和烟草袋。不过航行没有困难，风向是顺风，风力稳定，我便张起帆，在指南针观测的间隙，我还可以悠闲地抽一斗烟。小湖是一片美丽的开阔水面，湖边芦苇环绕。14 只天鹅不时地从我们前面飞起，一会儿又吵闹地落下，溅起无数水花。

和风在湖面上吹起浅浅的涟漪。小船轻盈地、优美地滑过晶莹剔透的水面，其表现简直是无可挑剔。经过 4 小时行船，我们靠近索伦–库尔的南端。一条狭窄的水道将地与南面的姐妹湖乔尔–库尔相连。乔尔–库尔意为沙漠之湖，这是一个标志性的名字，就在它的南岸，座座沙丘如山崛起。连通两湖的水道只有 6 至 10 英尺宽，两岸的芦苇茂密高大至极，黄色的羽状花穗在头顶交叉相接，我们像走在幽暗的、漫进了水的拱廊中一样行驶了相当长的距离。

一阵疾风助力小船进入芦苇拱廊，它便像天鹅一样在如画风光中游弋前行，两旁的芦苇或是殷勤地向它弯腰施礼，或是向外扭动腰身给它让路。不一会儿水道展宽，在开阔处有数百只野鸭。它们准是知道伊斯兰姆忘记带猎枪，要不就是把小船当作它们不认识的、爱和平的同类，因为它们毫不惧怕，只是在我们非常靠近时才起飞，搅起无数泡沫，使水面变成一片白色。然而转瞬间，野鸭们又落下水面，开始潜水、游泳、嘎嘎不停，尽情尽兴。

这略为幽暗的水道不久就亮起来。我们瞥见第二个湖的南岸，平直得像是用尺子画出来的，距离还很远。小船张起的帆拨开了最后一穗芦苇，冲出牢笼，开始在乔尔–库尔湖的水面上欢快地行驶。

　　快到岸边时，我们看见卡西姆和一个牧羊人在等候，便靠岸吃早餐，有面包和野鹅，非常好吃。我萌生了一个疯狂的念头。我坐船太久了，有好几小时，不，是好几天、好几周都没进行什么运动了，想好好走一段路，活动活动两腿。看！东面就是乔卡–塔格崎岖不平的山巅，像一头庞大的公猪的脊背，划破天际。我下决心走路过去，翻越它。无论如何我都要越过这座山，以便完成1895年

◇　卡西姆和他捕获的大鱼

所画的一张地图。牧羊人嫌路远，嘟囔道："它实际上比看上去远得多，不到明天早晨是回不来的。"我决心已定，不听他的，说什么也没有用。此外，在情况必要时，我知道该怎样走路。但是我们必须在午夜之前回到营地，否则我的天文钟会停摆，这倒是个严重的问题。

已经是午后三点钟，昏星已在图兹卢克－塔格山顶上方闪烁。我留下伊斯兰姆看守船只后，便迈开大步出发，其他两人跟随着我。我们照直朝高峰的一个较低山口，或者说马鞍形山腰走去。走了一小时，又走一小时，才来到山脚最突出处的砾石堆前。一对狍子向山腰跑去，像梦一般轻盈，快得似乎四蹄都不着地。爬到通往峰顶的斜坡时，身后的影子已经长得特别古怪了。到达山顶后，我们打算休息几分钟。

此刻，我脑海中思绪万千，想起了在中亚最悲伤、最愁苦的日子。1895年4月23日，我正是从脚下这个湖的南岸出发，带领一支强大的、一流的旅行队穿越可怕的塔克拉玛干沙漠的。这支旅行队注定要在最悲惨的灾难中毁灭，一个亚洲旅行者命运中可能碰到的最大灾难莫过于此。

现在，湖南岸那些高大沙丘之巅正沐浴在强烈而灿烂的落日光辉之中，在鲜艳的紫色、红色光彩映照之下，众多沙丘像是巨大的火山熔岩流。我的忠实的仆人们和最具耐力的、从不抱怨的骆驼，当时就是在这样的沙丘的残酷怀抱中倒下的，他们死了！死于干渴缺水！五年过去了，他们的尸体早已被无情的流沙所吞没。眼前的景致引起了我痛苦的回忆，当暮色笼罩四周时，我仿佛看见幽灵的影子在沙丘之间游动，要向我报仇，是我使得他们受痛苦、受折磨，但我并非有意为之。

太阳西沉，该动身了。山的另一侧特别陡峭，岩石碎屑连续不断，但是代价再大，也必须下山。不管怎么说，大家能成功下山，真是奇迹。我们在崎岖的山坡上，有时滑下去，有时绊倒了再起来，有时摇摇晃晃地走。后来干脆坐下滑向山谷，裤子和皮肤受损就顾不得了。我得益于坐在"雪橇"的最后，没有被他们脚后跟蹬起的飞石所伤。幸运的是，同伴们到达山脚缓坡时，并没有头破血流。

接着，我们开始沿着河边走回营地，归程似乎永无完结。夜色已深。我曾嘱咐伊斯兰姆·巴伊，黄昏时就要在最北面的山崖上点起火堆。时间过去了一小时又一小时，却始终看不见欢迎我们的篝火。我不习惯这种强行军，只得每2000步就停下来休息一下，我用远处的标志物来计算步子。每时每刻，我都多么想倒在沙滩上，伸展四肢，因为白天的酷热已经消退，夜晚的沙子很凉爽。

经过艰苦的长途跋涉，我们终于看到了一点微弱的火光。你有过在黑暗的夜晚朝着明亮的火光走去的经历吗？它总是让你充满最大的期待，总觉得快接近目标了。然而一个钟头又一个钟头过去了，你还是离它那么远。最后你开始怀疑自己看见的是否真是火光，现在就是这样。最后在爬上一座小山头后，我们终于清清楚楚地看见明亮的火焰。我们开始大喊大叫，却没有回答。我们加快了脚步，但不得不停下再休息几分钟。我们再次大喊，这次被听见了。

人们一听见我们回来了，就点起了欢迎的灿烂的大篝火。在他们休息的树林中有大量枯树，枯死了却仍然挺立着。一部分枯树被点燃了。在我们到达营地之前很久，就能听见干枯树干燃烧的噼里啪啦声。不一会儿，我们举行了庄严的入营仪式，树干烧得通红，向四面斜着，快要倒了，热得难以忍受。接下来，两三个人举着火把开路，带领我们来到渡船，结束了这次艰苦的长征。时间已经很晚了。哦！我们累了！

第五章

深入未知地域——叶尔羌河漂流

眼下秋天飞快消逝，树林的主色调是黄色、褐色和红色。缓慢的漂流已使我们失去耐心，特别是河流的拐弯简直就是个 $\frac{15}{16}$ 的圆圈。有一次，在漂流了1575 码之后，直线距离只有 197 码。有时候，中午却发现又回到了早晨出发的树丛处。

在到达莫勒 (Moreh) 森林地带时，我蒙受了巨大的损失。爱犬多夫列特跳到岸上，在丛林中奔跑，不停地吠叫着，似乎在寻找什么东西，然后步履蹒跚，表现得非常特别。我们把它抱回来，放在炉火旁边悉心照顾，我自己彻夜守护，但是一切都徒劳，只能眼睁睁地看着它最后停止了呼吸。我们在岸上埋葬了它。第二天连穆斯林们都感到很压抑，似乎失去的是他们真正的朋友。

这个平静的地区猎物很多。有时看见岸上有一些敏感的羚羊和鹿。有一次，一只鹿在我们前方游过河去，伊斯兰姆和新向导莫拉（Mollah）拿着枪走上前去。但是鹿纵身一跃，回到岸上，消失在下层丛林中。约尔达什吠叫到看不见它为止，声音都嘶哑了。过不多时，我们惊动了一群在河边泥水中打滚的野猪。它们站起身来，盯着我们看了一两分钟，然后一溜烟地跑进了最近的芦苇丛中。一只野鸭一动不动地看着我们，当然就成了我们晚餐的一道佳肴。

季节在变化，而道路还很长，我们只得在太阳下山后还继续漂流。为了使大家提起精神，我把八音盒拿出来，指定伊斯兰姆来管理它。人们神情专注地听着，坐在小船上的卡西姆也尽可能地向大船靠拢。安详而忧伤的歌曲《乡村骑士曲》、欢快的乐曲《卡门》以及瑞典的各种流行歌曲都在亚洲森林中回荡。当八音盒最后奏响一首激动人心的进行曲时，我们仿佛是在雄壮的军乐声中举行胜利的入城仪式。这是一个宁静而祥和的夜晚，空气中充满了森林散发的各种芳香气息，弥漫着从草地和芦苇荡中升起的水汽。原野的静谧就像神庙中的安宁一样不受任何干扰。只是偶尔听到一只野鸭的嘎嘎声，或是一只狐狸在芦苇丛中悄悄觅食的声音。

10月11日清晨，叶尔羌河镜子般的河面上雾霾笼罩。对岸的森林带变成一条微弱的黑线，依稀可辨。驾驭小船的卡西姆轮廓分明，脸庞却看不清楚。浓雾的面纱像蜘蛛网似的悬挂在两岸之间。不过太阳升起后，将金色的晨曦洒向河面，驱散了雾气。新的一天开始了，晴朗而清晰，只是经过一夜秋霜，颇有凉意。又过几天，树林处处由绿变黄，一阵秋风之后，河面铺满落叶，很像秋天公园中黄叶覆盖的道路。

随着天气转冷，我有时候改变一下坐处，从敞开的帐篷中的背阴处，转移到小帆船上，那里阳光更好，还用毛毡毯子和坐垫把小船布置得舒适一些。我把画写的器材放在膝盖上，嘴上叼着烟斗，尽情享受一下。我总是让小帆船行驶在渡船前方并和它保持相当距离，以便充分地享有这份宁静。就这样滑过一个河湾又一个河湾，偶尔用桨撑一下岸边，避免小船撞上。

10月17日，经过了这么长的时间，我们终于看到了人类的踪迹。前方相当远处，隐约可见树丛上方有一缕烟柱和跃动的火焰。我想，终于可以了解到河流两岸一带的信息了。莫拉断言这火是牧羊人点燃的，以便吓退虎狼保护羊群。靠近后，我们看见几只狗看守着一群羊，还有几个牧羊人。至于交谈！他们一看到有白色帐篷和漆黑暗室的渡船，立刻转身逃命，连羊群也不要了，羊皮便鞋踢得尘土飞扬。我们呼喊着，还派人寻找，但毫无用处，再也看不见他们的踪影。我不怪他们，他们只不过是大自然纯朴的孩子。当看到这个像豹子模样、顺着河流悄无声息漂流的怪物时，他们会怎么想呢？毫无疑问，这是沙漠中的鬼怪，是来破坏他们和平的树林栖息地的。

随后几天的风力表明天气将要出问题。一场沙漠风暴正在酝酿之中，粉尘像浓云般飘浮在河流和树林上方。太阳只有在头顶正上方时才能看见，之后就成了一个模糊难辨的圆盘。空中飘满了干燥的、沙沙作响的落叶，在有些河湾处，落叶堆积得像是真正的马尾藻海。在顶风的河段，我们简直是寸步难行，但一拐弯顺风了，船只又飞也似的前进，船头激起了泡沫一样的水花。19日风停了，我们就依然平稳地漂流，直到深夜。月光洒在河面上，在我前面的人影轮廓清晰。两岸的树林仿佛浸泡在墨水之中，月光只能偶尔穿透树丛。有两三回，船只漂到了沙岸之上，得有人跳下河去把它拉回来，这是很不愉快的事情，因为夜里很冷。后来我们上岸生了个火堆，才使他们暖和过来。这是个特大的火堆，至少烧着了四根巨大的杨树干，火苗一下子噼里啪啦地蹿了起来，棒极了。

岸边不远处，是一个称作哈兹列特-伊-阿赫塔姆·列兹·阿拉胡·安胡(Hazret-i-Akhtam Rezi Allahu Anhu)的圣人的墓地。圣地的标志物是一座用梁柱和木材构建的清真寺，周围还立着一些挂着经幡和羚羊头骨的白柱子。我们到这和平的墓地去看了一下，虔诚的莫拉还在神坛前庄严地祷告："真主无处不在！"他那充满坚定信仰的深沉嗓音，在肃穆的杨树林中回荡，传向远方。

我们离开的时候，小卡迪尔留守在船上，我们回来后，他请求单独去圣地一趟。但很快就看见他跑了回来，就像被狼群追赶一样。年轻的英雄坦率地承认，那里的死寂与神秘把他吓坏了，再也不想往前走了。

10月22日，我们单调却愉快的河上生活有一个有趣的插曲。河岸树丛中出现了一个骑马人，但刚一看见我们，又策马转身走了。很显然，他是来观察我们的。不一会儿一大队骑手奔跑着赶上来，下马并在地上铺开毯子，摆上了葡萄、瓜果和面包。这是阿瓦特村(Avvat)头人欢迎我们的愉快仪式。我们把他请到船上，并继续漂流，随行人马则沿着河岸和我们一起前行。

不久，又来了一队人马，穿着颜色鲜艳的节日礼服。我们又一次停下来，分享一点表示欢迎的礼品。他们是西土耳其斯坦商人，居住在阿瓦特。我把领头人请到船上，坐在后甲板的炉火旁边，让伊斯兰姆准备茶水等物款待。

没走多远，我们又看见第三批骑手在一个突出的岬角上等待我们的到来。这是阿瓦特的伯克亲自来欢迎我们进入他管辖的地区。就这样，我们的骑手护卫队不断壮大，树丛附近还不断涌现新的骑马人。原本寂静的树林中回响着生气勃勃的谈话声，他们热烈地讨论着这个奇怪的旅行队，渡船是最吸引他们注意的目标。

在夕阳的红色光辉映照下，我们这个并列的队伍一定十分引人注目。在后甲板上，伊斯兰姆在为各位头人倒茶。他们穿着华丽的节日服装，围着火炉跪着，神情既凝重又有点焦虑，其实河水流速只是中等。我和往常一样不离开写字台一步，任何礼仪都不应使我的河流地图出现空白。河流两岸，马蹄声嘚嘚，尘土飞扬。叶尔羌河混浊的河水从未见证过这样的景象。队伍中最显眼的是八个猎鹰饲养人，都骑着活泼的小毛驴，其中两个人手抓大雕，其他人则抓着猎鹰。猛禽犀利的双目隐藏在羽冠下方，利爪则被紧紧地握在猎鹰者厚厚的皮手套中。在那个地区，令人惊叹的、嗜血的猎鹰在各种礼仪场合都是不可缺少的。当天晚些时候，它们就向我证明了自身的狩猎技能，猎物是四只野兔和一头鹿，都交给了厨师伊斯兰姆。观看猎鹰袭击野兔、鸽子或雉鸟，只看一次就够了。你会佩服、惊叹于它们的准确性、速度以及看似脆弱却很灵活的翅膀的力量。弯曲的利嘴像刀一样插进猎物的头部或背部，再扭动自己的头，对准猎物的同一个点猛烈地拉扯几下，就把猎物的羽毛扯下来。接着摇动锋利的喙，左一口右一口地把肉一条一条撕下来，狼吞虎咽，将猎物活生生地吃光。

10 月 27 日是在叶尔羌河上度过的最后一天，傍晚向导说，我们即将到达阿克苏河 (Aksu-daria) 河口。两河汇合后的大河，即称塔里木河。在最后这段路程中，渡船漂流速度慢得难以忍受。我们决定，不管代价多大都要当夜到达目的地。"拿出撑竿！"我大喊道。人们一面用长竿撑船，一面又吹口哨又唱歌。阿里姆(Alim) 的撑竿被河底的淤泥牢牢吸住，落到了船后面。他毫不犹豫地扔掉衣服，游回去抓住撑竿，又返身游回渡船，水温只有 48 华氏度。尽管当天像夏天一样热，我可没有洗澡的愿望。白天我脱掉外衣坐着，沉醉于风格一致却变幻无穷的远景，迎面飘来杏、梨和葡萄的阵阵芳香，因为身旁放着满满一盘水果。

终于舞台大幕向两边拉开，仙境般壮观的戏剧展开了新的一幕。两边森林向外退去，相距越来越宽，舞台后幕退向远方，舞台中间，阿克苏河河水在翻

◇　一处新疆人墓地

◇　一位汉族伯克及其随员等待着欢迎我们

滚着、沸腾着。

　　渡船开始感受到强大而不稳定的吸力，被卷进汇流处的漩涡之中，我们刚
好来得及在关键时刻将它控制住。我想停在此处，以便观察两股水流汇合的状况。
第二天早晨，穆斯林们非常急切地喊了声："天哪！"只见他们在各自岗位上
牢牢地站稳了，两脚叉开，肌肉紧张，双手把长竿抓得这么紧，以致手指都变

◇　一只猎雕

成象牙白色了。我根据远处的岬角确定航向后，便将仪器收进口袋中，以防漩涡太猛烈。大家使劲一撑，船便滑了出去，很轻易地驶上了大漩涡。第一秒钟渡船围着漩涡的轴心转，第二秒便安全地越过了危险点，不过旋转的速度足以使人发晕。整个地平线、河岸和一根黑线似的树林一会儿远一会儿近，好像全都被牢牢地固定在一个巨大的旋转木马上，忽然之间以可怕的速度在观众眼前旋转起来。感谢帕尔塔的沉着冷静以及他强有力的胳膊，我们的船只被及时地稳住了。之后渡船便在大河宽阔的胸膛上漂浮，平稳地，甚至神气十足地漂流。

　　当晚到达宿营地后，要做的事情比往常多得多。我们毫不寂寞，一群野鹅在我们旁边安歇，不停地发出巨大的溅水声和叽叽喳喳的吵闹声。第二天拂晓我们启程时，它们已经离开了，只剩下一只孤零零的落伍者，显然是头一天的远程飞行把它累坏了。但在我们动身时，它也迎着朝阳展开翅膀，沿着同伴们那条看不见的路线飞走了。

◇　在与阿克苏河汇流处登岸

第六章

巨大而荒凉的塔里木河——快速顺流而下

▼

10 月 30 日经过和田河 (Khotan-daria) 口，把塔里木河最后一条支流抛在身后。和田河口现在是干涸的，但是河床的确有水，有时候流淌，有时候停滞。我最有资格说明这点，因为 1895 年 5 月 5 日它救活了我，使我逃过了被渴死的厄运。

第二天没走多远，东面就刮起了可怕的大风暴。河流笔直、宽阔而开敞，大风可以毫无遮挡地在河面上搅起千堆白浪，浪头全力敲打着船首，使船骨从头至尾颤抖不已。黄灰色的雾霾横扫两岸，树林被大团大团的粉尘遮盖着，看不见了。我的帐篷险些被整体吹走，有好几个小时，我们只能站着不动，记录时间，任凭风暴在我们周围狂吼。

暴风情况越来越恶劣，最后我们不得不躲进树林中，等待天气好转。虽然是大白天，树林里却像黄昏时一样昏暗。我们在林间空地生起一个巨大的篝火，天气确实很冷，因此它深受欢迎。连续数周，我两眼一直专注地盯着地图上细小的数字和符号，现在可是进行一次愉快消遣的绝好机会，我要做一次航行，我为此而欢呼！大家把小帆布船组装起来，竹桅杆、支桅索、风帆、舵用桨，齐了。我不带任何人。当人们看见我像一只飞翔的野鸭，几乎不沾水面地滑出去时，都快发晕了。桅杆发出不祥的嘎吱嘎吱声。然而即使它断裂了，又有什么关系呢？我身边有长满幼树的整个树林。我感兴趣的只是在大风暴中滑水这一壮举。桅杆弯得像一张弓，风帆鼓得像个大球，两岸在尘霾中隐去，河流宽阔，白浪汹涌，真是一次愉快的航行。大风在四周怒号着、呼啸着、吼叫着。大自然沸腾了，它头戴黄色花冠，正在庆祝最狂野的秋季狂欢节。除了水声和风声，我什么都听不见。不过，我听见干树枝突然断裂的声音，知道小船靠近岸边危险，急忙向外驶进深水中。和这样的滑水相比，世界上任何场地的演出都算不了什么。试想，在塔里木河树林的荒野里，完全独自一人待在毁灭性的风暴中心，这种强烈的印象与壮烈的体验是难以忘怀的。

后来我感觉走得够远了，便靠岸停泊，把小船拉到安全之处，卷起帆，煮开水沏茶，独自吃简单的早餐。然后顺水漂流回到渡船。我把暗室布置舒服，便开始冲洗近期拍摄的照片。

风暴终于筋疲力尽，我们便继续行船。岸上一间茅屋旁有个男人，他看见我们时惊讶得张开嘴，但一觉察到自己被发现了，立刻逃之夭夭。渡船高速地驶过"黑森林"。这一河段水很浅，河水冒着泡沫，汹涌地冲过河底的各处暗礁。有一次，我们照直冲向一处突出的地岬，灾难似乎不可避免了。但在紧急关头，水流本身帮助了我们，渡船只是蹭过悬空的树丛，刮断了几根红柳树枝条。真悬！不过，看到两岸快速地后退，心情却很愉快。

在"黑森林"的另一端，河流向东北—北的方向伸展。两岸黄色的芦苇带逐渐变薄，最后只剩一个小点儿。在远方，河流自身似乎与天空融为一体，或者说渗透到无尽无休的空间之中。此时，我们丝毫没觉察到危险。船只正平静地滑过一处悬空突出的河岸，这是河岸阶地被水流掏空所致。忽然间，整块巨大的土方崩落，投入河中，溅起的水浪使得船的右舷以及在那边工作的人们都湿透了；同时激起一股强大的浪头，船身摇滚着，像是大海中的弃船掉进浪谷一样。

再前进一段，只见一个女人孤零零地站在芦苇丛中。她毫不惊慌，大声喊着要送给我们十个鸡蛋作礼物。我们调整船的方向，使船尾伸进女人所在的芦苇丛中，伊斯兰姆接下一包鸡蛋并扔给陌生女人几个铜板。她是谁？她像一阵风，来自哪里，走向何方，我们全不知道。

已经是秋天，天气明显变冷。船工们把后甲板上的炉火生得更旺，轮流坐在那里取暖。在这期间，卡迪尔为他们朗读穆罕默德的使者们数世纪前在新疆的冒险故事。

但很快他们就忙碌起来了。流速增加得相当快，每个人都必须保持警惕，坚守岗位。巨量的河水急速地从一个河湾翻滚到另一个河湾，我们必须具备高度警觉性，使船只及时转变方向。有一次，一切努力都失效，沉重的渡船倾斜着照直撞向垂直的河岸，旋转了一圈。幸好没出大事，有两三个人在船上翻了个筋斗，船头落下了一两筐土，如此而已。

但是河流变得越来越不驯服，波涛汹涌，难以控制，河面收缩成一条狭窄的水道，河岸高 15 至 16 英尺，像被切割出来的一样整齐，光秃秃的没有植被。情况变得紧张起来。我预感到随时都可能发生不测。我们的浮动居所正以令人眩晕的速度冲过这个可怕的、动荡的深谷。我们似乎被吸进一个漩涡之中，无法抗拒，但这一切都没有时间去想，因为我们必须集中力量避免碰撞。

卡西姆像往常一样在补给船上领路。忽然听到他大喊："停！停！停！"他的声调绝望而焦急。此处河面宽度只有 60 至 70 英尺，一棵杨树却长在河中心，挡住大量浮木和垃圾，堆积成一个令人恶心的河心岛。岛周围的水流汹涌澎湃，白浪翻滚。船上立刻骚动起来，人们都在大喊大叫。船工想使渡船停住，但是撑竿够不着河底。我们却在一步步靠近那个"岛"。要是再耽误几秒钟，肯定要翻船。多亏了卡西姆！他摔掉衣服，拿着绳子爬上岸去，拼死拼活地及时把船拖住。我们调整了一下方向，安全地驶过这危险的障碍。接下来我们继续以每小时 4 英里的令人眩晕的速度前进。傍晚宿营时，我们碰到一些牧羊人，向他们买了几只羊。附近有一个圣人的墓地，穆斯林们急忙前去谢恩，感谢圣人保护大家通过刚才的危险水道，感谢他保护大家离家以来一路安康。

那些数不尽的野鹅群究竟是从哪里来的呢？它们日复一日、无休止地向西飞去。即使在夜里，也会听见它们飞过杨树顶时发出的粗哑的嘎嘎声。它们是来自西伯利亚，还是来自珍加利亚（Jungaria）或寇尔贾（Kulja）？我不知疲倦地望着那些急速飞过天空，由无数小黑点组成的箭头似的龙形队列。总是有一只领头鹅，它不停地向前飞呀飞，一刻也不犹豫；后面两翼队伍以不可思议的忠诚追随着它，时刻服从它的领导，悠闲自在得像在风中飞扬的飘带。这些野禽的生活秩序是多么神奇！它们每年从西伯利亚到印度，往返飞越亚洲两次。而我 39 年来只跨越过这个洲四次。还有，我第一次旅行时已 27 岁，比所有野鹅年岁都大。

有一次河流拐弯时几乎画了个圆圈，这里有个淤泥堆积成的半岛，12 只黑褐色、体型巨大、脾气急躁的兀鹫在此停留。水边有一匹白马的尸体，它们刚刚狼吞虎咽地吃饱了，并不理会我们，只是在船只绕过岬角时才看我们几眼。

11 月 6 日经过博斯腾 (Bostan) 羊市，牧羊人卖给我们一些蔬菜和一只大白公鸡。这位新乘客刚一上船，就像离弦的箭一样扑向我们原有的那只公鸡，并且毫不费力就把它赶下河去。老公鸡拍打着翅膀，挣扎着，尖叫着，直到被捕捞起来为止。此后，只好把它们分别放在两只船上，隔着水面，它们倒成了好朋友。一只公鸡叫时，另一只肯定附和。公鸡真是有趣的动物！它们的滑稽性格只有骆驼驹可以媲美。

已经接近居民多一些的区域，出现更多茅屋，不时可以见到留在岸上的独木舟，是用单根杨树干刨挖出来的。我们的人心安理得地偷了一条独木舟，卡西姆在这个摇晃不定、似船非船的漂浮物上表演了水上哑剧，逗得伙伴们哈哈大笑。事后我诚实地为盗用的独木舟付了钱，尽管人们不理解我为什么要这样做。在他们看来，搁浅的东西就是无主的财产。

到达我曾经来过的提勒兹 (Terez) 村时，我的朋友哈利尔·巴伊 (Khalil Bal) 十分高兴而友好地接待了我们。这位 73 岁的老人给我们带来了各种各样的好东西，有葡萄、石榴、蔬菜、野兔、野鸡、羊、家禽和鸡蛋，最稀罕的是满满几大碗牛奶。这是对我们的储备物资最好的补充，大家高兴地往我们这头"骆驼"上想堆多少就堆多少，它从不抱怨，不像一般商旅队的骆驼那样。

11 月 10 日拂晓我们再起程时，浓雾笼罩着河流和附近的村野。头天晚上异乎寻常地冷，渡船和暗室都结了一层白霜。不过当西南方吹来一阵清风时，空气很快又清爽起来，我们又顺着大河继续愉快地旅行。我们的船队现在有 4 条船，向导在独木舟上领路。提勒兹村一位友好的伯克给我一只新的小狗，我给它命名多夫列特，以纪念死去的大狗。它红褐色、腿短、肥胖、圆乎乎的，一到船上便玩出一些使人想象不到的把戏。没多久，它就成了所有两条腿乘客

◇　为我们领航的独木舟

的最爱，两只公鸡除外。

　　河上一些荫蔽处开始结上一层光亮的薄冰。11月中旬，冰层厚度就足以承受两只狗的重量。一路上，当它们对船上的单调生活感到厌倦时，便跳出去滑到岸上，追随渡船往前走。不想走了便又滑着回来，爬到船上。

　　冰层提醒我们离目的地还很远很远，要想不被冻结在河中就必须尽最大可能提速。如果真的被冻住，会发生什么情况？难道要把所有财产都留在歪倒的船上，用两条腿在永无休止的、沉寂的树林中踏步走吗？为了避免出现这种状况，我们规定每天必须航行 12 小时。在这些寒冷的早晨，我一穿上衣服，就赶忙到炉火旁边去暖一下身子，喝一杯冒气的热茶。我一出现，周围的人就友好地说："祝你平安！"几分钟后我发令："开船！"漫长的旅程就又开始了。船工们的歌声整日在树林间回荡，直到黄昏时刻，熊熊炉火才使他们的注意力转移了。不过为了赶时间，日落后我们还继续航行。在这荒凉的地域，除了我们的炉火外，没有别的光亮。月光洒在河面上，被漩涡搅碎为层层涟漪，后甲板的炉火在河边的芦苇上投下了微弱的亮光。领航独木舟在渡船前方保持 100 码距离，向导带了一个巨大的中国灯笼，挑在长杆顶上，里面有一盏油灯。灯光在水面上不停地颤动，使独木舟酷似一艘威尼斯凤尾船。

这一带的本地人对陌生人极其惧怕，难以进行交流。有时他们会站着盯着我们，呆若木鸡，然后突然消失，再也见不着了。在一处地方，我们认为肯定有人，因为火上坐着锅，水正开着，一些羊在周围吃草，狗在嬉闹着。我们搜遍了树丛，最后找到了一个单独的男孩儿，但他害怕得无法开口，更谈不到提供任何信息。他只是像木桩子一样站着，眼睛死盯着地面。第二天，我们改变策略，高声喊叫着，设法抓住一名猎人，把他带到船上，温和地对待他，询问一些他的地理知识范围内的事。

在墩阔坦 (Dung-kotan) 树林我们顺道拜访了一个富有的牧羊人兼猎人。他杀死了一些老虎，把虎皮卖给了汉族人。他对我讲了怎样捕杀猎物。这需要技巧，因为带着当地使用的、前装式笨重短程枪去接近出没于树林中最凶猛的动物，会有致命危险。

老虎抓到一匹马、一头牛或一只羊后，会把猎物拖到草丛中，先饱餐一顿，剩下的下次再吃。它离去时总是沿着牧羊人踩出的小路走。它的脚印表明了它离去的方向，以及可能从哪个方向回来。当地人在老虎经过的路上挖一个半码深的坑，把捕兽夹子放在里面，上面盖着树枝和树叶。倒霉的老虎如果踩上夹子，就被它牢牢夹住，无法摆脱，因为夹子是铁做的，很沉，还装有尖利长齿，老虎只能拖着它走。这样，老虎被剥夺了行动自由，无法猎食，越来越瘦弱。猎人起码隔一周后才冒险去接近它。他骑马走近老虎，朝它开几枪，但并不下马，以防老虎最后挣扎扑过来时便于逃跑。

沿河再往下行，老虎多一些。但它们很少主动攻击人类，白天很少出现，只有晚上才在牧羊人的小道上悄悄逛来逛去。

第七章

大河迅速封冻

▼

在晴朗的秋日，夕阳西下时常常出现壮丽的景色。11 月 19 日黄昏，草原四周展现出耀眼的黄色光辉，仿佛我们周围的芦苇丛着了火。但黑暗和寂静很快笼罩了河面，兽中之王老虎的巢穴就隐藏在两岸的浓密树林中。近岸浅水处的一层薄冰，不时发出断裂声和碰撞声。有时候似乎一道闪电击中了前方黑暗的水面，实际上只是一块我们看不见的浮冰斜插在漩涡边上，高出黑色水面的部分反射着落日的光辉，像一块明亮的玻璃被击成无数碎片。黑色的、光秃秃的杨树干把多节的干枯树枝伸到了流动着的河面上。

第二天下午我们抵达凯奇克 (Ketchik)，两年前河流在此改道，抛弃了老河床，在荒凉的沙漠中另辟蹊径。这段河道的航行会有风险，我们便请求几个当地的伯克和船夫协助。11 月 21 日是我们在新河段上航行的第一天。这段航道极无规律，水流不断地被一些小岛分割，要不是当地的独木舟船队走在前面用桨不断检测水深，我们肯定会撞到这些小岛上。我们顺着河流旅行的消息已在亚洲腹地广为传播，但当地人并不知道我们从哪里来，到哪里去，只知道我是一个陌生而受尊敬的人。两年多以后，有一些印度商人在拉达克（Ladak）

问我，是否知道一个白人在北方的一条大河上航行数月的事，并断言在印度河上这样的事情绝不可能发生。

我们不时地遇到一些枯死的杨树挡在河道正中央，树枝横过水面，威胁很大。为安全起见，我们卸下帐篷，把各种仪器都收入洗照片的暗室中。河流两边矗立着高高的沙山，植物生长带越来越狭窄。

船只以每小时将近 4 英里的令人眩晕的速度冲下急流。当我们进入真正的沙漠时，天色已暗，我们决定停船过夜，但天一亮便再起程。两边的黄色沙丘足有 150 英尺高，四周无比单调，极度寒冷，没有人烟，没有野兽，甚至连乌鸦、秃鹫这些荒野常见"居民"也不见踪影。到处是教堂墓地一样的寂静，听不到一点来自沙漠的声音，只能听见流水潺潺，而这一点点声音也将很快消失。

河流在完全陌生的地域中穿行。连独木舟主也没有到过此地，但是他们忠实地执行了先遣船队的任务，不断用宽阔的桨叶测量水深，接着滑向第二个河湾，一旦发现危险河段，立即划桨回来。有一处，浮木和垃圾堆成的小岛将河道分割成五股水流，河水被搅起白色泡沫。渡船全速冲进一股水道的入口，水路刚好与船身等宽，使它不断撞到两旁的杂物，但它毕竟在人们的欢呼声中成功驶过去了。

11 月 24 日，我们有一次非同寻常的经历。那天碰巧大船走在最前面，其他小船一一随后。船队急速前进着。河道比较规整，却很狭窄，一切进展顺利。不料，河流忽然出现一个急转弯，我们必须竭尽全力使船只不至于灾难性地随着急流撞向垂直的河岸。刚一拐弯，帕尔塔便看见一棵倒下的杨树正好跨越河心。树冠浸泡在水里，树干却比水面高出一码多，而船只正被急流裹挟着急速冲向这座致命的"桥"。帕尔塔大声发出警告。所有的撑竿都用上了，但是河水太深。我们储备的新竿子——那些超长的竿子呢？船夫们现在正抓住它们，两个人使一根，拼命地撑着河底。船只正迅猛地向预示灾难的杨树冲过去。再晚几十秒钟，所有船面上的东西都会被扫落水中，如果船身侧着前进，则必然翻船。就在我们眼皮之下，水流被杨树干激起大堆大堆泡沫。马上就会船毁人亡，所有财产都将被卷进可怕的漩涡。船夫们疯狂地撑着船，有几个独木舟主利索地爬上大渡船，抛弃了独木舟，光着脚在船首稳稳站定在伊斯兰姆和我之间，准备抱紧杨树，以减轻毁灭的力量。但是，幸运之星再次照耀我们。来自赖里克村的船夫们像古代的划船奴一样拼死支撑着，就在最后一刻，将渡船成功地推入对岸外的一处涡流中。船在那里转了半圈，要不是阿里姆拿着绳子跳进冰冷的河水中，将船拉过危险点，我们就会再次撞到杨树上。

当我们在漩涡中回旋时，卡西姆和卡迪尔也驾着储备船旋转着前进，后面拖带着我的小帆船。多亏他们足够镇静，用力将小帆船一推，让我们得以抓牢它。但他们自己的船却撞到杨树上，卡西姆好歹抓住了树干。

此事如果发生在晚上，我们根本就看不见杨树，一场毁灭性的灾难就不可避免。来自赖里克村的船夫们开始情绪波动。他们感到这条弯弯曲曲的河流永无尽头，我们却日复一日地朝东方越漂越远。离开家乡已有1200英里了！我们何时停下？他们还能否回到赖里克的家园？一想到身后的路程越来越长，他们心中便忐忑不安。

还没走多远，便听见上游方向传来救命的呼喊声。卡西姆和卡迪尔刚刚逃生就又落在后面。出什么事了？太可怕了！我立刻下令靠岸，让所有人都穿过树丛往回走。储备船和小帆船似乎连人带船一起被卷进了漩涡，并且撞到一棵杨树的残株上，它的根在河底，上端刚露出水面。小帆船受的冲力最大，帆的前端被撕裂，像被刀子割开一样。不过卡迪尔和"难船"一起成功上了岸。储备船倒不曾受损，但它倾斜得把船上所有东西都抛了出去。像灯具、斧子和铁锹、煎锅以及各种铜制器皿等都沉到了河底，其他东西则滚到了水面上，以致河面上漂满了篮子、桶、箱子等等，里面装满了面粉、面包之类。这些东西大多数都被独木舟捡了回来。"船队之长"卡西姆则在漩涡中心紧抱住树桩，大声喊叫着，最后被一条独木舟救了上来。下午的其余时间都花在打捞物品及晾晒之上了。

第二天，护送的船队仍在扩大。现在我们已有十艘船，当船队沿着弯弯曲曲的塔里木河前进时，相当可观。在托卡兹-卡姆(Tokuz-kum)，即第九沙丘，景色雄伟而壮观。沙丘高约200英尺，矗立在塔里木河右岸，黄色的、呆板的沙丘与下面生动的、透明的流水形成鲜明的对照。景致的结构虽然简单，却很宏伟。当我们沿着陡峭的沙坡前进时，仿佛进入了一座哥特式大教堂，朴素而又庄严。我爬上沙丘顶部后，看见河流弯弯曲曲地向东流去，像一条无尽的蓝色绸带，消失在远方。转过身来向南方看去，却只见可怕的、光秃秃的沙漠绵

◇　倒下的杨树挡住去路

延不断，无尽无休。

　　刚过此处，便是一个罗布里克人（Loplik）的小村庄，只有十户人家，住在漏风的芦苇屋中。我们受到了友好的欢迎，他们的伯克请我们随他去捕鱼。冰面边缘有一处狭长的裂口，他在裂口末端撒好网，两条独木舟则全速冲向冰层，使它开裂，接着在开裂处再撒一张网。如此反复，直到捕鱼者到达裂口的最里侧。与此同时，鱼儿受到噪声的惊吓，逐步退却，最后很容易被抓到，那些想逃跑的则被渔网兜住。这次我们抓到了 26 条大肥鱼。

　　显然我们能行舟的时间已屈指可数。夜里的气温降至 3.2 华氏度，非常接近冰点了。罗布人预言，第一次浮冰出现后，距离河流全面封冻只有 10 天。我们焦急地等待着这一刻的来临。河流封冻出现在 11 月 28 日。早晨，当我向帐篷外张望时，看见河面上布满了柔软的圆形冰碟，每个冰碟边缘镶嵌着一圈雪白的冰针。这是第一次预警，是漫长冬季的先兆，鱼儿开始在支流和岸边潟湖的清水中寻找避难处。所有罗布人都划着独木舟出去捕鱼，准备过冬物资。

　　早晨，大家需要用斧子和铁棒把船凿离冰面，绳子和缆索也已被冻得硬邦邦的。霜很重，尽管船头船尾都生着火，我们还是挨冻。人们把船推上浮冰后，继续迎着旋转、跳动的冰盘航行。观察这些冰盘成为一件有趣的事儿。在大河中流盘块最多。它们被卷进漩涡团团转，堆积太多后又被摔回中流，有时又被冲回岸上。冰块像小岛一样顺水漂流，愉快地、咯吱咯吱地互相碰撞着。它们撞击渡船后变成碎片，但很快又结成一体,冲向岸边,被撞得像陀螺一样团团转。

第二天浮冰更厚实。河面很奇特，仿佛被冻住了，上面覆盖了一层白雪，而雪堆却不停地动着。我们仔细观察一阵后发现，冰是静止不动的，动的是我们，是我们在河面上浮动。

傍晚我们在一条僻静的、有遮挡的支流处宿营，不料早晨河面全结冰了，人们可以在船只之间随意走动。船只都像镶嵌在火山熔岩中一样，大家花了很长时间才开凿出一条水道，使它们重新回到河面上去。此时，满河的冰碟互相挤撞着，铿锵作响，就像不断摔破陶罐的声音。一整天，河流电子琴都在我们四周持续地演奏着，而成千上万块冰晶则在太阳光下不停地闪烁着。这种无休止的噪声，伴随着令人生厌的反光，对人产生震耳欲聋和发困的影响。这些圆形的白色冰碟是塔里木河佩戴的花环，它们是严寒的标志，河流将被掩埋在冰盖之下。

以后我们宿营时便刻意避开僻静的支流，而将船队停靠在河流中央。傍晚我坐着写日记，流过的冰碟撞击着渡船，使它从头至尾都在呻吟和颤抖。我一

◇　塔里木河右岸托卡兹－卡姆附近的巨型沙丘

天工作 14 个小时。刚穿上衣服船队就出发了。在写字台旁，有一个金属火盆，我有时在上面暖暖手。早点我都在路上吃，通常是煮鱼，现在正餐也在船上吃了。

12 月 2 日，乌云密布，天空沉重得像出殡的棺材，但一片雪花也没有。傍晚，太阳却像金色的火球一样在黑暗的天空中闪耀着。整个大气层像是充满了看不见火苗的、燃烧着的气体。芦苇丛被染成紫色。苍穹的边缘涂满了紫罗兰的色彩，杨树伸展着的枝杈立刻被映衬得十分显眼。可惜这壮观的景象只持续了几分钟。暮色降临，将一切都拥入它那铁青色的无情怀抱中，那些刚才还像近卫兵队列一样挺立着的芦苇，立刻变成干巴巴的光杆了。

天黑得看不见路了，我便下令停船。这种场合自然是找不着干柴点火的。但人们不用吩咐，自动把岸边浓密的芦苇丛点着了。干芦苇像竹子般爆裂着，咯吱作响，猛烈的、红黄色的火焰在水面上散布开来，照亮了成千上万跳跃着流过的浮动冰碟。

在卡劳尔 (Karaul)，我遇到另一个熟人帕尔皮·巴伊 (Parpi Bai)，他是 1896 年伴随我的忠实的仆人。他走上船来，看见我和伊斯兰姆·巴伊时，泪水涌上了眼眶。他显得非常健康，蓄着稀疏的灰色胡子，穿一件深蓝色长袍，戴一顶毛皮镶边的帽子。他讲述了上次分别以来的全部遭遇，我重新雇用了他，给他一份薪金。

12 月 7 日，有当地人来告诉我，我们已经接近河流全面封冻的地方。还知道我的旅行队恰巧也同时到达那里，离得很近，真是吉星高照。我便捎信给哥萨克们，叫他们在英吉–库尔 (Yanghi-köl) 湖停下。12 月 7 日是顺河漂流的最后一天。我们前进的方向是正东南，左边是广阔的草地和芦苇地，右边则是光秃秃的、高大的沙丘，其底部已被河水掏空。河流到处都已结冰，只剩下中央有一条狭窄的水流，还塞满了浮冰。我们在这条拥堵的水路上被冲带着向前，极不顺畅。冰面的边缘像玻璃一样被船只击碎，叮当作响。不过，看见渡船像切糖果刀一样开路前进，却十分惬意。

天色还早时，我们就注意到有些骑马人朝岸边靠近，原来是切尔诺夫、费素拉和尼亚斯·哈吉。他们强调再过两小时，就要到达河流全面封冻之处，靠人力不可能再前进。尽管已经日落，我决定继续往前，直到不得不停下为止。依靠灯笼，还有挑在独木舟长竿上的火把的亮光，船只在这座巨大的坚冰生产

◇ 塔里木河下游的浮冰

◇ 渡船停在乌根河与塔里木河汇流处

工厂中开路，将无数冰碟碾得粉碎。但是，一切终于都沉寂了。渡船停下，冰碟滑进坚冰之下。岸上生起了巨大的篝火，标志着漫长的水路旅行的终结。我们在塔里木河宽阔的胸膛上漂流了多么远！但是不能再远了！就在此地，我的旅行队在等着我。

◇　帕尔皮·巴伊与伊斯兰姆·巴伊在卡劳尔重逢

◇ 乌根河。奥尔德克 (Ürdek) 在独木舟上，帕尔塔和另两人在双体独木舟上

第八章

一次冒险的沙漠旅行
——穿越塔克拉玛干沙漠

▼

　　眼下不需要匆忙赶路，可以酣睡一番。我下令在一个天然小港湾宿营后，便解聘了来自赖里克的出色船夫，给他们发了双倍工钱，使他们不用花自己挣的钱作路费回家。当他们和我说再见时，眼里都含着眼泪。我指定帕尔皮·巴伊管理马匹，他立刻开始用芦苇捆搭建马厩。图尔杜·巴伊和费素拉都是来自西土耳其斯坦的俄罗斯人，我让他们去照看骆驼。库尔班(Kurban)是一个和蔼、坦率、快活的六十岁老人，出生于阿克苏，他负责穆斯林们的各种杂事。奥尔德克是罗布里克人，是从宿营地雇佣来的，我安排他负责一些粗活，如挑水作为厨用、到最近的树林寻找柴火、搜集补给品等，还有几个其他罗布里克人作为他的助手。伊斯兰姆是全体穆斯林的总管。哥萨克们则是我的贴身侍卫。哈尔梅特(Khalmet)是来自库尔勒(Korla)的商人，是我1896年旅行时的朋友，来探访我几天。我委托他从库尔勒买若干匹骡子、一些蒙古毡帐篷，换一些碎银，还有各种各样的补给品。

　　旅行队从库车(Kutchar)和库尔勒买了五条犬，其中有两条漂亮的猎犬，我给它们取名为玛什卡和泰根。从第一天起，它们就不言自明地成了我的宠物。

它们很高，有很厚的白色短毛，冬天喜欢待在火旁。我用蒙古毡给它们做了两个口袋，夜里就睡在我的帐篷里。大家感到非常有趣的是，它们很快就学会钻进口袋，如果有人帮着塞进去，它们就会满足地叹口气。但是在敌对行动中，它们是不可战胜的，邻近的所有狗都害怕它们。玛什卡和泰根非常狡猾地向对方挑战，要尽花招绕着对方转，直到能够抓住它的一条后腿，拖着它团团转，使它头朝下打着滚，这才放开它。可怜的家伙一面吼着，一面三条腿瘸着落荒而逃。当我们抛出食物时，在玛什卡和泰根吃饱之前，没有一只狗敢于看一眼肉骨头。它们来到营地后，约尔达什尽管没有真正失宠，却主动退出我的伴侣圈，当两个新来者在里面时，它从不敢瞥一眼我的小芦苇屋。有一次它尝试了一下，结果却是灾难性的，我徒劳地干预了这件事情，因为我发现狗类有它们自己解决问题的方式。不过约尔达什仍然忠实地睡在我的小屋外面，我也常常出去拍拍它、关心它，使它高兴起来。

约尔巴斯，又称"老虎"，是一条黑棕色大型犬；是竞争残酷的莽林中极具野性的物种，血管里流淌着狼的血液；是看家犬中最凶猛者，我称它为"要命的尖牙武士"。它通常被锁链锁着，除了我和两三个人外，没有人敢靠近它。夜里则松开它，使它成为盗贼的克星。在以后的岁月中，它有过多次冒险经历。有一次，它的腰部被野熊咬伤，肠子流了出来，不过把伤口缝合后，它又恢复了健康。还有一次，它跑进火热的沙漠中去，我们都以为它走失了，六个月后它却又出现在我们眼前。它的记忆力对我特别珍贵，在我不得已而冒险向拉萨骑行时，它一直伴随着我，在夜里保护我们。

我们的茅屋、马厩、帐篷以及大堆的储备物资围成一个"村落"，篝火旁是露天厨房及人们的俱乐部，"村落"中央是"市场"。当地人不论远近都跑来看看，一是好奇，二是想售卖一些产品。人来人往，嘈杂之声不断，像真正的市场一样。

我允许自己在英吉–库尔湖大本营休息几天。部分原因是考察一下南部沙漠的状况，想了解一些它的特点。因为我已决定直接穿越沙漠，到车尔臣河（Cherchen–daria）畔的塔提让村（Tatran），全程170英里。当地人极力劝阻我不要做这件事，他们认为这样做纯粹是发疯了，认为我简直是要去自杀。从来没有人走进过这个可怕的沙漠，想要冒险的人就别想再出来。他们了解的全部情况是：几百年前，在西南方向远处，居住着一些野蛮人，领导者称作阿提·库什·帕地沙 (Atti Kush Padishah)。神圣的伊玛目派人去传播伊斯兰教，当那些人拒绝接受新教义时，伊玛目请求上帝向他们施降愤怒与惩罚。一连数日，天降沙子，像下雨一样，直到所有人都被埋葬为止。

这些善良的人们看见我不听劝阻，硬要走向毁灭，出于良心，就建议我从南部出发，绕着沙漠走，再以英吉-库尔湖为目标回来。为了帮助我走出沙漠，他们建议每天傍晚在高大的沙丘顶上升起巨大的烽火。尽管他们的计划很诱人，我还是认为从一个熟悉的地点出发为宜，牲口也已经喂饱了，休息够了。事情就这样定下来。

旅行队由下列人员组成：伊斯兰姆·巴伊，他曾经和我在沙漠中共渡患难，还有图尔杜·巴伊、奥尔德克和库尔班。我们只带 7 头骆驼，1 匹马，以及 2 条犬约尔达什和多夫列特。猎犬们不能在露天抵御严寒，不能同往。

准备工作必须倍加细心。不必要的东西一件也不能带，必须让骆驼轻装穿越难以行走的沙漠。我们带够维持 10 天的米和面粉，14 天的面包、茶和炒面粉，后者只需用水和着吃。我为自己准备了一些罐头食品、茶叶、咖啡和糖，其他人则带了一大袋砖茶。我们的给养只够到达车尔臣小镇，到那里后再补充食品。我还得带上一些必要的仪器。大件行李包括冬天的衣被和毛皮大衣，还有夜里睡觉用的蒙古毡地毯。同时不带累赘的帐篷，在长达两个多月的冬天，我和大家一样露天睡觉。我敢向你保证，在 54 华氏度的下霜天，感觉是相当冷的。

12 月 20 日清早，伊斯兰姆把我叫醒，询问是否还要出发，因为西南方向刮起了强大的风暴。但是出发的日子一旦定下，是不能更改的，我下令出发，并向哥萨克及其他人告别。他们留在英吉-库尔湖照看所有财产，特别是那一大堆行李。把骆驼领过结冰的河面，踏上沙质道路后就开始装驮。两头骆驼驮行李和给养，第三头驮牲口自用的玉米，第四头驮沉重的木料，其他三头驮裹在羊皮里的巨大冰块，因为在沙漠里不可能找到水和燃料。还有三个人带领着其他三头骆驼，也装载着冰块和木材，将护送我们四天。这支小小的补充队伍由帕尔皮·巴伊率领。

伊斯兰姆报告一切就绪后，满载的旅行队开始上路，沿着塔里木河慢慢地向塔那-巴格拉地 (Tana-baghladi) 小湖走去。我们在它的最南岸休息一会儿，

◇ 英吉–库尔湖的冬季营地。自左至右为：卡迪尔、图尔杜·巴伊、卡西姆、切尔诺夫、帕尔皮·巴伊、锡尔金、尼亚斯·哈吉、哈尔梅特·阿卡沙卡尔、伊斯兰姆（后五人跪着），在他们后面是费素拉、帕尔塔、穆萨 (Musa) 及其他人

在冰面上凿出四个小孔，让骆驼最后一次畅饮。它们似乎也领会到我们对它们的期望，不停歇地、大口大口地吞咽湖水，似乎永远都不打算停下来。

跨越一道高高的沙坎后，我们在最后一片厚实的芦苇丛边宿营。大家对芦苇稍做清理，使它能凑合挡点风，天空就是屋顶了。

第二天早晨我从半黑暗中醒来时，风暴还在肆虐，尽管如此，我们仍然随着驼铃的叮当声继续沉重的旅程。沙地很松软，骆驼的脚掌深陷其中，特别是领头驼，简直成了同伴们的"沙刨"。我骑着小灰马走在队伍最后，小心地踩着骆驼的脚印前进。即使是这最初的景象也已经是荒凉得骇人了。如果月球上有沙漠的话，我敢肯定它不会比这里更缺乏有机的生命。

找不到任何一点生命曾经存在过的迹象。那天晚上，再也没有芦苇丛作为

◇　一头装好驮的骆驼

屏障，我们直接暴露在旋转着的、呛人的流沙之中，沙粒像使人窒息的云层一样扫过小小的营火。伊斯兰姆和我曾经在塔克拉玛干大沙漠中进行过一次危险的旅行，知道我们面临着什么命运。这里的沙漠有我们1895年跨越塔克拉玛干处的两倍宽，当时旅行队全部覆灭了。有一个问题每天都摆在我们面前，虽然谁也没有说出来，那就是：在这次跨越沙漠的新尝试中，我们会有人活着出去吗？

幸运的是，大风按照有规则的、有利于我们前进路线的方向将流沙堆成沙丘。这股春夏之间盛行的、来自东北偏东向的大风无比猛烈。沙丘像海洋中的大浪一样，当然，比海浪高得无可比拟。有时高达300英尺以上，或者说比圣保罗大教堂的穹顶只低50或60英尺。这些沙山系列自东北向西南无止境地延伸，但是山与山之间的沟壑却是裸露的平地。另外一系列矮一些的沙山与前者成直角交叉，构成一张巨大的沙丘网格。这些格子，也可以说是沙丘之间的空地，实际上是低洼之地，当地人称作贝约尔。沿着这些西南走向的洼地走，跨越洼地末端的沙梁隘口，就可以避开在我们两侧的高大沙山山体。我们在这样的贝约尔中走了90英里平地，其余旅程就都是沙粒了，南部的沙漠尤其难走。如果整个沙漠都像我原先想象的那样，都由300英尺高的沙丘构成，我们的旅程必定以灾难告终。但是，根据我已有的经验，即使骆驼都损失了，财产也被迫丢弃了，我们五个人用两条腿也能走出沙漠。

站在高高的沙丘之巅向东望去，景象荒凉得骇人，同时又是难以描述地壮观。极目所见，连续不断的沙丘海洋的背风面，从丘顶至地面，几乎成直角地、平整整地被切削下来。你可以把它想象作真正的海洋，巨大的海浪忽然被一种看不见的力量逮住并固定住，等待着某种魔力爆发，将它推向无穷的远方，所到之处，寸草不留。

我们在第三号营地掘了一口井，在 $3\frac{1}{4}$ 英寸处出现大量的水，水温40.6华氏度，但是咸得像最浓的盐水。显然，这是不能生存的不毛之地。我们只能以最节约的方式使用带来的冰块，早晚只融化最必需的量，而且限定每天只能烧三块木柴：晚上两块，早晨一块。

第四天，风暴来自北方。大气中充斥着浓厚的沙尘，透过从四面八方包围着过来的厚厚的雾霾，我们只能模糊地看见身边的东西。心中有一种奇特而恐怖的感觉。中午，天空的亮度还不及平时的黄昏。我们迈进了阴暗的冬天王国。

跨越第十二个洼地后，前面的地带看着就让人恐慌。我们向沙山的第二个隘口爬上去，但似乎永远到达不了顶点，因为刚到一个高处，又有一个新的高大沙山拦在前方。疲劳的骆驼停下喘息的间隔越来越短。不过，最后我们终于爬到绝顶了，第十三个洼地躺在脚下很远处，只见尘暴，不见地面。我们像滑雪似的滑降下去，到达地面就宿营。

夜里风暴停息了。拂晓时分，当我从毛皮大衣向外窥视时，只见月亮仍照射着营地，月光像白霜似的惨淡。所有人仍在沉睡，只有骆驼拉长的鼾声打破沙漠的寂静。我仰望天空，恳请冷月将我的祝福送至遥远北方的家乡，因为今天是圣诞夜——沙漠中的圣诞节！

经过头一天艰苦的沙漠行军，大家都很疲劳，人困马乏，我便让大家充分休息，营地开始活跃时，太阳已爬过沙山之巅。骆驼为了取暖总是挤在一起睡觉，高大的骆驼群在地上投下了长长的身影。

现在是清理一切可有可无东西的时候了，因为帕尔皮·巴伊领导的小小补给队必须回英吉-库尔湖冬季营地了。被指定回去的每一个人都来恳求随我一起跨越沙漠，他们被这段旅程中不可思议的魅力迷住了，正像我被迷住了一样。但是请求，甚至哀求都无济于事，因为冰的数量是有限的。很快，他们便消失

◇ 英吉-库尔湖最外围的沙丘（帕尔皮·巴伊、帕尔塔和伊斯兰姆·巴伊）

◇ 从沙山的
陡峭面下降

在漫漫黄沙之中，只剩几个小黑点。至此我们与文明联系的最后纽带也被割断了，我们所能依靠的力量就只剩下寂静而神秘的沙漠了。

圣诞节是我们的苦难日子。水平一致的洼地似乎突然终止了，我们在持续走高的沙海中迷了路。旅行队只能一步一步地行进，慢得使人痛苦。还不时地被迫停下，实在恼人。一头骆驼跌倒了，先得给它卸载，再帮它站起来，然后重新装驮。一会儿又碰到一处陡峭的、难以逾越的突起，须要用铁锹铲平。更糟糕的是，北风又刮了起来，一切都被包裹在可憎的沙尘暴中，使我们感到无助和特别忧虑。我们仿佛走进了迷宫，无法自救。

我下了马，步行领路。终于到达 200 英尺高的沙山之巅，我凝视前方时，担忧却丝毫不减。沙山的背风面几乎是垂直的，第十六个贝约尔躺在我脚下，像张着嘴的黑色煤坑一样，坑中间是潮湿的，周围有一圈盐巴，高高的沙山围堵在洼地四周。这景象使我联想到地狱的入口。当旅行队跟上来后，我们再一次滑降到山脚，就在那预示不祥的坑边宿营。

我从来没有在这么阴郁和压抑的环境中度过圣诞节。唯一与节日的欢乐记忆相一致的东西就是寒冷。我们很吝啬地生了一个小小的火堆，像蝙蝠一样挤坐在一起，冻得发抖，牙齿咯咯地响。木柴上微微颤动的蓝色火苗即将熄灭，大家便裹上羊皮大衣睡觉。虽然我们好客地把所有的门都打开，圣诞老人的使者们却没有一个向我们这空气流通的住所瞥上一眼。即使在北极过圣诞节也绝不会更加乏味。

第九章

在浩瀚沙漠海洋的中心

第二天我们行进了将近 12 英里，风暴全天与我们做伴。沙山顶上浮动的流沙被持续不断的大风吹出了一道道沟壑，活像一根大羽毛或骆驼的尾巴。沙粒覆盖了一切，甚至紧贴皮肤，给人裹上了一件极不舒服的沙衣，一咬牙，沙子便嘎吱作响。说真的，当我现在把笔记本倒悬着时，四年前旅行时夹带上的沙粒仍不断下落。圣诞节的第二天，地面条件十分不利。每当千辛万苦爬上一处沙山顶时，总是发现背面的沙坡以危险的角度陡峭地落入下一个贝约尔。骆驼无法自控地滑落下去。沙粒一旦受到骆驼的重压，便像瀑布一样泻下陡坡，它的四条腿根本不能动弹。骆驼却一下子就适应了这种下降方法，并未失去平衡。看见整个旅行队一起头朝下地滑降下去，像学生坐平底雪橇滑下山腰一样，煞是有趣。我们的燃料快要消耗光了，必须十分仔细地使用。骆驼有时也要挨饿，只能从驮鞍中抽出一些干草来喂它们。

12 月 27 日给我带来了巨大的惊喜。我像往常一样步行领路，旅行队随后拉成一长串。到达一处沙山山顶后，我仔细察看周围，用望远镜观察沙漠。向南看时，发现一处外貌特异的贝约尔，上面散落着一些黑点。我匆忙赶下去看看，黑点原来是风吹在一起的芦苇叶，其中还留有和老鼠差不多大小的啮齿动物的痕迹。再往前走一点，使我大为欣喜的是看见一些芦苇，尽管是干的，却真是芦苇，还长成一丛一丛的。

当旅行队最终跟上来时，人们欢欣鼓舞，仿佛天堂之门在他们眼前打开了一样。骆驼张大鼻孔想嗅到食物。说实在的，眼前的情景既令人惊喜，又十分意外，使我们看到了活着走出沙漠的希望。是的，我们曾生活在沙漠中心，离最近的水源也有 80 英里！

我们在此宿营，并把牲口松开。大家一抱一抱地把芦苇收集起来，点起一个明亮的火堆。当晚，允许每一头骆驼饮用 $6\frac{1}{2}$ 加仑水，它们一两口就把桶中的水喝光了。冰驮明显减轻了，但植物的出现说明地下水离此地已不远。一整个下午我们都在为骆驼融冰。风暴云层开始分开，上半部为灰紫色，边缘金光闪闪，但下半部仍然是沙丘一样的混浊的黄色。夜里气温降至零下 5.8 华氏度，早晨醒来时东风又刮了起来，铅色的浓云密布天空，大气中充满厚厚的尘土。天空中也看不到表明太阳所在的明亮之处。我们处在一个永远是冬季黄昏的地区。众多沙山实际上与我们近在咫尺，但在尘霾中只能朦胧看见，仿佛是几英里以外的山脉一样。永不停歇的、冰冷刺骨的寒风吹得我宁愿牵着马自己走路，尽管地面坚硬平整，适于骑马。

到达第三十三个洼地时，我看见一个黑色的东西，便加快了脚步。这是怪柳丛，还是头一次遇见。它还透出微弱的生命气息，周围却撒满了早已枯死的树枝，枯枝能很好地补充我们的燃料。再走不远，发现一处芦苇丛，可以作为抵挡大风的屏障。我停下来，拴好马，着手生火。

旅行队到达时已是薄暮时分。我发现只有六头骆驼，第七头走不动了，只好落下它。晚餐后伊斯兰姆・巴伊和图尔杜・巴伊返回去寻找，发现它已死了，张大着嘴，眼睛半闭。其他六头骆驼状态很好，而我们已经在沙漠中度过了 9 天。在上次塔克拉玛干的旅行中，正是第 9 天，我失去了两个人，损失了剩余的大部分骆驼以及全部行李。两相对照，那次我们被酷热和干渴所压倒，这次虽是寒风刺骨，饮水却很充足。

第二天早晨，收拾好已死骆驼的驮子，我们继续疲劳的旅程。宿营时，找到了许多干枯的柽柳树枝和芦苇，有一部分还带着绿色，说明地下水比较接近地表。后来在 $4\frac{1}{2}$ 英尺的深度找到了水，而且十分清鲜。于是我们所需的一切几乎都有了，有水，有燃料，有饲料。面对着猛烈的大风，我们整个晚上都生着两个大火。火光把各沙丘顶部染成血红色，丘顶的流沙像阵雨般洒落在我们头上。

既然已不需要为保命而赶路，连日的艰苦行进又使得人和牲口都已体力透支，我们决定在这口深受欢迎的水井旁休整一天，就着手将营地修整得尽可能舒服些。我用那块每天垫着铺床的白色蒙古毡凑合做一个帐篷，用柽柳树枝支撑着，它对整天肆虐的狂风多少起一点遮挡作用。同时我还有一个不断燃烧着的金属火盆取暖。于是我躺下阅读，却逐渐被流沙所覆盖。与此同时，其他人在给骆驼饮水，这是一项很费时的工作，因为水只能一滴一滴地流到桶底，骆驼则在井旁围成一圈，充满期望地等待着。桶一装满就被提上来，骆驼只一口就喝光了。渴坏了的骆驼每头至少喝 9 桶，有两头甚至喝了 11 桶。当它们大口地吞水时，可以明显地看见它们的肚皮鼓胀起来。水给了它们新的生命力，使它们有足够的力气去扯啃那稀疏的芦苇丛。

这是 19 世纪的最后一个早晨，拂晓给人带来希望。从埋在沙子里的床铺上仰望，我看见星星在营地上空闪烁。营地四周，柽柳连着泥土基座，很像幽暗的鬼影。喝足了水的骆驼显得十分强壮，出色地完成了一天的工作，走了 13 英里。傍晚宿营时风也停了，篝火的火焰和烟气笔直向上，直指明亮的星空。

1900 年 1 月 1 日是个阴暗的日子，早晨看不见一点阳光。一整天都行进得很艰苦，没有一点平地可走。向南望去，混沌之中只见断断续续的沙丘。我们像一艘航船，此前航程一直顺利，忽然间却掉进了风浪颠簸的大洋中心。我们在难以行走的沙丘上爬上爬下，一会儿这头骆驼被绊倒了，一会儿那头又摔跤了，前进速度慢得使人绝望。植被又一次几乎灭绝。东面远处似乎还有些洼地，但它们偏离我们的前进方向太远。南边天际呈现出一把锯条的轮廓，高悬的锯齿尖端直指金字塔形沙丘之巅。那天我们只前进了 $8\frac{1}{2}$ 英里。

第二天早晨我们看到了意外的景象。夜里下雪了，沙丘披上了一层刺眼的白色，使它们显得更加光秃、荒凉。再也看不到对我们有利的贝约尔了，只有沙粒、沙粒！

下午一股强风从南偏西方向刮了过来，雪花像云朵一样围着旅行队飞舞。黄昏降临时，雪片与沙粒互相混合，一片混沌。我们花了很长时间寻找合适的宿营地，毫无结果。天已漆黑，只好在一些枯死的柽柳旁边停下，它为我们提供了一点点柴火。我们在沙漠中心发现的小小的芦苇绿洲已经完全消失。人们又开始焦虑起来，奥尔德克显得特别不安，因为沙漠似乎永无止境，太阳又永不露面。他谈起塔里木河绿色的两岸，以及岸上的羊群、芦苇小屋、灵巧的独木舟和鱼群，仿佛那里是天堂，而他却永远看不到了。

骆驼已经精疲力竭，只得允许它们再休息一天。我自己也已经毫无力气，什么也干不了，只能躺在沙子上阅读。一整天雪都下得很大，又大又厚的雪片落到篝火上吱吱作响，也洇湿了我笔记本的页面。正午时天色仍像阴暗的黄昏，在微弱的光线中，沙丘、沙粒和天空融为一体，成为惨白的、旋转着的、令人眩晕的一团，毫无生气。大雪一直下到深夜，雪片遇到从篝火中升起的火花，便化作水滴，像钢花一样闪烁发光。

这样的天气在野外睡觉相当寒冷，温度计显示的是零下 22 华氏度，早晨我爬出睡袋时气温只有零下 43 华氏度。雪仍然下得很大，我完全被雪埋住了。

◇ 无边无际的沙漠"海洋"

◇ 塔里木河下游
岸边的杨树

在我起床前，伊斯兰姆得把我挖出来，用芦苇捆掸去积雪。我习惯于像在家里一样脱了衣服睡觉，在这种环境下的脱衣动作则有点滑稽。过程如下：我坐在篝火前，尽快地扔掉衣服，伊斯兰姆则一件一件地捡起来，垫在我的枕头底下，使它们夜里能保持干燥。之后我裹上一件又厚又软、两码长的羊毛睡衣，钻进被窝后，往头上套上一顶柔软的狐皮帽子，伊斯兰姆替我把被子四周都掖好。一开始我简直冻僵了，因为被窝里的温度也只有零下 36 华氏度，只能一动不动地躺着。后来四肢逐渐暖和起来，把能透进寒气的漏洞都掖上后，我最终变得相当暖和，同时逐渐加厚的积雪也彻夜为我保暖。我像一根木头一样睡到早晨，偶尔会有雪花从脖颈溜到肩膀上，也弄不醒我。

最麻烦的还是早晨起床。火刚一着旺，我就坐在火焰面前穿衣服，前胸的气温达到 86 华氏度，而后背则只有零下 22 华氏度，还得不断把手伸到几乎触及火焰，手指才能系上扣子。有时候雪片还会洒落到脖颈和脊背上，非常难受。伊斯兰姆递给我一盆温水作盥洗用，舒服极了。不过，一旦穿上了狼毛大衣，坐下喝一杯热茶，夜里那点儿小麻烦就都抛在了脑后。

第二天的行进更困难。顶风，白天最高温度只有 $8\frac{1}{2}$ 华氏度。走在松软的沙子上，两脚越陷越深。宿营时一片柴火也找不到，幸亏从上个营地带来了一点，但也很快就用光了。之后就只能睡觉。夜里雪下得极大，1 月 5 日早晨积雪非常厚，费了很大劲儿才把各种物品收集到一起。骆驼背上堆满了雪，头上洒着雪花，胡子上挂着长长的冰柱，看上去很漂亮。走起路来，积雪在它们脚下嘎喳嘎喳地响，连这声音也散发着寒气。

一天之中，也曾晴了一会儿，太阳露了一下脸，即使这时，大气中也充满了无数刺眼的冰晶，雪的反光使人睁不开眼。巨大的沙山像山顶常年积雪的山脉，在强烈的阳光下，蓝白的底色衬托出变幻莫测的光彩。

第二天的沙山显得比以往更高大，穿行其中更加困难。人们的情绪又开始低落。沙漠是不是永无休止？我们是否永远走不出这无尽的沙海？但是这一天却给我们带来了令人欢喜的转折，当我站在一个高高的沙丘上，用望远镜向南扫视遥远的地平线时，发现了一些黑色的点和线，在白雪的映衬下轮廓十分鲜明。这只有一个解释：枯死的树林。我们带着热烈的期盼加快了脚步，很快到达那里。

正像我预料的那样，那里原来有一座树林，后来被流沙掩埋了，只剩下一些干枯的树干。不到一小时，大家就在营地旁堆起了几捆木头。有一棵树太大了，砍不下来，就直接放火烧它。在沙漠的宽阔白色外套映衬下，它像一个巨大的火炬，燃烧了很长时间。有一棵空心的杨树，被人们扔到了我身旁的火堆上，呈现出一幅有趣的景象：火苗在树干里迅速移动，噼啪作响，发出光芒，像红宝石一样闪烁着；古老的树皮爆裂开来，绝望地扭动着，火焰却凶猛地烧着了它冰冻的树心。巨大的烟柱从营地上升，盘旋着飘向月亮，她刚从戒备森严的藏身处露面。那天夜里，穆斯林们对付严寒的办法真是太聪明了：他们在沙地里挖一些洞，把烧着的木头放在里面，上面再堆上沙粒，人躺在最上面睡觉。

我一向都把旅程路线描绘成详细的地图，在上次旅行后，我就清楚英吉－库尔湖和车尔臣河的位置。因此1月8日早晨，我便向大家保证，当天傍晚就能在河边睡觉。我并没有弄错，不久便从一座高高的沙山顶上看见南方地平线上有一条黑线。这就是车尔臣河畔的树林带。穿过迷宫般的怪柳丛和杨树林后，我们终于到达预期目的地——车尔臣河。河面结了一层厚厚的冰。人们很惊奇我怎么能这样准确地计算路程，他们根本不可能弄明白。我猜他们设想我曾经独自走过这人迹罕至的地区。大家宣称，今后不管我要到哪里，他们都会毫不犹豫、毫无恐惧地追随我。

我准备从车尔臣河向西进行一次考察，行程约200英里，四个人骑马跟随。我们顶着严寒、强风和打转的暴雪骑行，夜晚露宿野外。直到现在我似乎还能听见马蹄踩踏冰冻地面时单调的瑟瑟声。每骑行不到半小时，就不得不下马跑步，使身体不致被冻僵。一发现燃料就停下，生一个小火，使身体暖和过来再继续走。我们就用这种方式，从一个火到另一个火地前进，仿佛与刺骨严寒这个大敌争夺一寸又一寸的地盘。在马鞍上，大家身体前倾，缩作一团，两臂交叉，让马自己走路。回程的24小时最糟糕。夜晚温度下降到零下25华氏度。这段行程比平时更长，天黑后还走了几小时，再次遇上苦寒。风也和我们作对，尽管不太强烈，却足以使我们在马鞍上冻僵。我试着用毛围巾保护脸，但呼出的水汽却使胡子冻住了。进入眼睛的水汽使眼睫毛冻在一起，变成冰流苏，我得不断使它们暖和起来才能看见东西。

第十章

野骆驼的家乡

经过长途跋涉，穿过车尔臣河沿岸树林和塔里木河下游三角洲地区，我们终于在 2 月 24 日再次安全到达英吉–库尔湖大本营。离大本营还有六七英里，就有邻近地区的大批村民前来迎接我们，其中还有几位伯克、信使和邮递员。当我们消失在茫茫的大沙漠中时，他们几乎以为再也看不到我们了，现在则以最坦率的方式表达了欢欣之情。但让我最高兴的事情还是看见四个哥萨克护卫在沙尘中跃马而来，黑马直打响鼻。来自外贝加尔的另外两个哥萨克护卫也已到达。他们穿着全副墨绿色军服，从肩膀斜挂的皮带上系着军刀，头戴高高的黑色羊皮帽，脚蹬锃亮的皮靴。哥萨克们具有蒙古人的外貌，驾驭高大马匹的技巧熟练而高超。在他们面前，经历了一冬沙漠生活的我，真可谓衣衫褴褛。他们在我面前停下来，敬个军礼，通报了自己。

他们的名字是沙格杜尔（Shagdur）和切尔敦（Cherdon），属于外贝加尔哥萨克军队，都是 24 岁。两人讲的语言类似蒙古语，但也能说流利的俄语，为我服务期间还努力学习突厥语中的杰格塔语（Jagatai），以便能和穆斯林兄弟们自由交谈。他们从赤塔（Chita）自带武器、弹药及衣物，提前领取了两年工资。

◇　在车尔臣河畔

沙皇命令他们不要花我一分钱。很快，他们便对我十分忠心，为我献出生命亦在所不惜。我也变得十分依赖他们，就像原先依赖他们的俄罗斯同伴锡尔金和切尔诺夫一样。至于锡尔金和切尔诺夫，我已经离不开这两个人，便派信使到喀什，请求将他们也留下。

于是，我们由一个"骑兵队"陪伴着，浩浩荡荡地进入了前述我们自己的村落。在"市场"正中心，在人群和动物之间，有一只大老虎，凶猛地瞪着我们。走近仔细一看，原来是只死老虎，被摆成站立的天然姿势后冻僵了。

所有牲口的状态都很令人满意，骡和马膘肥体壮，全部骆驼都长膘了，但很野，开春时它们都这样。特别是那头单峰驼，发狂得难以控制。它咬牙切齿，满嘴白沫，唾沫成团地掉到地上；声音嘶哑地尖叫着，令人恐惧；睁圆了眼睛，总想咬人，谁走近它就要遭殃。除了费素拉，谁也碰不了它。为安全起见，便用绳子捆住它的脚，拴在牢牢打进地里的桩子上，使它不能挪地儿。

我们不在时，有一头骆驼走失了。虽然一直跟踪它，并追到山里去，还是

◇　在冰封的车尔臣河上

没能抓住它。它显然被老虎或野熊吓疯了。我们一直没能找到它，它彻底失踪了。

　　一位邻居给了我们两只小狗，取名为玛连其（小家伙）和玛尔赤克（小男孩），因为它们太小巧可爱了。直到成长为同类中的庞然大物时，它们仍沿用这两个名字。二者都是出色的旅行狗，永远是我的特殊好朋友，比它们的同类都要长寿。

　　我们从赖里克村带来了一只野鹅，它一路跟着坐船旅行，对这个环境已经很习惯，根本不再注意其他同类。现在大批野鹅正沿着世代相传的路线，从温暖的越冬地返回。它们呼唤的声音喋喋不休，不分日夜，不管天气如何，都能听见。白天，不论天气平静还是风雪交加，都能看见它们的身影。夜晚，天空漆黑，乌云密布，浓雾笼罩大地，也能听见它们的鸣声。它们怎么能保持正确的空中飞行路线呢？我感到很迷茫。它们的队列看不到尽头，永远匆匆忙忙地飞着飞着，从不停歇。当地人说，同一群野鹅总是年复一年地回到同一处繁殖地，它们和罗布人一样，也有财产归属的法律。

◇ 绥特拉 (Sheitlar) 一带的芦苇棚

　　哥萨克们每天都要出去打猎，总会带回来一些雏鸡、野鸭、野鹅或是鹿。这一地区猎物丰富，他们也就能不断地丰富我们的食品仓库。

　　我们的营地逐渐变成一个市场，成为整个罗布地区重要而知名的中心。农民们带来农产品，有时商人们也从库车或库尔勒带来一些糖、砖茶、中国瓷器、俄罗斯茶杯、布匹、棉花等商品。有一个商人还在此处安顿下来，盖上"房子"，开了一家在中亚集市上也数得上的好商店。这里成了一个颇受欢迎的休闲处所，穆斯林和哥萨克们常去那里闲坐、喝茶、抽烟，或是谈生意。一位来自库车的裁缝阿里·阿克亨 (Ali Akhun) 还在此开了一家裁缝店，活儿多得从早到晚忙个不停。

　　于是，在沙漠中经历了刻骨铭心的死寂之后，我现在处于各种活动和喧闹的中心。牧马人和旅行者，附近地区的来访者，都云集这个市场。人们来来往往，整日不断。傍晚，当最后一位客人离去后，我们才在市场正中央挂起一盏中国式灯笼。篝火整夜燃烧着，营地平和而宁静，只有守夜人来回踱步的声音和狗的吠叫声。

一转眼，一周多愉快的休息日子就已过去，新一轮沙漠旅行该开始了，否则就会遇上难以承受的初夏酷暑。再见，英吉–库尔湖！那令人愉悦的乡村景色，那好客的帐篷，那永远充盈的肉锅，一切都再见了！

下一次旅行于 3 月 5 日开始，目的是解决几个地理问题。我急切地想查清古代库鲁克河 (Kuruk–daria) 河床的位置并画出地图，1000 多年前河流改道了。此前库鲁克河流入罗布泊，现在罗布泊也已干涸，不过在一些老的中国地图上都标得很清楚。

我指定切尔诺夫做我的贴身侍卫，小旅行队的其他成员有：费素拉、奥尔德克和霍达伊·库卢 (Khodai Kullu)，此外还有阿布都·热依木 (Abdu Rehim) 和他的两个弟弟。后三人带领八头骆驼，到达阿尔提米什泉 (Altimish-bulak) 后离开我们。他们的家乡在北方，在库鲁克塔格山脉之中。我带了五头骆驼，全都精神饱满，喂养得很好，再加上我自用的沙漠小灰马。至于狗，这次只带约尔达什和玛什卡。

同时，我委托其余三名哥萨克护卫，还有伊斯兰姆、图尔杜·巴伊、帕尔皮·巴伊和其他几个雇佣的人照顾好英吉–库尔的冬季大本营。

向北行走了两整天后，我们到达山脚，此后便沿着山脉向东前进。有一天走完了 26 英里，这对于步履较慢的骆驼来说，真是辛苦了。当晚在布真图泉 (Bujentu-bulak) 宿营。第二天早晨的情况至今记忆犹新。我还在睡觉，切尔诺夫像往常一样走进来，点着了我带来的小取暖炉，但他没有注意到，顺着山谷吹下来的风把帐篷的帆布推向烤热了的烟囱。我感觉很热，很不舒服，一睁眼看见帆布着火了，便立刻喊人。人们瞬间把帐篷拆下，和切尔诺夫一起，把散落在帐篷里面的箱子、地图和书籍都搬了出去。我也没有闲待着，抓起蒙古毡地毯盖到烧着的帐篷上，将火捂灭了。到达干涸的库鲁克河畔的营盆 (Yingpen) 绿洲后，我们休息两三天，使骆驼好好积蓄体力，以便进入沙漠。我在此处遣返了一路骑马伴送我们的几个人，让他们把多余的冬衣、炉子以及没有也能过得去的物品一律带回去。

3 月 13 日我们继续向东行进。夜晚从东边刮起了一股强烈的风暴，将帐篷连根拔起，帆布被撕裂，像解开的船帆一样在空中飘动。我们只前进了五六英里，风暴就变成十足的飓风。沙漠的表层是细小的粉尘，在旅行队后面，这

◇　切尔诺夫、锡尔金和沙格杜尔

◇　在陆地上拉着独木舟走

些粉尘像彗星的尾巴一样飘扬起来。人们蜷缩在大衣下面，在驼峰之间颠簸着。才下午两点，天色已像黄昏一样黑暗。流沙和粉尘像云层一样把我们包裹起来，根本无法穿透。

正如阿布都·热依木说的"风大得简直能吹断骆驼的脊背"，还是原地停下更好，实际上根本看不清前进方向。而且，在土质如此怪异的沙漠上，想找到一处哪怕有一点点挡风功能的地方也是不可能的。我们面临彼此失去联系的危险。我想找一块洼地，就自己顺风走了几步。走？是吗？实际上我是被风吹着向前的，我想我是在飞。当我终于能转过身来时，我面对着飓风的全部疯狂力量，厚厚的、红黄色的沙土全力打在我的脸上。其他人在哪里？我喊叫着，但根本听不到自己的声音，眼睛、鼻子、嘴巴都塞满了沙子。我得停下来喘口气，仿佛是在水或烂泥中蹚着走。我完全不知道其他人的情况。我感到处境危险，似乎是迷路了，周围什么也看不见。在风暴中脱离旅行队必然会陷入险境，也许再也找不到他们了。还好，我终于在沙暴中朦胧地看见一个身影，是忠诚的切尔诺夫找我来了。他把嗓子都喊哑了，但是我根本听不见，即使只离他一两码远也听不见他的声音。

这时候，其他人已在为骆驼卸载。我的帐篷搭建在一个柽柳墩后面，以挡点风，不过帐篷柱子只有上半部能使用上。帐篷侧边的绳子缠绕在突起的巨大树根上，帆布下摆长出来的部分用笨重的木块压住。这样一来帐篷显得相当牢固。但是其他人就不能使用帐篷了，因为不能把帐篷柱子折断使用。

人们挤在一起坐着，缩作一团。骆驼排成一长串卧下，背对着风，脖子沿顺风方向在地上平伸出去。风速每小时 60 英里，我们的身躯则要极力挺住。一弯腰，几乎要被横扫过地面的厚厚的沙尘团所窒息。根本谈不上做饭，只能喝凉水，吃面包，加上浓烈的调料——沙子。沙粒穿透帆布，从各方面钻进帐篷。平放着的东西不到半小时就被埋没，钢笔里的墨水干涸了，笔记本的页面上堆起了细小的沙丘，书写时笔尖刮得沙沙作响。床上也撒上了厚厚的一层沙子。大气中充满了使人窒息的沙尘，我们也得照样呼吸。

以后几天我们走过一个特殊的区域。旧河床清楚地显露着，深陷于干燥的沙土之中，像一条弯弯曲曲的沟渠或是走廊。河床两旁是受气候销蚀的黄灰色树干，已变成枯死的干柴。这使我想起了一座古老教堂，其院落中的许多古树

◇ 柽柳树丛

都已变成涂抹了防腐剂的干尸，仿佛是大人国田地里的庄稼茬儿。

一连几天，我们都在无水的地区中穿行，由于用羊皮口袋带了好几袋冰，并没有感到什么困难。这里有许多野骆驼的足迹。切尔诺夫是一个出色的猎人，对于这种害羞的、优良的大型猎物早已急不可耐地想一试身手。当旅行队在亚尔当泉 (Yardang-bulak) 休息一天时，他的愿望实现了。早晨他看见一头野骆驼走近熟悉的饮水处，毫无戒备之心。第一枪后骆驼转过身，慢慢朝东走去，后一枪正好打中它（这是一头母骆驼）的身体。它倒下，又站起来走几步，再倒下，如此反复两三次，最终倒下死了。骆驼肉特别受欢迎，因为我们和狗都已经好几天没有吃肉了。几只狐狸和秃鹫也来饱餐一顿。上好的驼毛归我们所有，这是搓绳子的好材料。

有几天我们在沙漠中完成了不寻常的长距离行军，急于寻找第二口泉——阿尔提米什泉，又称六十泉。大家不停歇地前进，天漆黑后许久仍在走着，却始终找不到泉水，最后被迫就地宿营。但是第二天，我们在一座小山后面看见一片黄色的芦苇，原来这里就是出色的绿洲——六十泉。

◇　大漠中的沙暴

阿布都·热依木由于长期在野外生活，具有非凡的视力，一眼就看到在绿洲另一端的边缘有一群野骆驼，而我使用望远镜也很难辨认出这些动物。这位老练的骆驼猎手现在走在队伍最前面，切尔诺夫和我跟着，急匆匆地向芦苇地带走去。这是一个刚结冰的咸水泉，泉面铺满大片冰块。我们渡过从咸水泉流出的小河后，顺着边沿绕过了大半个小绿洲，阿布都·热依木最后在几丛柽柳树旁停下。

野骆驼群中有一头高大的深色公骆驼，其他五头颜色浅一些。一头老骆驼和一头小骆驼正在急切地吃干芦苇，其余的一动不动地卧倒，头部正对我们，以躲避风头。骆驼群距离我们只有300步远，这是在它们不知情时观察它们的最好时机。两头正在吃的家伙头部点地，嘴巴塞满后才抬起头来，慢慢地、用力地咀嚼干芦苇，草料在牙齿间爆裂作响。同时，眼睛望着遥远的地平线。它们没有丝毫不安，对于将会发生什么也毫不生疑。我觉得用偷袭的方式杀害这些优良动物，是不义之举。坦白地说，最终听到猎人的枪声后，我叹了一口气。此时，阿布都·热依木无声地隐藏在芦苇丛中，两眼因狩猎而激动发光，手里

◇　在阿尔提米什泉被射杀的野骆驼

拿着一管老式前装枪。一时间周围像坟墓一样寂静。我盯着骆驼群，不安地等待着。砰！五头骆驼随即跳起，向我们的藏身地慢跑过来，但突然一转身，朝着库鲁克山脉狂奔而去。两头吃草骆驼中的幼小者胸部中弹，当它站起来想追随同伴时，颈部再中一枪，永远不能追了。

它以跪着的姿势倒下，嘴里还嚼着，不时地还想站起来，但前腿支撑不住。它的表情很平静，没有恐惧或惊讶，似乎安于天命，但当我想碰一下它的鼻子时，它却试图咬我。阿布都·热依木用猎刀对准它的喉部猛力一击，抽搐几下之后，这位优秀的沙漠之子，刚刚还在泉边平静吃草的骆驼，死了。此时，其他骆驼像风一样都已消失。阿布都·热依木却高兴极了，他储备了好几天的粮食。

第十一章

跨越罗布沙漠——古代文明遗迹

　　我们在六十泉绿洲停留了几天，以便人和骆驼都得到必要的休息。3 月 27 日再次出发，打算朝西南方向走，跨越罗布沙漠，目标是喀拉-库顺沼泽北岸。喀拉-库顺是一片广袤的沼泽地，塔里木河将巨量河水倾注于此。越过沙漠时我打算考察一下古代罗布泊的湖盆。

　　阿布都·热依木护送我们两天，用他的骆驼为我们驮冰。泉上的冰明亮、清澈，装满了羊皮口袋和各种袋子。但是尽管我们想尽办法遮挡太阳，第一天就融化滴漏了满满 3 桶水，因为中午的气温高达 62 华氏度至 64 华氏度，进入沙漠后更是酷热难耐。不过，我们并不是真的陷入危机。我盘算着，一周之内应该到达沼泽，虽然冰的供应不太充足，我们也不至于干渴至死。

　　最大的问题是缺少食品，从英吉-库尔湖带来的给养很快就消耗光了，虽然还有一些大米和又干又硬、储存已久的面包，但一个人很难忍受这样单调的伙食。幸运的是，穆斯林们很喜欢骆驼肉，我和切尔诺夫则一口都不能吃。幸亏这位一流的哥萨克护卫是个神枪手，正要出发时，打中了五只在泉边休息的野鸭，为我们补充了几天食品。

◇　一头驯服的骆驼，1896 年和我一起旅行，1901 年死于西藏

　　大风在黏土沙漠中掘出了一条深深的沟渠，第二天我们一直在这样的沟渠中穿行。下午三点钟，领路的切尔诺夫和奥尔德克停下来，回头向我们喊道，他们发现两三间房子的废墟。这一带周围散布着大量贝壳，说明这里曾经是一个湖。

　　人类生活的遗迹！罗布泊北岸的古代村庄！这确实是我们整个行程中最惊人的发现。这要归功于我的好运气，如果所走路线向左或向右偏离一箭之遥，我们就根本看不见这些遗迹。因为废墟上主要是梁和柱，而从远处看，它们极像这一带到处都竖立着的干枯的树干。

　　"停止前进！"我大声喊道，"把帐篷搭起来。"紧接着我们就用唯一的一把铁锹在废墟上紧张地工作起来。我又绘图又量尺寸。挖掘工作出土了各种有价值的物件，如中国钱币、陶器碎片、铁斧、祭祀用的小碗等。在一些木块上，有人类画像的艺术雕刻，其中一幅画像似乎是一位头戴王冠手持三叉戟的国王，后者很可能是佛教神力的象征。这些木头雕刻必须不惜一切代价保存好，眼下先摞好放在一旁。

◇　切尔诺夫站在废墟中

在近处四周考察一下后，没有更多发现。不过，我们充分地利用了时间，睡得很晚。我多么希望在这附近多待几天，不幸的是，水滴不停地从冰袋中滴漏着，不敢耽搁。阿布都・热依木和他的骆驼该从此地返回。我便派霍达伊・库卢和他一起走，把从废墟中发现的文物想办法带回英吉-库尔湖大本营。霍达伊・库卢非常不愿意离开我们，但是送走他除了别的原因外，还因为存水已经降到最低水平，节省每一口都会起重要作用。在废墟以后的行程中，旅行队只剩下切尔诺夫、费素拉和奥尔德克，加上四头骆驼、一匹马和两只狗。

行进 12 英里后，我们在一处洼地扎营，并决定打一口井。只要能得到地下水，我们就可以免除对冰的依赖，任由它去融化。但是铁锹落在废墟上了，奥尔德克对此应负责任，他立刻建议由他去把铁锹找回来。

让他独自步行那么长距离，我很犹豫，如果刮起沙暴，就会有生命危险。另外，如果严重缺水，生存的希望就寄托在铁锹身上，没有铁锹就不可能找到地下水。最后我把自己的马借给他，严格地要求他必须踩着我们的足迹走。我告诉他，我们必须继续前进，不能等候他，如果找不到我们的踪迹，只要坚定

◇　仍然挺立着的门柱（在原地）

不移地保持向南的方向，就可以到达喀拉-库顺沼泽岸边。于是，他睡了两三个小时，饱餐一顿米饭和骆驼肉后，便于午夜出发，消失在黑暗之中。

奥尔德克出发后约两小时，我最担心的事情发生了，从东北方向刮来了一股风暴。飓风的暴力将流沙从地面成团刮起，空气中充满了厚厚的沙尘。我从帐篷向外张望，漆黑一片，向内看，真的是伸手不见五指。"可怜的奥尔德克，"我想道，"希望他有足够的智慧能够回来。"第二天早晨只有两个人收拾旅行队的行装，我只得搭一把手。我们继续上路。在黑暗的沙漠中，骆驼的铃声显得阴郁而怪诞，风暴从耳边呼啸而过。我们一方面欢迎这股暴风，因为它驱走了酷热，有利于我们走路；另一方面又惧怕它，因为它可能夺去奥尔德克的生命。

不过，事情的结果并没有那么坏。当天擦黑我们搭帐篷时，奥尔德克出现了，牵着马，铁锹搭在肩膀上。他和马都累坏了。他的第一句话是连声喊道："水！水！"他的嗓子完全被吸下去的沙尘烤干，他几乎连站都站不住了。

我屏住呼吸倾听奥尔德克的故事。在那风暴肆虐的漆黑之夜，他找不到我们的足迹，迷路了。但天亮时却意外地发现几所房屋的废墟，那里有不少雕刻

◇ 奥尔德克发现的废墟（一年后拍摄）

华丽的木柱。他知道我对这些东西极感兴趣，就扛走两块最好的厚木块。接着他便坚持不懈地去寻找铁锹所在的废墟，找到后立刻返回。有两三次，他想把木块绑在马背上，但是马拒绝了，他只好自己拖着厚木块走，肩膀都被绳子磨出血来了。他再次求助于马，但这个不知感恩的家伙挣脱绳子跑掉了。奥尔德克扔下木块，极为艰难地去追这个四条腿的同伴。最终追上后，他疲劳、干渴已极，便尽快寻找我们。对当地人神奇的地形认知能力，我又一次感到十分惊奇。

听到这个故事时我像遭到电击一样。第二天早晨，我做的第一件事就是命令奥尔德克去找回他扔掉的两块厚木块。当我看到后，断定它们不是来自我们第一次发现文物的现场，当即下决心必须回去。我急于想揭开这个在沙漠中心隐藏了 1000 多年的秘密。但当时回去是不可能的。水的储量几近枯竭，而火热的夏天即将到来，只有疯子才会当即返回。这一发现完全打乱了我的安排。原先我计划用两年完成这次旅行，由于这一发现，必须改为三年。我迟早都必须回去，即便付出生命代价也在所不惜，因为在这个地方发现了被遗忘的古代文明遗迹，这是十分幸运的。至于目前，我只能到此为止。夏天和秋天，我们要在凉爽的西藏雪峰下面度过；冬天回到戈壁沙漠；来年春天，当野鹅从印度返回时，我们将在古代城镇的废墟中安营扎寨。

于是我们继续朝西南方向行进。枯死的树林很快消失，取而代之的是不断增高的沙丘。我光着脚走在队伍前面带路，但午后不久，沙粒的温度非常高，烫得我的脚起了泡，我只好到队伍后头去踩着骆驼的脚印走，它们把夜里变凉了的沙粒翻到上面来了。4 月 1 日，我们让每头骆驼饮了一满桶水，因为它们太累太渴了，但因此我们的存水量大减，只够再饮用一天多的了。我们必须加快脚步，因为距离喀拉－库顺湖还有 40 英里远。

四周的景物让人伤心，只有阴郁的黄色沙丘，没有一丝植被的痕迹。停下休息的间隔越来越短。被烤热了的空气在沙地上空摇晃着、颤抖着。啊！要是再来一次风暴，使天气凉快下来该有多好！我又走到队伍前面很远了。我拖着疲倦的身体爬上一座高丘之巅，好看一下周围的情况。还是无尽的、海豚脊背似的沙丘迷宫！

但是，天哪，我看见什么了？南方远处，在最远的沙丘之后，有什么东西在闪烁着，蓝色的，一个湖！什么？在这个燃烧着的、被烤焦了的沙漠中有水？

不可能。这准是海市蜃楼！我仿佛插上了翅膀，飞快地跑下沙丘另一侧，向这广阔的一片蓝色狂奔而去。我跑啊跑啊，直到眼前一切发黑。后面的人一定以为我发疯了，要不就是中暑了。但是在听到驼铃微弱的回声时，我早已到达湖边，喝了它的水，坐着休息了一段时间了。当骆驼弯下长长的脖颈贪婪地、大口大口地喝水时，整个旅行队是多么高兴啊。大家是这么舒畅，禁不住开心地笑个不停。

水有一点咸，不过是可以喝的。这个狭长的湖挡在我们和喀拉－库顺湿地之间，要想跨越它并非易事。切尔诺夫坚持不懈地寻找适合的过湖地点，最终找到一处只有 3 英尺水深的浅滩。第二天我们在此渡过湖面。骆驼们太喜欢这次愉快的洗澡了，要把它们拉上岸来真不容易。对岸的淤泥软软的，就像一个盛满了粥的巨大的碗，上面还铺了一层杜仲胶，我们真怕沉下去被吞没。

到了湖的对岸，我们又进入了沙丘的迷宫，其高度都在 30 到 35 英尺。骆驼长久地、不情愿地往后看，不明白我们为什么这么快就离开这令人愉快的、救了大家一命的水面。太阳直晒着脸，闷热得让人窒息。在一天中最热的时候，大家就像送葬的队伍似的磨磨蹭蹭地走，午后相当久，精力才慢慢恢复过来。这天下午，我们终于从山顶上看到喀拉－库顺沼泽，它就在我们脚下，广袤无边，水质清鲜，厚密的芦苇丛环绕四周。我们得救了，从该诅咒的沙漠中解脱了。

对于一个沙漠旅行者来说，最大的梦想、最愉快的景象莫过于把帐篷扎在水边，拉开帐篷就能看见水面。黄昏来临，无比开阔的湖面上凉风习习，吹得帐篷的帆布哗啦作响，听起来真是愉快。涟漪荡漾，浪花拍岸，这水浪轻拍湖岸的声音对我来说是最美妙的音乐。野鸭群和野鹅群在微波中游弋远去的身影，久久地吸引了我的目光。但是此刻，它们使人想起了其他事情，我们简直饿极了，饿得只剩皮包骨头了。

4 月 3 日，一股大风从东北方向刮起，湖面上涌起了带着白沫的浪花，直逼位于西南岸的我的帐篷。这种景象使我心中萌生了一个疯狂的念头。我的肺部堆积了那么多的沙粒和尘土，我简直抵挡不了浪花的诱惑。不管付出什么代价，我一定要到明亮的湖面上去。但是到哪里去找一条船呢？我们自己没有，湖岸上又没有人家。有志者事竟成。长长的湖岸边有许多干木料，但它们积满了流沙，很重，我放入水中试试，木料沉下去了。好吧，不要紧，不是有六个

◇ 奥尔德克发现的部分文物，右面的标尺长1米（3.281英尺），可作对比

◇ 从喀拉－库顺湖北岸望去

空的山羊皮袋子吗，还有那些将它们固定到骆驼背上的木头框架。我们把这些材料搬到湖的东北岸，吹胀了羊皮袋子，再把它们固定到两个框架上。瞧，船准备好了。切尔诺夫爬到一个框架上，这一鲁莽举动几乎弄翻了船，我坐到另一个框架上，平衡恢复了。我们叉开腿坐着，挽起裤腿，双脚在水中晃荡。我们的背就是帆，船动起来了，随风慢慢漂着，越过湖面，直指帐篷。当我们前进时，野鸭群不断起飞，喧闹地越过头顶。经过身边的每一个浪头都打湿了衣衫，但这些事情我们都顾不上了，我们必须紧紧抓住，保持平衡，防止被摔出"船外"。

风吹得脊背寒冷刺骨，到达湖心时我简直受不住了，好好待在岸上多好。实际上我们冻得牙齿直打战。一上岸，我们就扔掉衣服，擦干身子，使自己暖和起来，然后钻进被窝，让血液重新循环起来。

太阳落山时，天空出现异常的景象。整个东方地平线上一片红黄，仿佛着了火一样。根据经验我知道这意味着什么，很快"黑色风暴"就像雷电一样横扫大地，恶浪疯狂地拍击湖岸，还冲击到我的帐篷，只好将它往后挪。一连几天，我们在湖岸附近走动，寻找打鱼人家。有一次，看见一股黑色烟柱从天际升起，说明罗布人正驾驶独木舟下湖，并烧着了芦苇。走过一大片沼泽与带状旱地交错的迷宫之后，终于来到库姆–查普汉 (Kum–chapghan) 渔村。我们在此住下，生活几乎完全依赖吃鱼。

我曾两次从村庄出游，坐独木舟深入沼泽地与湖面，直到被芦苇完全挡住为止。芦苇十分茂密，在它们被风暴击倒的地方，人都能直接在上面走动。当地人都忙于寻找野鸭和野鹅的窝巢，偷取禽蛋。罗布人带我乘独木舟到湖面各处游弋。他们强壮而沉着，划着细长的独木舟，穿行于割倒芦苇而开辟的狭窄水道中。在一处开阔的水面上，有一只孤独的天鹅。独木舟人加劲儿划桨追逐它。天鹅潜入水中逃避。独木舟匆忙赶往天鹅可能出现的地方。如此反复，直到可怜的天鹅被逼到芦苇丛的边缘。芦苇高 25 英尺，苇丛厚度也差不多，天鹅潜水进来后就被困住了，不能展开翅膀。独木舟像箭一样跟上，一个人跳入水中，抓住天鹅并杀死了它。在附近的芦苇中，找到一只死天鹅，它两三天前受了伤，因伤致死。我们杀死的正是它悲伤的丈夫。喀拉–库顺湖的本地人告诉我，天鹅是非常敏感的、富有感情的鸟类，不知是否可信。奥尔德克有一次向头顶上空飞过的鸟群打了一枪，两只天鹅落入湖中，其中只有一只是死的。"另一只是因不愿抛弃情侣而飞下来的。"奥尔德克说。

从库姆–查普汉回到英吉–库尔湖冬季大本营用了 25 天。穆斯林们带着牲口回去，切尔诺夫和我则坐独木舟回去。第一天，两头骆驼像拉雪橇一样，把两条上等的独木舟从旱路拖至一个新近形成的河湾。骆驼正在脱冬毛，光秃秃的像刚长羽毛的乌鸦，有点滑稽。于是，我们沿着塔里木河三角洲的一条又一条支流，靠双桨逆流而上，越过湖泊，穿过芦苇丛中令人窒息的、迷宫般的小水道，终于在一天傍晚，在我们平静的港湾上岸了。我们勇敢的老渡船拖着锚链在那里漂荡着。

大本营中一切都很好，只是帕尔皮·巴伊当我们不在时死去了。我非常想念他，因为 1896 年他和我一起去过西藏。

我给自己从探险队队长的位置上放 1 天假，投入另外的艰苦工作。在此期间，负责物资供应的人手头宽裕。除买来 30 匹马以外，还储备了足够维持数

◇　伊列克河（塔里木河支流）畔的杨树

◇　在一个塔里木湖的芦苇丛中

◇　喀拉–库顺湖中的芦苇小道

周的生活物资。我们小村中的市场现在改作船坞，用以维修那条大渡船，它即将被启用。前甲板上的帐篷改为一间舒适的小屋，用白色蒙古毡遮盖，里面的装饰照常，只是不要地毯，因为我希望越通风越好，连地板也应是透气的。书桌前用凉篷遮阴，小屋在夜里可以完全关闭，以挡住蚊子和小虫。从屋顶横梁上用铁丝吊下来一个神气十足的烛架，是用沙丁鱼罐头盒改成的。哥萨克们也在后甲板搭建了一间类似的小屋。

这些工作刚一完成，我就安排哥萨克们去解决另一个问题。我的小帆布船总是在纯朴的罗布人中引起极大惊讶，当我接着告诉他们，我们有一条船可以借助船帆迎风前进时，他们就大喊道："不对，先生，不用桨是绝对不能顶风前进的。"于是我买了一条合适的小船，给它装上一根铁的龙骨（用我们已有的两根铁棍做成），铺上甲板，配上橹、桅杆和风帆。只用几天，哥萨克们就

◇　改建后的大渡船

把"小汽艇"组装好了，我便在开阔的河面上试航。风很大，小船靠风力像刀一样劈浪前进。当地人不论远近都聚拢来观看这一奇景，都惊呆了。只是船身有点歪，为躲开水，我只好迎风骑坐在船舷上。

快乐的假日很快过去，旅行队再次整装待发。这次的领队是切尔诺夫和切尔敦两位哥萨克护卫，他们受命把旅行队带至西藏北部肥沃的曼达里克(Manddarlik)河谷，我两个月后和他们会合。于是，我们告别了塔里木河畔平静的小村落，当地人称它为土拉-萨尔干-尤伊（Tura-salghan-uy），意为"那位大人物盖的房子"。我们转身离开后，一群骄傲的乌鸦在此来回踱步观察，不过以后小村落的主人应该是蝎子和蜘蛛。值得庆幸的是，一年后我们不在此处落脚，因为1901年早春河水暴涨，横扫左岸，原有的茅屋、马厩和市场中那株孤零零的杨树都在瞬间消失，再也看不见了。

第十二章

湖上风暴——塔里木河下游

　　旅行队的驼铃声刚在树林中消失，我和锡尔金、奥尔德克等人就离开大渡船，划两条独木舟，准备测量塔里木河右岸的葛尔玛–凯地湖 (Gölme-ketti) 的水深并画出地图。这个湖足有 6 英里长，镶嵌在众多高大沙丘之间。船桨加流速使小舟在河面上轻快地前进，迅速冲入连接河与湖的狭窄水道中。葛尔玛–凯地湖的浪尖顶着白沫，亮绿色的水域向南延伸很远。这是一次危险的水上出行，因为风力相当于暴风的一半。还在河面上时，我们就曾停下两三次，以便把水舀出船外。现已进入又宽又深的湖中，浪越来越大。湖真的很深吗？实际上不是。划出去相当远了，当小舟落入浪谷时，船底还有撞上沙质湖底的危险。但最危险的还是冲击船舷的浪。因为罗布独木舟类似贝壳，用单根杨树干挖凿而成，船底是圆的，不熟悉的人要保持平衡极为困难。极小的动作也会使小舟倾覆，乘客落入水中。罗布人则用双桨化解这一危机，两支桨总是平放在水面上，他们轻松而自信地保持平衡，毫不在意，就像我们骑自行车一样。

　　为了避开浅水，我们不得不离岸远一些。但是浪较大，浪尖总是没过低矮的船舷上缘，很快我就像坐在浴盆中一样。情况有点危急，水已没过船舱的一

◇ 塔里木河沿岸的孩子们

半，我们坚持不了多久的。忽然间，锡尔金的独木舟倾覆了，两人在大浪中翻滚着，半蹚水、半游泳地回到岸上，很快我看见他们把衣服拧出水来，平安无事。

此刻我的小舟像花生壳一样上下颠簸着。我忙于把水舀出去，其他人全力以赴地划桨，直奔湖岸。每个浪头来了，我们都像洗淋浴一样，我垫着坐的蒙古毡全浸透了。每次浪头靠近时，我们都不自觉地往后躲。哎哟！船翻了！大家都往外跳，好在水很浅，只没到腰部。我刚好护住仪器和文稿。

开始返回时天已漆黑。我感到迷惑的是，这些独木舟船夫是怎么在沙洲之间辨认水路的，他们从不搁浅。岸上已生起火来，当我们和渡船并排靠拢时，渡船上的"沙龙"简直是灯火通明。

第二天我们乘渡船出发，顺水行驶速度很快。船上成员包括锡尔金、沙格杜尔、奥尔德克和四个撑竿人，还有两个出色的老人，帕凡·阿克萨卡尔 (Pavan Aksakal)（白胡子猎人）和柯圭·帕凡 (Kirgui Paran)。后一位老人 1896 年对我提供了很重要的服务，因为他对那个地区非常熟悉。这次所带的狗有玛什卡和约尔达什，还有两只刚送我的小狗。这两个小家伙非常招人喜欢，尤其是把它们按到塔里木河水中时，虽然猛烈反抗，却很可爱。

流速很猛，看到两岸迅速后退时着实高兴。现在我们周围已有一个完整的独木舟船队。船上所有人都生龙活虎，行动迅速。哥萨克们要么坐在舱外聊天，要么上岸去打野鸭。

但是几天以后，河床变得不规则，分裂出若干个小浅水湖，长满了芦苇，大渡船难以通过。其间有若干条小水道，罗布人在此下网捕鱼，但对于渡船来说，小水道太狭窄了。我们在一条水道中被卡死了，毫无办法。水道宽度差 5 英尺，两边还像篱笆一样长满了芦苇，高 12 至 14 英尺，而且厚密得惊人。更糟糕的是，水道浅得连渡船都浮不起来。我们被迫到附近渔村通知人带着铁锹过来。几个小时后，当地人从各个方向乘独木舟来了。他们把水道挖深，把两边的芦苇砍倒，渡船可以勉强地、一英尺一英尺地穿过去。这件事情花了相当长时间，但说实在的，尽管这条水中大道有点闷气，却很令人愉快。只是成群结队的牛虻着实令人难以忍受，它们遍布空中，密密麻麻，连我正在画的地图上都爬满了。

当芦苇丛密得连铁锹和斧子都无用武之地时，我们就放火焚烧。尽管阳光灿烂，这沼泽火光还是很壮观。火焰以惊人的速度蔓延。干燥的芦苇秆不停地爆裂，噼里啪啦地响着。当火焰接触到水面时，湖水咝咝作响，被烧开了，冒着气。大火像流动的熔岩一样在芦苇丛中散开，一团团黑烟有如外套，裹在沼泽上方。有两三次，火焰的走势对着渡船，我真怕它也成为贪婪的大火的俘虏。这就像在燃烧的湖面上进行一次冒险。不过，这个计策还是成功了，我们最终在杰肯里克–尤依村 (Jekkenlik-ui)，即莎草屋村宿营，这是坐落在一个岛上的村子。

5 月 25 日，我准备对位于沙漠中的大湖贝杰里克–库尔湖 (Begelik-köl)进行考察，随行人员有沙格杜尔和两三个可靠的独木舟船夫，老柯圭·帕凡也随同前往。我们乘坐两条独木舟，在划过雅坎里克–库尔湖 (Yäkänlik-köl) 后，便把独木舟拖过一处长条形陆地，推入一条通往贝杰里克–库尔湖的狭窄水道。

空气完全停滞了，芦苇叶也一动不动，除了偶尔有一声鸭子叫以外，什么声响也听不见。广阔的湖面像玻璃一样明亮而静止，打扰它的纯朴和安宁真是有愧。那一系列沙丘在水面上的倒影清晰而轮廓分明。地面上有一幅沙丘景象，脚下又有另一幅一模一样的图像，都是一样荒凉、枯黄的不毛之地，真让人迷惑。大湖是一片可爱的水域，像一片无比宽阔的蓝宝石，闪闪发光。我们划船的方向是正南，太阳直晒脸上。湖面上就像火炉一样酷热，只有不断地往薄薄

◇　妇女和儿童们好奇地张望着

的白色衣衫上淋一点水，才能感到一丝凉意。

这一天，我们测量了大湖的面积和水深，工作艰苦而有成就。我爬到一座高高的沙丘顶上去观察周围情况，沙粒滚烫得把我的鞋底都烧穿了。回到独木舟后真高兴能坐一会儿，双脚吊在水里晃荡着。但是我们很快就又紧张起来，因为柯圭·帕凡指着对岸，即湖东岸陡峭的沙丘顶端，用问话的口气喊道："黑色风暴？"一根黑色柱子从地平线上迅速升起，上端顶着一个颜色浅一些的云圈，接着两旁又升起了几个黑柱子，逐渐混合，形成一个巨大的云团，上端有锯齿镶边。大家都知道这意味着什么。

我们停下来考虑一下该怎么办。罗布人一致认为该原地等待。柯圭·帕凡则毫无惧色。他说，要在风暴爆发之前划过那片面积最大、水最深的湖面是有困难的，是这片水域把我们和回去的小水道出口隔开了。要是我们能够沿着湖岸走，就不至于那么危险。但是我们所在的西岸被一片又宽阔、水又深的峡湾所隔断，所以，无论如何，我们只能跨越开阔的湖面。

既然如此，我决定冒一次险。马上，人各就各位，船桨入水，只两三分钟，船就离岸相当远，前面是整个宽广的湖面。我们快速划过平静的湖水，船头激起了高高的浪花。船桨弯得像弓一样，时刻都有可能折断。计程仪显示，我们的速度为每秒 $2\frac{1}{2}$ 码，换句话说是每小时 $5\frac{1}{3}$ 英里，对划桨而言，这个速度很可以了。穆斯林们内心担忧，不断用诚恳而沉重的语气，急促地喊着："真主啊！真主啊！"这其间大气层是完全静止的，但人们却感到某种可怕的事情即将要发生，天空中迅速变化的颜色表明了风暴进展的速度。

"它来了！"柯圭·帕凡喊道，"刮过沙丘顶上了！"与此同时，黄色的、轮廓分明的沙丘顶消失了，大湖的整个东岸被灰黄的、厚密的雾霾团所吞没。"划呀，孩子们，划呀！"他鼓励道，"真主与我们同在！"

一分钟前一切还都平静无事，一分钟后闪光镜子般的湖面就消失了，仿佛有一种强酸顷刻间把它销蚀了。风飕飕地刮着，阴森可怕。黑色大风暴猛扑到湖面上，第一阵强风袭击了我们，紧跟着一阵又一阵刮过来，连续不断，间隔极短。黑色的浪头滚过独木舟的右舷，咝咝作响的浪尖越来越宽。罗布人使出吃奶的劲儿极力划桨，我相信我们的速度已达到每小时 6 英里。"我们过不去

◇ 贝杰里克－库尔湖上遭遇风暴

了！"他们喊道，"我们过不去了！真主啊！"我匆匆脱掉一半衣服，急忙去挽救那些仪器和笔记本，我不能失去它们。"它来了！"独木舟船夫尖叫着，跪下来，向前弯着腰，拼死拼活地划着。船桨击水一下紧跟一下，快得像明轮船的桨叶。独木舟像箭鱼一样劈开浪头，船头激起的浪花高高洒向空中。

这几阵风只不过是黑色风暴的前锋，而风暴主体立刻跟着来了。脆弱的独木舟遇到这种可怕的力量非翻船不可，幸亏经验丰富的罗布人突然朝迎风方向倒下去。刚才北岸还像一根黄色的细线似的在远处晃动，现在岸边的任何迹象都消失了。我们被尘霾紧裹着，只能看见贪婪的浪头在翻滚、呼啸，感到小舟像稻草似的在浪头上颠簸，情况十分危急。

"如果水满了你就抓紧船。"我对沙格杜尔喊道，因为他不会游泳。现在危险来了！大浪带着沉闷的隆隆声向我们头上滚过来了，羽状的、带泡沫的浪峰被狂风吹得粉碎。独木舟船夫以神奇的技巧化解危机，驾驶小舟斜着向上突破浪尖。直到此时，舟内积水不算太多，我竭尽全力往外戽水。浪花加汗水使每个人都浑身湿透了。

这种绝望的挣扎似乎永无完结。水浪没过船舷的间隔越来越短，浪峰也越

◇　塔里木河右岸的沙丘

来越频繁地打在我们身上。我一只手不停地往船外舀水，另一只手不由自主地去遮挡袭来的恶浪。尽管我们使出全身力气，独木舟还是逐渐灌满了水，划起来越来越沉。我们完全筋疲力尽，一分钟也难以再坚持。太阳还没有落下，四周已像午夜一样漆黑。

　　咦，怎么回事？发生什么事儿了？像变魔术似的，喧嚣的水面平静下来了。我们什么也看不见，只知道浪头没有了，也感觉不到浪尖的泡沫了。仿佛有多少吨油料瞬间被倾倒在湖面上。"水深两英尺！"柯圭·帕凡喊道，语气夹带着胜利和宽慰。原来这是从北岸伸出来的一条狭长的沙质地岬，运气真好，我们毫不知情地驶上了它的下风一侧，现在它就像防波堤一样为我们挡住了风浪。过一会儿，透过尘霾朦胧地看见两团黑色的东西，是柽柳，我们赶紧把船头划上浅滩的柔软沙子上。

　　独木舟船夫简直被压垮了，但与其说是累倒了，不如说是被情绪压倒了，必须让他们休息一会儿。这时，沙格杜尔和我负责看管各种物品，并把船上的积水舀出去。很晚才开始返回。经过这样一场风暴，天色漆黑，就像在一个没有窗户的地窖里一样。直到今天我仍在纳闷，独木舟船夫是怎样找到归路的。

他们不能互相说话或商量，也不能互相提醒或建议，即使用尽全力大声叫喊，对方也听不见。风暴的怒吼压过了一切声音，它在柽柳丛中尖叫着，哭泣着，有时又像汽笛齐鸣。柽柳的细长叶子锋利割脸，只好伸出胳臂挡开。感谢它们隔出了一条平静的水路，使我们得以顺利渡过贝杰里克-库尔湖。我自己一路打瞌睡，因为除了震耳欲聋的风声，什么也听不见，什么也看不见。只有船桨有节奏的击水声让我知道，船确实在前进。

芦苇丛开始变薄。前方，墙壁般的黑暗中隐约有一个暗黄色的斑点，很快它变亮了，原来是火光！两秒钟后我们就到达渡船。浓重的空气充满了尘土，使我们在十几步外就看不见这团火，其实它已燃烧得白热化，只不过狂风太暴虐而已。

这是我所经历的最凶恶的风暴之一。老渡船时刻都受到威胁，要不是我们用双倍的绳缆加固，它很可能挣脱缆绳漂过湖面。傍晚我把所有小件物品都收进箱子中，幸亏这样做了，到了午夜，我的小屋便被掀翻，只得用绳索把它捆定。现在我必须缩短在河湖中漂流的故事了，不过我很不愿意，因为它们是我一生中最珍贵的记忆之一。

离开湖面后，我们再次驶入塔里木河。有一次，在河流的转弯处宿营时已是深夜，四周无比宁静。人们都已入睡，我独自在灯下写作。忽然间几只狗狂吠起来。随着船桨击水的声音，一条独木舟冲到了渡船旁边。几句简短的对话后，我听见脚步声匆匆走近，小屋的门帘被掀开，一个陌生人出现在我面前。这是来自喀什的信使，带着一个沉重的邮包，里面装满了来自家乡的信件和包裹。我吩咐沙格杜尔为来人好好准备一顿晚饭后，便贪婪地阅读起他带来的各种好消息，直到凌晨三点才熄灯。

总的来说，我们的日子过得平静无事。因风暴不能前进时，哥萨克们就以捕鱼为乐。天气好时，一天的行程往往持续到深夜，独木舟点起了中国灯笼或油灯，在渡船前面照明领路。这时候，哥萨克们总是坐在我的工作台前面，和柯圭·帕凡及帕凡·阿克萨卡尔聊天，同时把八音盒调至最强音播放歌曲。经过酷热逼人的白天后，凉爽的夜晚真是令人愉快。

在塔里木河下游末段的路途中，牛虻、小咬和蚊子多得像真正的云团一样。大河在沙漠中穿越了1200英里后，现已接近位于喀拉-库顺湖（也可

◇　渡船在芦苇丛中搁浅了

说喀拉-库顺沼泽）的终点。在奇格赫里克 (Chighelik) 捕鱼站，我们告别了光荣的老渡船，把它送给了当地居民，他们收到这样辉煌的礼物，简直是快乐无比。然后大家乘坐一条凑合的船，驶向阿布达勒 (Abdal)，大河在此终结。在旅途的最后几天，听到一些我不喜欢的消息。一位新的信使前来通知说，鉴于中国的义和团运动，命令锡尔金和切尔诺夫回到喀什。我别无他法，只得派专人前往西藏北部大本营，告诉切尔诺夫赶回阿布达勒。

由图尔杜·巴伊率领的一个有骆驼和马的旅行队在阿布达勒等候我。我们在此耽搁数天，首先我必须等切尔诺夫到达，其次我们必须让一个强大风暴过去了才敢起程。由于牛虻太多，喀拉-库顺沼泽周围的低地无法居住，人和牲口都无法外出，因为那是相当危险的。骆驼刚脱冬毛，身体完全裸露。马和骆驼都只能藏在一个很大的芦苇棚屋内，四周用草塞堵严实，只有在夜晚才敢带它们出去饮水。但只要从东方吹来一股风暴，牛虻就会消失得无影无踪。

我和哥萨克们也只能住在茅屋内。切尔诺夫终于回来了，但听说要离开我们时十分沮丧，因为我们渴望已久的山区生活即将开始。在等待还未出现的大风暴期间，我阅读罗布人的诗歌以自娱。这些诗歌和世界各地的一样，都是歌

◇　阿布达勒的居民

颂爱情的，简朴而缺少艺术加工。内容离不开独木舟、渔网和湖上生活。歌词中透露着对家庭和乡土的思念，感情质朴，十分动人。尽管生活平凡、单调和穷困，他们对自己的家乡和芦苇密布的湖泊，却充满眷恋之情。

第十三章

踏上荒凉的西藏高原

最后我不想再等了，便于 6 月 30 日下令，黄昏时旅行队必须在茅屋前准备停当，列队出发。骆驼刚一出圈，就被成团的牛虻包围叮咬。每头骆驼一上好驮，便由 4 个人用芦苇捆替它驱赶牛虻。在驼铃声消失之后，我送别锡尔金和切尔诺夫，感谢他们为我所做的一切，和他们握手道别，目送他们沿着通往查克里克（Charkhlik）和喀什的道路走去，消失在尘土之中。

夜幕降临时，我和两个独木舟船夫乘一条轻便舒适的独木舟，快速划完塔里木河最末一段路程。月亮刚刚落下，空气清新，明亮的星星在游移湖上空闪烁着，一阵清风轻柔地飘过芦苇荡。我们快速划过湖面，但是很快便身陷浓密的芦苇丛中，夏夜的和风无法穿透进来。里面热气逼人，瘴气和其他有毒气体从温热的水面升起。这一区域的地图我早已画过，现在可以偶尔打个盹。黎明前独木舟船夫不停地歌唱以保持清醒，不过我们距离指定的集合地点已经不远，黎明时分旅行队便伴着驼铃声到达这里。

自此我们离开独木舟，翻身上马，背对湖的南岸，穿越完全平坦，但却单调、枯燥，一直伸展到山边的盐质沙漠。太阳发出威严的光华，使沙漠温暖而明亮。薄云像面纱一样遮挡着太阳，阳光从后面映衬着美丽的云层，很像金光四射的花冠。天空有如绿松石一般洁净无瑕。在初升太阳平直又略为倾斜的光线照耀下，山脉的全景轮廓十分清晰，神奇至极。山岳从粉红色变为紫色，距离使色彩变得柔和，成为枯燥沙漠的一道和谐而悦目的背景。

但是太阳刚一发挥威力，立刻热气逼人，空中挤满了牛虻，用马鞭驱赶它们简直是徒劳。上午很早我们便在一个盐井旁停下，剩余时间都用于对付骆驼的这些死敌，这是一件令人生畏的工作。

第二天清晨 3 点我被叫醒，就着烛光吃早饭，有茶、鸡蛋和面包。一小时后，我们就出发了，因为路程很长，大约有 40 英里。队伍用两三个铜制器皿盛饮用水。路面很硬，布满了沙砾，寸草不生；道路缓缓下降，直达山脚。在路途中，有一些人为堆起的小石头堆，为在风暴中的旅行者指路，石头堆的距离变化莫测、毫无规律。亚洲人对道路和足迹相当崇敬，路过时总是怀着感恩的心情，往道旁的石头堆上增添一两块石头。

两只小狗很快就累了，只好把它们放进篮子中，盖上蒙古毡。约尔达什和玛什卡经受不住酷热，尽管偶尔给它们喝一点水，还是不停地落在队伍后面。最后既听不见也看不见它们。于是沙格杜尔骑回去，发现它们在一个泥质小台地的阴面把沙子扒在一旁，躺在那里。当沙格杜尔呼唤时，约尔达什立刻跳起来跟他一起走，但玛什卡一动不动。沙格杜尔只好把它抱上马鞍，放在自己身前，但还没走多远，它便有些异常，头部无力地靠在马脖子上。哥萨克将最后的几滴水给它喂下去，还是没有用，可怜的狗已经死了。他把它放下，让它躺在路旁。为了救活约尔达什，我们不顾它拼命反抗，将它捆在骆驼背上，盖上蒙古毡，它在里面咆哮着，感到"晕船"。比我们先到达曼达里克（Mandarlik）的大旅行队损失的狗比我们还要多，有 8 只狗或者死在路上，或者跑回湖边去。

这是一个糟糕的地段，一片带状沙漠拦在我们和山脉之间。不过在太阳西斜之前，我们就到达目的地，走了 $14\frac{1}{2}$ 小时。到达第一个小峡谷后，队伍休息了一会儿，峡谷中一条小溪潺潺流过繁茂的草地。你没看到约尔达什听见流水穿过卵石的声音时那个样子！他竖起耳朵，吠叫着，疯狂地撕咬够得着的一切，想挣得自由。它和两个小伙伴的腿已有些发僵，刚把它们放下来，便踉踉

◇ 玛连其和玛尔赤克

跄跄地跳进溪流，匆忙地、拼命地喝水。看见它们这样，我的确无比快乐。它们喝够了，便在水中充分伸展肢体，又到草地上打滚，再回去喝水。要是玛什卡能够分享它们的快乐，该有多好。

现在我们向上朝阿斯腾塔格（Astyn-tagh）的两列山脉慢慢走去，这是中亚沙漠和西藏的分界线。新鲜的空气，明亮的夜晚，偶尔下一阵受欢迎的小雨，没有牛虻——这一切是多么令人愉快！到达宽阔的祁曼（Chimen）山谷中的铁木里克（Temirlik）时，海拔已是 13000 英尺。我们在那里见到来自大本营的两位信使，他们告知一切平安无事。二者均为陌生人，一个名叫霍达伊·瓦尔迪 (Khodai Värdi)，是个愚蠢的家伙，后来曾对我耍起恶劣的花招。另一个年轻人是阿富汗人，来自车尔臣，名叫阿尔达特 (Aldat)。冬季他在山岭中猎杀牦牛，把牦牛皮卖给克里亚 (Keriya) 的商人。他年轻、帅气，一年到头都在高山地带游荡，过着猎人的生活。他的全部财产是来复枪、羊皮大衣、刀具、打火镰。他吃的是射杀的牦牛肉，喝的是来自融雪的泉水。阿尔达特是一个讨人喜欢的人，虽然有点奇特。他从来不笑，也不说话，除非必要，回答问题简短而到位，几乎不与人来往，来复枪总是挂在肩膀上，眉宇之间带点忧郁，目光透着疑问、充满好奇。他的步态像国王，走路像羚羊一样轻盈地滑过地面，山岭中稀薄的空气使我们的心脏剧烈地跳动，却从来不会使他疲倦。当我邀请他与我做伴，进行第一次西藏探险时，他毫不犹豫地答应了。他的生活多么奇怪，同时又是多么愉快！

"如果你打不到牦牛，没有东西吃，怎么办？"我问道。

"我就挨饿。"他回答。

"夜里你在什么地方睡觉？"

"在岩石的裂缝中，或者在山谷中，有时在山洞中。"

"你不怕遇到狼吗？"

"我有火绒和打火石，每天夜里我燃起一堆火。此外，我有来复枪。"

"但是在这些纷乱的山岭中，你难道不会迷路吗？"

"不会的。我跨越这些隘口好几十遍了。"

"你对孤独不感到厌烦吗？"

"不。但是我渴望遇到泉水，我的兄弟们会到那里取牦牛皮。"

真是一个到处游逛的人形精灵！我简直想象不出，独自一人在荒凉的西藏北部会是什么滋味。白天还好一些，夜里严寒刺骨，黑黝黝的山岭在月光下朦朦胧胧，像鬼怪似的吓人。我承认，这个人把我震慑住了。我拥有所需要的一切：仆人、哥萨克保镖、哨兵和守夜的狗，然而当暴风雪在山野中咆哮肆虐，包围了我的蒙古包时，我还是感到相当害怕。

两三天后，我们到达曼达里克大本营，发现全体人员和牲口都处于最佳状态。我在此组建了新的旅行队，成员包括：切尔敦，他已成为我的左膀右臂；搭帐篷的人；男仆和厨子；图尔杜·巴伊领导 7 头骆驼；莫拉·沙 (Mollah Shah) 管理 11 匹马和 1 匹骡子；库特楚克 (Kutchuk) 是船工，可以陪我去湖上出游，这是我最喜欢的事；尼亚兹 (Niaz) 是在山岭中遇到的淘金者，负责看管准备在路上宰杀的 16 只羊；阿尔达特了解当地情况，充当向导。约尔达什、玛尔赤克和一只大黄蒙古狗，也在随行之列。蒙古狗是从一位蒙古邻人处得到的。

任命沙格杜尔为大本营的负责人，并受命几天后将大本营移至铁木里克。

7 月 20 日，我们开始在一个完全陌生的地区探险，旅行队的驼铃声在曼

◇ 俯瞰峡谷的曼达里克大本营

◇ 从曼达里克出发

达里克的花岗岩悬崖前清晰而响亮地回荡着。在第一个营地，虽然景色有点像典型的阿尔卑斯山风格，高度却已是海拔 13070 英尺。山谷中有一条小溪，流水叮咚，繁茂的青苔长满了溪流两旁，衬托着无数美丽的小花。唯一的燃料是牦牛和野驴的干燥粪便。鹧鸪叽叽喳喳，土拨鼠在沟中的土窝外尖声呼叫，这一切都在山间回响。切尔敦射杀一些鹧鸪，补充了我们的食品库。

第二天早晨，尽管还是 7 月份，天气却像冬天，地面上裹着厚厚一层积雪。盛夏时气候就这样，严冬时又该如何？ 22 日，我们朝一个贫瘠的、缺少牧草的山谷前进，雪继续下着。第二天晚上，雪下得又急又厚，气温只有零下 $8\frac{1}{2}$ 华氏度，有霜冻。

拂晓时，我被营地中的严重骚乱吵醒了，匆忙出去看看，显然是发生了什么不寻常的事情。两个帐篷间的地面被狼踩踏过。羊群都不见了，只剩被拴着的 4 只，尼亚兹也不见踪影。所有人都出去寻找他们，发现 9 只羊散落在山间，但都被狼群撕碎了。人们只救回了一只，另有一只走失了。

尼亚兹十分激动，从头到脚都在颤抖，对夜里的事件描述如下：他像往常一样靠近羊群躺下，盖上一条蒙古毡。半夜被羊群的咩咩叫声吵醒，由于暴风雪，羊的叫声很弱，周围漆黑一片。他跳起来，发现有 3 匹狼正在撕扯羊只，从营地驱赶羊群。愚蠢的尼亚兹竟然没想到叫醒其他人，只是疯狂地冲出去，用两条腿去追羊，整个晚上像疯子一样跑来跑去，却连一只羊也没有救回来。偷袭组织得很狡猾。几只狗居然都没有注意到，但那只蒙古狗却跑掉了。约尔达什睡在我的帐篷里，没有经验的玛尔赤克像刺猬一样蜷曲着睡在人们的帐篷后面。第二天我们刚出发，就看见走失的那只羊连蹦带跳地跑下山腰。我们对它欢呼，大家对找回来的 1 只羊比丢失的 9 只都更喜欢，这是很自然的。

到达祁曼塔格山 (Chimen-tagh) 庞大山系的山顶时，测得的高度是 14000 英寸，相当可观。而 7 月 24 日的一天行程中，我们跨越了两列更高的山脉。我总是落在旅行队后面很远，因为我要画地图、拍照等等。在这种情况下，陪伴我的是切尔敦和托克塔·阿克亨 (Tokta Akhun)，后者是来自阿布达勒的一位朋友，在旅途开始时陪伴我们几天。白天很快消逝，我们紧紧追随着旅行队的足迹，并且急切地寻找表明营火所在地的那根烟柱。我们已经跨越一道山岭，正沿着一条狭窄的小山沟向上骑，它通向第二道山脉的山巅。植被没有了，我们来到更加寒冷的地带。暮霭降临，很快天就黑了。显然，旅行队已经走到前面，翻越了另一个隘口。当然，跟着向前骑行，也翻过这个隘口是很容易的，但是当时我被地图拖住了，天黑后是无法画地图的。看来只能原地停下，别无他法。我派托克塔·阿克亨往前去，命令他把我的帐篷和箱子尽快地带回来。

山谷底下马蹄踏着卵石的声音很快消失了，我和哥萨克护卫留在黑暗和严寒中，待在海拔15240英寸高处。我们裹紧了皮大衣，坐下聊天。切尔敦告诉我他在外贝加尔地区军队调动的故事，我向他描绘在塔克拉玛干大沙漠那些令人忧郁的夜晚。白霜开始冻手，大风像刀子一样冲下山谷。我们躲在两块大石头后面避风，但睡觉则太冷了。骑行了11个小时，我们都很累，如果能喝上一杯热茶就美极了。要是能生一个火就不至于那么糟糕，但是没有燃料，即使有一点，在黑暗中也找不到。我们打了个盹，但很快就被拉长声调的狼嗥声惊醒，看来那天夜里不只我们在挨饿。我们站起来，又踏脚又抡胳膊，以保持血液循环。最后，在等了5个小时之后，救命的旅行队终于在凌晨3点到达，在饿了17个钟头后，这顿晚餐的滋味有多好就不用说了。

之后，我们跨越卡尔塔–阿拉干(Kalta–alagan)山脉，沿着一个宽阔平坦的山谷一路西行，山谷中有许多野驴在吃草。到达15号营地时，我惊讶地发现帐篷门口站着两个陌生的家伙——两头小野驴驹子，出生才几天。它们自由自在地小跑着玩耍，一点都不知道害怕。当它们的妈妈逃跑后，人们便把它们带下来。小野驴是这样可爱迷人，我想用粥喂养它们，带着它们一起旅行。但是有经验的野驴猎手托克塔·阿克亨宣称，没有母乳，小野驴驹活不过5天。于是我命令人们把它们送回被抓住的地方，以便母驴能找到它们。即使这样，托克塔·阿克亨也不赞成。经验告诉他，母野驴会像躲避瘟疫一样，躲开被人手触摸过的孩子。于是我能为这些无助的野生动物做的就只有杀死它们，免得被狼群撕咬成碎片，这个地区狼很多。

我们的路线仍然是一路向西，顺着山谷下降到库木库勒(Kum-köl)湖。紧贴着旅行路线的左边是一列连续不断的巨大沙丘。山谷中有一种牛虻，成群涌现，钻进牲口的鼻孔中，对我们的马匹和野生动物造成严重伤害。当野驴受到牛虻攻击时，会把鼻子紧贴地面，轻轻摩擦，进行自我保护。牦牛则采取离开

◇　两张小野驴驹的照片

现场的办法。太阳升起时，牦牛待在沙丘上，那里没有牛虻，黄昏将近时又回到草地上。不过那天下午大约 4 点钟，刮起一股强风暴，大雨夹着冰雹横扫过来，牦牛明白此时它们的死敌不会出现，可以走下来吃草。首先出现的是一头母牦牛，还带着一头小牛，它们从陡峭的沙坡上滑下来，但一看见我们又回去了。接着在高耸的沙丘顶上来了 30 余头牦牛，排成一条直线。我停下来，用望远镜欣赏这一壮观的景象。在黄沙的映衬下，牦牛身体的黑色轮廓格外清晰，它们抬起头来，好像嗅到了危险，真是一幅奇景。大雨滴滴答答地落在沙丘上，牦牛用力地吸入清新的湿气，显得十分愉快。

再向前走不远，切尔敦看见一匹孤单的小狼崽，便骑马穷追，抓住它，捆起来，带回湖畔的营地。小崽子凶猛地撕咬，不停地吵闹，想尽办法逃跑。穆斯林们忘不了被撕碎的羊群，想方设法把狼崽子牢牢拴住。但狡猾的小畜牲还是略胜一筹，夜里咬断绳子，脖子上还带着套索便跑掉了。人们希望它长大时，套索会把它勒死，但我想更可能的是，母狼会咬断套索，使它恢复自由。

接下来的两周，我们跨越了不仅是亚洲，而且是全世界最大最高的山系——阿尔喀塔格山（Arka-tagh），这样说是指各顶峰的平均高度。其主要隘口高度为海拔 17000 英尺，比勃朗峰的峰顶还高出 1200 英尺。有两个月时间，我们一直处在比欧洲最高峰还要高的位置。不用说，在这样的地区旅行会遇到无数困难。有时候连续数日找不到一片树叶或一根嫩枝来喂牲口，偶尔找到一点点，也是又细又硬，满足不了它们的辘辘饥肠。于是牲口们越来越瘦弱。切尔敦的马是他的最爱，只要一呼唤就向他跑过来，现在它第一个死去了。地貌状况对人也是最大的考验。我们一会儿向上爬，通过山口，一会儿又向下走，穿行于山谷和峡谷之中，简直是个高山的迷宫。我几乎每天都要派一两个人向南走，寻找一条可供大队伍前行的小路。旅行队就这样一天又一天，朝着未知的西藏中心地带走去，每天前进 12 至 15 英里。随着牲口精力的消耗，粮食储备也成比例地缩减，这倒也减轻了牲口的负重。仅剩的 4 只羊像狗一样自动地追随着我们，谁也不忍心宰杀它们，幸好还不需要这样做。在一条山谷的入口处，阿尔达特给了我们一个惊喜，猎杀到两只羚羊，这种动物有着优雅的、七弦竖琴式的羊角。切尔敦的子弹已经没有了，剩下的一点弹药只能用于阿尔达特的老式滑膛枪。

◇　跨越阿尔喀塔格山的隘口

　　不过，我很喜欢这次旅行，很高兴能成为走过这些山峰的第一个欧洲人。这里没有道路，只有野兽踩踏的痕迹；没有人的脚印，只有牦牛、野驴和羚羊的蹄印。这是一个无人区，河流、湖泊和山岭没有名称。有 6 至 8 周的时间，我感到这简直就是我的王国，泥沙构成的巨大波浪忽然之间都转变成石头波浪！

　　8 月 6 日晚，一天的工作结束了，我走出帐篷，天空层云密布，而在遥远的南方，有一条巨大的冰川，午夜的月光把广袤的冰原映照得苍白而寒冷。人们都已熟睡，旅行队的牲口也很安全，篝火逐渐暗淡，万籁俱寂，只有溪水淙淙，流过石隙，忧郁而凄凉。夜晚笼罩着未经踩踏的原野，晴朗、寂静。我想象着，在遥远的南方，喜马拉雅山的山峰像巨大的扶堞般矗立着，山脚下则是酷热的印度丛林；在西方的远处，西藏的山脉与帕米尔高原相汇合；而在东方，当朝阳照射着我们时，天朝已经是正午时分。寻找火种或是人类的踪迹是徒劳的。我正位于地球上的无人区，或者说无法居住区。我只是无垠的宇宙中的一颗尘埃，我似乎能听见，诸多行星在无边无际的宇宙中沿着永无尽头的轨道运转的嗖嗖声。

◇ 阿尔喀塔格山的隘口，方向朝北

◇ 在阿尔喀塔格山山顶

第十四章

西藏湖泊探险

第 24 号营地搭建在一个盐湖岸边，看不见一丁点儿植被。有利之处是南面只有一列低矮的圆形山丘，这与我们已经跨越的山脉相比，只不过是些小玩意儿。我骑马向山顶走去，但是湿泥构成的地面越来越软，马每走一步都咯喳咯喳地响，烂泥四溅。最后只好下马牵着它走，一只脚却被泥沼吸住，几乎丢失一只靴子。我决定原地等待旅行队到来再说。他们终于过来了，大家都气喘吁吁，耐劳而顺从的骆驼辛苦地跟在后面，每走一步骆驼的脚都被烂泥没过，不过它们有宽阔的肉趾支撑着，比坚硬的马蹄好多了。

心脏剧烈地跳动，真怕它要爆炸。地面晃动着，鼓胀起来，弄得我们有点晕。周围散落着几块石板，当我们踩上去时，石板也陷入泥沼中，留下一个坑，立刻蓄满了水。整个烂泥山都软软的，像果酱一样，仿佛越来越低平，直到与湖面相汇合。地面如此黏稠讨厌的原因是雨水多而没有植物生长。

最后，情况糟糕得只能原路返回。我们沿着一个宽阔的山谷往下走，来到一处小小的平坦的开阔地，有一点点牧草。牲口们完全累垮了，必须让它们休息两天。第一天休息就遇上了大风暴。顷刻间雷鸣电闪不断，飓风几乎贴着地

◇ 晾晒。自左至右：阿尔达特、尼亚兹、库特楚克、莫拉·沙、图尔杜·巴伊、切尔敦

面刮向我们头顶。雷电仿佛要把山岳劈成两半，碎石倒栽葱似的冲下山腰。"叉"形的闪电使我们什么也看不清，只觉得大地随着雷鸣而颤抖。最严重、最可怕的是我们刚好处于风暴的正中心，暴露在它的全部疯狂力量面前。几只狗凄厉地呜咽着。帐篷差一点被吹跑，只得重新拴牢它们。山坡上下起了冰雹，接着是无尽无休的大雪。黄昏时，我们让所有的骆驼围成一小圈趴下，把能省出来的蒙古毡都给它们盖上，因为它们冻得发抖。

8月12日我们再次出发，决心不惜一切代价翻越南面的山岭。这次我们沿着一个宽阔的山谷往上走，但是地表同样可怕，全是黄土泥沼，像海绵一样吸满了水，靠不住，真要命！牲口每次举足，都被黏稠的泥沼牢牢地吸住。地面出奇地软，脚印开始是个黑洞，但立刻被烂泥填满了。真是个该诅咒的地方！在16000英尺的高度，没有牧草和燃料是可以理解的，但这该死的地面为什么不肯承载我们？为什么威胁着要吞噬整个旅行队？地表为什么薄得和空气一样？仅仅空气稀薄就足以使我们的心脏爆裂，如果我们下来行走的话。

我再骑上马，但能做到的也只是让它弓着背走，自己负责而已。它的脚仿佛被绳子捆住了，每前进一步，都要先松绑。我走在最前面，以便开路。队伍跟蜗牛似的爬着，负重的牲口由于惧怕那些深洞而拒绝踏进去，宁愿偏到一边，不过十次有九次都是跳出了煎锅又掉进了炉火。我们一个钟头又一个钟头地挣扎着前行，缓慢而痛苦地朝那个低矮的山口往上走去。

到达山口，我们看见一匹孤独的狼，它在这里干什么呢？才下午四点钟，天色却像秋天的傍晚一样昏暗，例行的风暴像轰炸碉堡一样哗啦哗啦地来了。马匹闪向一旁，以躲避冰雹。"停！"我只好喊道，因为什么都看不见了。于是，我们就在这烂泥坡上扎营，帐篷周围都要挖沟排水。我们在那里逗留了一整天，因为有一头骆驼落在后面，必须把它找回来。人们能做的只是帮它站起来，但站起来后它又马上跌倒，最后只得把它杀死。一整天都是大雨倾盆，我的床铺两边各有一潭水，须用手提包一点一点舀走。雨水透过蒙古毡帐篷到处滴漏，什么东西都湿漉漉的，十分难受。大家都希望情况变一变，因为怎么变也不会更坏了。

8月14日，太阳终于显露尊容，我们运气也不错，找到一片过得去的草地。于是安营扎寨，把所有物品都晾晒一下。一周后，前进的道路被一个大湖阻断，我们在湖的北岸扎营。8月22日，我和船工库特楚克沿着斜线划向湖东南方向的一座山峰。与此同时，旅行队沿着湖的西侧绕到湖的南岸，到达同一座山峰时停下，夜幕降临时点篝火作为信号，因为说不定那时我们还远在湖面上。

我从未见过这样特别的湖：北岸非常浅，蹚着水走了足有1英里，才将小帆船连扛带拖地拉到水深处使它浮起来。湖底覆盖着硬得像石头一样的盐层，盐晶黏到鞋底上。我带来了几百英寻长的测深索，以为这个新湖会像帕米尔高原上的喀拉湖一样深，但它的最深处却只有微不足道的 $7\frac{1}{2}$ 英尺，因此刻度上表明7英尺长的桨就足够使的了。

过了一个面包卷形状的岛屿后，我们照直朝指定集合的山峰划去。天气极好，天空在湖面上的倒影清晰、纯净至极，一丝云彩也没有。不过，环绕四周的山顶却笼罩着羊毛似的薄云。太阳是这个地区的稀客，那天却很暖和，我们得以看见夏天的景象，真是无比高兴。但是湖面上连一个苍蝇的嗡嗡声也听不见，一片鱼鳍也看不见，湖水没有一点儿生命，像化学溶液一样。透过纯净、稀薄的空气望过去，一切景物都轻飘飘的，似乎转瞬即逝，只有穿着纯白与天蓝相间的丝袍的新娘才能与之媲美。这是最优美的、颜色淡淡的水彩画，一切

◇ 图尔杜·巴伊和库特楚克，折叠起来的小船、测深索和救生圈（截自在铁木里克拍的照片）

都是那样透着灵气，那样明朗，像是海市蜃楼，又像是依稀记得的梦境。广阔的湖面水色深蓝，十分可爱，小船旁边的湖水则呈翠绿色。

湖面的东西方向宽阔异常，足足延伸 6 英里多，因此从湖面上观看四周山峦的全景，可谓壮观至极。库特楚克划桨稳健、有力，但小船似乎总也接近不了要去的目标。这"西藏的死海"寂静异常，唯一能听到的只有船桨击水的声音。湖面海拔高度为 15635 英尺。

湖水非常咸，滴落到船上时像硬脂酸一样立着，水汽蒸发后，只剩下蜂窝状的薄薄的一团，迅速垮塌下去。船桨像涂过白漆一样，双手又白又粗糙，衣服上溅满了白点，船舱像是雇来运输面粉的船只。

早晨我还看见旅行队沿着西岸走，但随着距离增大就看不见他们了。到达南岸后，我用望远镜仔细搜寻，却不见他们的踪影。

临近黄昏时，前方的山峦清晰地显现，但是湖的上方开始布满乌云，远处传来隆隆声，起初还以为是河水流入湖泊的声音。原来是起飓风了，湖面浪头很高。于是我们扯起风帆，很快就走完航程。

在黑夜降临前，我们就着暮霭余晖急忙跑上最近的山顶寻找旅行队。但既不见人，也不见牲口，四周既无生命，也无声音，只有让人毛骨悚然的旷野。我仿佛置身于一个无边无际、已上千年没有人迹的废墟中。这里灌木繁茂，库特楚克在收集随处可见的树枝，我便在山野间漫步。山坡上有一个晒白了的野驴头骨，松软的地面上发现一头熊的足迹。我大声喊叫，并仔细听着，但没有一丁点儿旅行队的声音，也看不见一点表明他们宿营的火光。

当我回到上岸地点时，库特楚克已收集好一大堆干柴。我们一起讨论怎么办。显然，他们遇到了意想不到的障碍，否则起码会派两三个人前来约定的地点，告知出了什么差错，更重要的是给我们送来食品、水和暖和的衣服。我们能否利用有利的风向朝西驶去？不，绝对不行，天太黑，对于脆弱的小船来说，湖上风暴太大。

那就只能原地过夜，别无他法。把所有的东西都搬上营地后，把小船也拖了上来。我们把小船拆开，将它的两半分别竖立起来，就成为两个凑合的挡风处所。在下雨之前，我们刚好完成了一切准备工作：将半拉船身按一定角度斜立着，用一支桨撑起来，就成了一片屋顶，可以躲雨。我拿一个救生带做枕头，

◇　**西藏的盐湖**

库特楚克拿另外一个，我们可以赶在夜晚酷寒之前先睡上一觉。

9点钟我们点着一个火，坐着聊天度过几个小时。要是有一杯热茶和一点面包就好了，哪怕有一杯水也好。干柴烧尽后，只好睡觉了。把船帆铺在砾石上，地面多少软一丁点儿，再把软木救生带埋入地下一半，便可以躺下，腿适当地缩着，库特楚克把半拉船壳给我盖上。我的头离船壳只有一英寸，身子紧缩起来，像在棺材里一样。当库特楚克用一支桨叶代替铲子，将沙石堆在我周围以防罅隙漏风时，更加强了棺材的幻觉。这个既狭窄又黑暗的夜宿处真的像坟墓一样。接着，库特楚克又用另一半船壳为自己营造了同样的宿处。我们都躺下，并交谈了一个多小时，但是这位船工的声音有点像死人的腔调，而我自己的声音同样无力而阴森。半夜大雨倾盆，哗啦哗啦的雨声像鼓点一样打在绷紧的帆布船壳上。但是那有什么关系呢，我们上方有遮盖，温暖而干燥。尽管像狼一样饥饿，但疲劳的天性战胜了一切，我们都睡熟了，忘却了野兽及其他一切。

夜越深天越冷，不止一次被冻醒。最后曙光透进露天掩体，我便叫库特楚克帮我爬出来。我们都冻僵了，首先要做的是收集干柴点个火。第二件事才是寻找失去联系的队伍。

用螺丝把小船再拧到一起，将它装备起来，放它下水，上船去，扯起风帆，一支桨充当桅杆，另一支桨当作舵，于是我们便贴着岸边，飞快地向西驶去。风大浪急，小船摇晃得很厉害，使坐在前头的库特楚克脸色苍白，感到晕船。没多久，我就瞥见湖的尽头处有两个白点，这是帐篷，周围还有一些黑点，那是牲口和人。

原来队伍被一条宽阔的河流挡住了，大河源自西部很远的一个大淡水湖，注入我们刚走过的咸水湖。河水很深，当图尔杜·巴伊试图骑马蹚水过去时，差一点被淹死。于是他们就地扎营，点起一个很大的篝火，但我们距离太远没有看见。阿尔达特运气好射中一头野驴，驴肉倍受欢迎。人们逮住一匹小狼崽，不过它被吓坏了，倒下便立刻死去。

现在，我们陷入了进退两难的境地！大河在南面挡住去路，东西两面都是大湖，想绕过它们须走许多天时间，能否往回走？天哪！再度跨越那些讨厌的、令人沮丧的、几乎要把人吞没的烂泥潭？不，算了吧。我们将谨记，在秋天地面结冰能承载人之前，绝不回去。

那就向前进！我负责把整个队伍渡过河去，人们对我的计划将信将疑。河流最窄处有 190 英尺，水流很急。将队伍带到那里后卸载，用一根长绳把所有行李和包裹连接起来，摆成一长串。再找一根很长的粗缆索，一头固定在我们所在的河岸上。然后当缆索延伸着摆放好后，我和库特楚克上船。我沿着斜线全力划桨渡河，库特楚克站在船上，两手抓牢缆索的另一头，船一靠右岸立即跳下去，将缆索固定好。只是缆索显得短了些，我们没能到达对岸，被急流冲了下去，但是最终我们还能把自己拉回原处。于是把缆索再接长一段，重复一切部署，这次好了。把缆索固定住之后，两边同时拉紧，使它不接触到水面。

第二步是让马匹排成一行，它们虽有点犹豫，经过诱导，还是游过河去了。但是让骆驼过河则要艰巨得多。没有办法诱导它们游泳，我确实没有见过骆驼游泳。唯一的办法是一头一头地将它们拉过去。我们将第一头骆驼使劲地猛推下水，把绳子绕在它的脖颈上，图尔杜·巴伊跪在船尾，拉着绳子保持它的头部露出水面。与此同时，我拽着绷紧的缆索，将船拉过河去。由于骆驼自己不出力，只满足于漂浮着，我的胳膊和双手要承担它的全部重量和急流的力量，我必须用尽全身力气才能控制局面；一旦失手，我们将漂离河流，进入盐湖，就要损失一头骆驼。还好，总算将它平安渡过河去了。看着它懒洋洋地伸开四

◇ 拉着一头骆驼过河

◇ 脚踏实地了

肢，直到脚踏实地后，才略一俯身站直的样子，真是滑稽。当它独自站在岸上，惊讶地往回看其他同伴时，身上的水顺着驼毛从腰部流下。

当我把第三头骆驼拉过河后，我的手起泡了，只得由切尔敦代替我。最后一头骆驼和仅存的一只羊同渡，因为它总是跟着这头骆驼。全部行李随后分14次渡完。接着在河右岸重新安营。这段旅程总共只有60至70码，我们却从早到晚艰苦工作了一整天。

随后几天，我们走过起伏不平的土地，跨越两三个盐湖。在第一个湖边上，阿尔达特打到了一头牦牛，一枪就解决了它，这更增强了他是技术高超的勇敢猎手的声誉，因为受伤的牦牛是很危险的动物。

8月28日遇到另一条河，成为前进中的又一个障碍。我们正在等待莫拉·沙，他去寻找合适的渡河地点。这时雷暴怒吼，西边的天空黑暗起来。大堆大堆铅一般的浓云像入侵的军队似的滚滚涌来，左面的乌云镶着红色的边，右边的乌云则像墨一般黑。这时，走在前面的队伍被狂乱的风暴冲散，以一种极奇怪的队形向前奔跑。东方的土地仍沐浴着灿烂的阳光，西方的敌人则离我们越来越近。"卸载！支起帐篷！"我高声喊道。我们刚刚把圆顶帐篷的外部框架搭好，把两三块蒙古毡罩上了顶部的圆木，风暴就爆发了，重炮般的冰雹向我们袭来。雹块似乎由散弹枪射出，打得手和脸都很痛。大家手忙脚乱地奔向最近的藏身处。

第二天，我们坐船勘察河面。大河也注入一个盐湖，盐湖还接纳另一条宽而短的河流，它源自另一个淡水湖。小船在行进中惊动了两三群野鹅。它们刚看见我们就全部飞走了，只剩下一只。库特楚克全力划桨，小船很快接近落伍者。什么武器也没有，我就以桨代矛，扔向野鹅，命中了，它可是一顿倍受欢迎的晚餐。子弹已经用完，大家就自己制造弓和箭，我真可以说，我们的生活和鲁宾孙·克鲁索一样。

最后一个湖引起了我的兴趣，我决定骑行环绕它，只带一个小队伍轻装前进，包括切尔顿、莫拉·沙赫和库特楚克，加上几匹马和我忠实的约尔达什——我的"夜晚暖脚器"。其余的人原地待命，照顾好全部骆驼和四匹疲劳的马，这里碰巧有好牧草。

要到达湖的北岸并非易事。我们须两次依靠小船摆渡，先是过一条河，后

◇　鱼山

◇　从湖心眺望鱼山

是渡过一个宽阔的港湾。以后就一切顺利。湖的北岸是一列中等高度的山脉。牦牛在山坡上吃草，好奇的野驴走近我们查看马匹。还有许多狐狸、野兔和羚羊，牧草比以往任何地方都好，连我都很想在此地待一段时间。南岸的远方有一些宏伟的山脉，山顶积雪闪耀，雾气缭绕。气温比以往都温和，但要知道，我们现在的位置比我们长时间所处的位置要低，即使是这样，我们目前仍处在比勃朗峰顶要高得多的地方。经过最近的历险，西藏湖区在我们看来就像是旧时西班牙征服者想象中的南美洲黄金国一样。

我爬上湖东岸的山顶，观察一下周围的情况。前方还有一个大湖，一条狭窄的地埂将它与我们刚绕过的大湖分隔开。好吧，那就也骑行绕过它。向前！行进！但是这些山岭越来越不好走，我们只好待在山顶。景致让人惊叹，北面是刚离开的盐湖，南面是另一些淡水湖。看来西藏这一区域的水资源比陆地资源更丰富。在湖的最宽阔处，一堵砖红色的沙岩悬崖陡直跌落水面。我们就地宿营。我渴望像对大盐湖一样再进行一次探险。第二天早晨，切尔敦和莫拉·沙继续绕着湖行进，我和库特楚克则划船到湖的南岸。

我们并不着急，因为山崖下有大群肥美的阿斯曼鱼。渔具是临时凑合的代用品。两根帐篷竿子充当鱼竿，鱼钩取自约尔达什的项圈，鱼漂是一个空火柴盒，鱼饵则用小块的牦牛肉。我们在悬崖下停泊，不过悬崖上方的岩石似乎只由一根头发丝吊着，随时都可能砸向脆弱的小船。

我点着烟斗，摆好了舒适的坐姿，便把钓线摔出去，安逸地等待着。当火柴盒鱼漂子上下抖动时，一条相当大的阿斯曼鱼便挂在"项圈"鱼钩上了。我们不是在消遣，而是为吃饱肚子垂钓。收获确实不算大，只够吃一顿而已，不过我很喜欢这样的休息，听着强烈的西北风像瀑布一样，轰隆隆地滚过庇护着我们的山崖之巅，甚是有趣。连沉着冷静、难得着急的库特楚克也兴奋起来，因为他钓到的鱼和小时候钓到的鱼竟是同一个品种。小时候他经常在塔里木河畔的湖中钓鱼。

这真是令人愉快的工作，时间也随之过得飞快，午后很久我才不情愿地离开这可爱的地方。刚转身要走，西边天际就暗下来，天空乌云密布。一场新的风暴正在酝酿。我们是就地等它过去呢，还是冒险跨越这宽广的湖面呢？我选择后者。库特楚克划桨不需要使多大劲儿，强烈的西北风在后面推着我们，非

◇ 湖面远眺。
风暴逐渐消失
在远方

◇ 湖上落日

◇ 挣扎逃命

常给力。铅灰色的冰雹云拖着长长的、破碎的裙脚飘过南面的山峦，把山峰遮挡住。而在北面，相似的景色也正在演进。风暴越来越近，浪头越来越高，四周的浪尖都顶着白沫。

"我们正好在雹暴的中心呀！"我想。冰雹像石块一样砸下来，水花四溅。顷刻间，船内一片白色。天色昏暗得像入夜一样，我们冲到了一块高悬的冰雹云下方。根本看不到岸边或山峰，眼前只有颠簸的、喧嚣的一小片湖面。"快逃命呀，库特楚克！加油，我们得保住性命！" 最重要的是密切注视浪头，在不断增强的风力驱使下，恶浪高得异乎寻常。幸运的是，浪头比小船长好几倍，小船得以轻巧地、顺利地在滚动的浪窝中又上又下，曲线行进。在垂钓处的悬崖以南，测得水深为 $157\frac{1}{2}$ 英尺，但随后湖水急剧变浅。离北岸越远，就越陷入风暴的中心。在浓重的雾霾中，如果南岸又浅又平缓，我们的小船就会像花生壳一样，被打在礁石上的碎浪花抛来抛去。真是幸运，走到半途雹暴就过去了，我们总算能看清前进的方向。不过风速却同步增强，随之大浪滔天，当我们处在浪谷中时，根本看不见岸边。阳光不时地透过风暴云，诡秘地在浪尖闪烁，而海豚背一样的浪体，则闪耀着祖母绿和深蓝的亮光。与此同时，浪尖镶着雪白的水花，在阳光下有如珠宝一般闪烁着。

一如往常，这一次灾难也以平安脱险告终。风暴朝神圣西藏那边远去了，风也停了，岸边的轮廓清晰可见，一缕炊烟表明了急切盼望的营地所在。在湖上我们看见了光辉的落日，太阳藏在云朵之后，却金光四射、溢满湖面，使湖水像水银一样颤动着、闪烁着。

第十五章

海拔一万七千英尺

西面还有一些湖泊，我们又一次冒险划船跨越其中的一个，限于篇幅，所经历的险阻不再细说。最后，我们迎着狂风暴雪，冻得身体发僵，疲惫不堪，于深夜到达图尔杜·巴伊的营地。阿尔达特给我一个惊喜，带来四只肥壮的羚羊，解决了近期的肉食问题。从开始算起，这是第 44 号营地，是旅程的转折点。我们不能向南走得更远，因为只带了足够维持两个半月的食品储备，而从出发至今已过去 50 天。但在离开西藏这一地区之前，我还想短途出行一次。南面有一处山顶积雪的庞大山体，十分诱人，我决心翻到山的南面去，选择切尔敦和阿尔达特和我同行。与此同时，旅行队顺着山体北坡较平缓的地面行进，用 4 天时间到达山体的最西端。不论哪一方先到都得互相等待。我们三人是不会找不到大队行踪的，但为安全起见，还是把阿尔达特留下的弹药全部带上，以防万一。三人骑马沿着弯弯曲曲的山谷上山。两匹大白狼跟了我们一路，它们的无礼激怒了约尔达什，我们只得把它捆起来。如果由着它的性子，它肯定会被撕成碎片。第二天傍晚我们在山坡上宿营，又冷又困，山坡上长着最后一点可怜的青草。

营地刚刚安顿下来（在短途旅行中，我们总是用蒙古毡凑合着搭建个栖身处），阿尔达特就来告诉我，在山坡高处，有一头很大的牦牛在吃草，请求允许他去追踪。我看见他沿着洼地像豹子一样爬行，以便离未知情的猎物尽可能近些。正好有反向的强风，他得以爬到离牦牛三十步远处，把枪架好而未被察觉。阿尔达特开枪。牦牛往上一跳，尘土飞扬，接着往前走几步，停下来，摇摇晃晃，努力保持平衡，但是跌倒了。它抬起身来，重复这些动作数次，最终还是头朝前倒下，一动不动了。阿尔达特躺在武器后面一动不动，以防引起濒死动物的注意而遭报复。

这是一头 15 岁的公牛，个头很大，很胖。营地位于海拔 16875 英尺的高度，要向上爬至牦牛处相当艰苦。每走几步我们都要停下来，心跳得好像要爆炸，而且呼吸不畅，似乎要窒息。把肥肉都割下来后天已经黑了。第二天拂晓，阿尔达特又到牦牛那里去，但好久都听不到动静，我便派切尔敦去看看他怎么了。切尔敦发现他躺在猎物旁边，他突然病倒了，走下山坡时摇摇晃晃，鼻子流血，剧烈头痛，这是高山病的典型症状，我们都已看惯了，一会儿就会过去的。我和切尔敦收拾好东西，给两匹马上好驮，把阿尔达特扶上马，便朝西面的山口走去，那是一个低矮的马鞍形山口。右边是庞大的山体，上面有几条冰川。地面软软的，马匹陷入烂泥中。挣扎了几个小时，总算到达山口了，但后面还有第二个更高的山口，翻过去后还有第三个山口。我们在致命的稀薄空气中越爬越高，风暴迎面袭来，寒冷刺骨。有时候真得在离得最近的大块花岗岩石后面躲一下。最后，我们终于爬过最高的隘口，海拔 17800 英尺。想象一下，将两个埃菲尔铁塔摞起来，一起竖立在勃朗峰顶之上！这是一个令人眩晕的高度，穿透环绕地球的大气层的一半了。

第二个营地搭建于一块完全不毛之地。第二天我们远远看到低地上有一些黑点。原来是图尔杜·巴伊和库特楚克，他们把石块堆砌起来，为我们指路。现在我们感到冷极了，每天早晨都得在帐篷里放一壶盖炽热的余火，否则笔管里的墨水就会结冰。9 月 14 日，地面条件较好，我们走了 18 英里。夜里碰上了最严重的雪暴。晚 9 点，当我出去看温度计时外面一团漆黑，虽然只有几码远却连他们的帐篷都看不见，只能听见帐篷帆布被风吹得哗啦作响，还有骆驼沉重而疲劳的呼吸声。大雪疯狂地下了一整夜，我能听见雪片飞过蒙古包上方的声音。

由于大量的雪融化了，接下来的一天我们走过的道路比以往更加泥泞。中午以前地面是冻住的，我们像走在薄冰上一样，下午却都解冻了。在一处地方，五头骆驼都已安全地踏过来，第六头的两条前腿却深陷下去。烂泥紧紧裹住它的腿，使它越陷越深。穿过第六头骆驼鼻子的绳子是与前面的骆驼相连的，当图尔杜·巴伊带领的其他骆驼继续前行时，绳子被拉紧了，疼痛使可怜的骆驼尖声大叫。大家都忙乎起来，把它的驮子解下并拿走。这时骆驼却侧着身子跌倒，把地面弄得更软，它自己像那次渡河一样，拒绝出力，人们则在泥沼中挣扎到筋疲力尽。恐怕这头骆驼会损失掉了。它的鞍被烂泥吸住，只好就地割下。就这样丢弃一头这么好的骆驼，实在是太违心。大家急忙解开一些帐篷毡子，放在骆驼往下陷的地方，再将绳子绕在它的腿上，先拉出一条腿，再拉出另一条腿，分别放在毡子上。用这种方式使它得到坚实的支撑，并让它休息几分钟，然后对它吼叫、鞭打，拉拽它的鼻绳，强迫它做最后的努力去站立。这一套奏效了，骆驼摇摇晃晃地在坚实的地面上站起来，土块和泥浆顺着它的腿和腰成团地掉落下来。它茫然地站着，颤抖着，喘着气，人们用刀子刮掉裹在它身上的泥衣。

旅行队就这样在西藏的荒原上缓慢地行进，渴望能见到自己的同类——人，但是还要走 240 英里才能到达大本营。牲口都已极度疲劳，每天只能走较短的旅程，于是我做出决定，连续行进三天，第四天休息。

这期间，可怜的阿尔达特的健康状况越来越坏。他完全丧失了控制自己的能力，无论肢体上还是精神上都柔弱无力，眼神迟滞、空洞，似乎他不过是一件衣服。夜里，阿尔达特总是走动着，谈及已死去的母亲和在车尔臣的父亲。从前打猎的业绩总在他的脑际萦回，他不断地来找我，请求允许他出去打野牦牛，实际上他的手和脚都不能活动。原先如果绑住了，他还能坐在马背上，后来我们就得为他在骆驼背上做一张病床，尽量垫得舒适一些。阿尔达特的双脚蓝黑色，像冰一样又冷又硬。我试着用温水给他洗脚，并用雪揉搓，但不祥的黑色逐渐向膝盖蔓延。他的脚毫无知觉，但内心极为痛苦。一天傍晚，他要求把他放到地上，夹在两头骆驼之间，因为穆斯林们相信，骆驼躯体散发的温热能给失能的病人以健康和力量。有一次，阿尔达特在车尔臣生病，别人给他吞

◇　为阿尔达特安装一张病床

服一些小纸片，上面写着可兰经的片段，但是我们没有懂得穆罕默德经文的毛拉，无法进行这种治疗。有一天，切尔敦射到一只羚羊，我们试着为他施行另一种穆斯林治疗方式。把病人的衣服剥光后，将他裹在还有些温热的羊皮中，羊毛朝外，用力压紧，使羊皮粘贴在他身上。没法有效帮助他，真是使人心酸。

　　动物数量开始多起来。一天早晨，我被营地中的高声喧哗吵醒。几只狗疯狂地吠叫着，人们把嗓子都喊哑了。我匆忙走出去，看见一头大熊正悠闲而沉着地向外走，夜间它曾对营地做过详细的考察。当受到几只狗的攻击时，它就谨慎地撤退了。另一天，切尔敦捡到两发被丢弃的子弹，设法射中一头大牦牛的头部要害处，就是我照片中的那一头。还有一次，一匹好奇的狼也遭到同样的命运。

　　由于土拨鼠打洞，这一带的地面简直像蜂窝一样。土拨鼠是强壮的大型啮齿动物，很有趣，不论单独或成双，总是坐在洞口的土堆上晒太阳。当我们靠近时，各处山坡上的土拨鼠一起尖声叫唤，像台球一样滚进洞中。这些家伙的嚣张嘘声像是要把我们赶出这个地区。有一个老祖宗级的老家伙，轻率地远离

◇　切尔敦射中的野牦牛。旁边是莫垃·沙、图尔杜·巴伊（站立者）和库特楚克

洞穴游荡，躺在山坡上晒太阳，前掌交叉放在肚皮上，姿态极为滑稽。约尔达什向它冲过去，搅了它的午睡。这位老绅士奋起抗争，却被人们抓住，捆起来，装在口袋里，放在骆驼背上，并未伤害它。我们留住它两个月，想驯服它，但没有成功。一有人接近，它就用后腿坐起来，展露尖锐的牙齿。据说，被土拨鼠咬伤很不好治。给它一根木棍，它马上就咬碎了。在营地上，我们将它拴到一根短铁棍上，铁棍另一头用绳子拴牢在一根桩子上。它可以围着桩子转圈，每天傍晚，都要在地上挖一个洞。它没有别的用处，但每天宿营后的滑稽动作都会逗得大家很高兴。它与几只狗极不相容，事实上它们并不欺负它。

　　这里野驴很多，身段苗条，动作优雅，对它们的形象真是百看不厌。有一天，6头野驴跟随我们走了很远，似乎要对疲劳的马匹表示同情。野驴将身体倾斜至45度，不停地走半圆形，接着又原地旋转，戛然停下，面向我们站成一排。它们大概被无形的哥萨克骑着，否则步调不可能这样一致，这样精准。

　　随行人员现在都渴望离开这块不毛之地，不断地计算着距离大本营还有多远，还要走多少天。鉴于阿尔达特的情况，9月22日，我建议在一个中等大小的盐湖旁多休息一天，他们甚至连这点也不同意。第二天早晨，牲口都上好驮，阿尔达特也在骆驼上躺好了，头部枕着一卷毛皮，脚上裹着毡子，我正要下令出发时，可怜的阿尔达特却终止了呼吸。这位阿富汗牦牛猎手的奇特生涯就这样结束了。

穆斯林们沉默地、严肃地站在逝者床铺（现在是他的棺材）周围。最后图尔杜·巴伊打破沉默，问我怎么处置死者。有一两个人建议现在就埋了他，但我不忍心这样仓促地、随便地处置这个可怜的人，便下令出发。

旅行队现在变成送葬的行列，沿着西藏荒凉的山谷走着。一种压抑的、神圣的感情笼罩着队伍，没有人说话，连野驴和牦牛那天也都静默得很。乌鸦跟着队伍走了一路。一天的行程在一个湖的西端结束。其他人进行日常工作，莫拉·沙和尼亚兹为阿尔达特挖掘墓穴。莫拉·沙的外貌奇异而任性，很少说话，可能很容易被看作坏人，但如果真做过坏事，他是隐藏得很成功的。就和我一起的时间而言，在所有事情上，他都是无可指责的。眼下，他和其他人一样，由于劳累而懒得按照穆斯林习俗给尸体洗浴。葬礼是我参加过的最简单的。把阿尔达特的一件皮衣垫在下面，另一件盖在他身上，衣服、帽子、皮靴照常穿着，和衣而葬。没有任何仪式，没有眼泪，没有祷告，只有我默默地祈愿逝者永久安息。墓穴填满后，在地面上堆起一个长圆形土堆，在头部一端插上一根帐篷杆，按照穆斯林习俗，杆顶悬挂一件阿尔达特本人打猎的战利品，即一根牦牛尾巴。最后我在一块平整的木料上，用阿拉伯文和拉丁文刻上逝者的名字，还有日期和我的名字。在坟墓的痕迹消失之前，万一命运之神会指引漫游者来到这里呢。

第二天早晨，旅行队比平日更早准备好行装，但在出发前，穆斯林们齐聚墓旁，喃喃低语，为逝者作"永别的祷告"。就这样，阿尔达特与命运相随，留在了西藏沉寂的荒野上。

越走近阿尔喀塔格山，高原就越显得荒凉。有一天，我和切尔敦在前面带路，翻越一列 17070 英尺高的山脉，黄昏时停下来等待其他人。这是寸草不生的地方。大队变成了几小股先后到达，完全累坏了。一匹我们在英吉－库尔湖买来的白马落在后面，情况很糟；两头骆驼和另一匹马好像眼睛出了点问题，走路时闭上两眼，像是缺觉似的。

在危机时刻，我给自己定了一条规矩，晚餐后要巡视一次，看看营地和牲

◇　从阿尔达特死亡处的营地向南看

口有没有问题。此刻，骆驼们相互挨着躺下，又瘦又弱，马匹全都拴着，人们经过白天的磨难都已入睡。当晚又迎来一场雪暴，第二天早晨地面一片白色。出发之前，库特楚克回去找那匹白马，因为落在后面时它还是活着的。不过可怜的牲口连到达营地的力量都没有，和库特楚克一起走后不久，便倒地死亡了。

现在我们从高山地区朝一个宽阔的山谷下降，山谷中间有一个大盐湖。朝下看时，山谷和湖面都笼罩在浓雾之中。下降期间，西面吹来一股飓风，风速每小时 56 英里。每个人都得牢牢坐稳，免得被吹下马鞍。马的尾巴、鬃毛和人的大衣下摆都朝下风方向飘起，整个队伍都顶着风倾斜着身体，骆驼在蹒跚前进时都快被风吹倒了。

到达营地时，一头年轻的母骡病倒了，它准是误吃了什么毒草，全身肿胀得异常庞大，满地打滚。切尔敦用布利亚特疗法给它治疗，具体办法是：把螺丝钻从它的腰部插入，直达头部，这样，气体排出来了，但是一滴血也不流。下一步是强迫它站起来，用一根绳子吊住它的两条后腿，绳子两端各由一人抓住。第三个人拉住它的辔头，第四个人拿一根粗棍用力抽打它。每当骡子向后踢时，拿绳子的两个人就拉着它，逼它从左到右，再从右到左，摇摇晃晃地走。不管你对这种治疗方式怎么看，当时的具体治疗事实上是有效的，因为骡子完全康复了。在去拉萨的仓促旅行中它与我做伴；在走遍西藏、远至拉达克山的旅行中它和我在一起；在翻越喀喇昆仑山口，再向喀什下降时，它也和我同行；

当我 1902 年 5 月离开它时，它的健康状态是一流的。

现在我们必须再一次向阿尔喀塔格山这个堡垒发起冲击。我带路向隘口爬上去，切尔敦、莫拉·沙和我在一起。上升的道路并无危险，但在到达山顶之前，天空中乌云积聚，我们被黑暗所包围，这是在这种山地旅行的大忌。到达隘口顶端时，我们暴露在最大的风暴面前，在狂乱的大雪中感到十分无助。我的双手被冻得失去知觉，克服了极大困难我才看清高度的读数，比勃朗峰（15780英尺）还要高 1300 英尺。旅行队落在后面，跟随我的两个人得回去把他们带上来。我独自留在那尖尖的峰顶，它在令人眩晕的高度上，像跳板一样突入无边无际的宇宙太空。我尽量把皮大衣裹紧，背对着大风，大块大块的雪片在耳际旋转着飞过，简直要让人窒息了。

我终于听到驼铃声了，骆驼像幽灵一样滑过去，听不到一点脚步声。图尔杜·巴伊走在最前面，弯着身子，抬起一只胳膊护着脸，吃力地走着，仿佛是在矮树丛中行走一样。哪怕是让他们休息一分钟，喘喘气也好！在他们脚下是无底洞一样的深渊，堆满了翻滚着的云层一样的雪块。狂风吼叫着、咆哮着、呻吟着、尖呼着，像瀑布一样，从陡峭的山隘顶端倾泻下来。

◇　在海拔 16770 英尺高处的营地

从北面下山的道路是险陡的。库特楚克在前面带路，一下子就消失在翻滚着的大雪中，仿佛他失足跌倒，一头栽进了沸腾的深渊。其余的人跟随着，一个个盲目地踏着他的足迹前进。下山过程中，向导走的是无数"之"字形路。每十步左右我们就得停一下，转过身来，免得脸被冻伤。每个人都步行，以便搭一把手帮助骆驼。一头骆驼绊了一下，跌倒了，打了几个滚，耽误了一些时间。我们也不比它好多少，脚底总打滑，一下就滑到下面的深雪中。所有东西都在我们眼前跳动、旋转，简直喘不上气。还未到达山谷底下，天就全黑了。一遇到稍微平一点的地方我们就被迫宿营。一切都被雪包围着，事实上，除了石头和雪以外，周围什么也没有。

旅行队还须面对艰苦的日子。我们确实是在下山，但是在每天早晨起程前，风暴总是有规律地来袭。终于远远地看见盐湖库木库勒湖了，但它好像在我们前面飞着。为了能到达湖边，我们行进了一整天。黄昏来临了，黑夜来临了，接着月亮出来了，把秋季的苍白光芒洒在冰冷的荒野上。尼亚兹落在后面，去照顾一匹走不动的马；库特楚克被另一匹马耽误着。水！水！那天晚上我们必须找到水才行。现在所处的高度（14000英尺）已没有雪了，但所有小河都是干涸的。最后图尔杜·巴伊总算找到一条流动的小溪，我们在此停下。

在前方，还有一列山脉。经过一天必要的休息后，我们着手翻越它。这时已经可以骑在马上测量高度，跨越沟壑，翻过山口。出发不久，一个马夫来告诉我，有一匹马再也走不动了。刚把这可怜的牲口杀死，第二匹马又倒下，再也起不来。一旦翻过这个隘口，离有牧草的地方应该不远了。第三匹马没有负重，自己走着，也倒了下去，只好杀掉。到达山口顶端，又失去了第四匹，这是我那匹小灰马，两次沙漠旅行我都骑着它，就是它拒绝驮运奥尔德克找到的雕花木板。

营地周围一根草也找不到。图尔杜·巴伊和我一起盘点剩余的口粮，我们尽可能多省出一些分给剩下的马匹。可怜的牲口系着绳子排成一行，用破蒙古毡盖着，早晨有一头吊在绳子上死了，头往前伸着，眼睛瞪着，都被冻硬了。没有人看到它什么时候、怎样结束苦难的。骆驼则具有惊人的耐力，一动不动地躺在那里，从晚上到早晨都保持着一成不变的姿势。它们身上挂着白霜，把渴望的目光投向下面的山谷，只有那里才能找到挽救这些幸存者的办法。它们还能坚持多久呢？这是一个残酷的问题。每天的行程越来越短，冻伤的程度越来越严重。10 月 8 日温度下降到零下 1 华氏度。我们正向下穿越一个狭窄的峡谷，两边是垂直的、高耸的石崖。这支送葬似的队伍的铃声响亮而刺耳地在崖壁间回响。我们的牲口挣扎着向下走，并陆续死亡。谷底散布着千千万万花岗岩石块，雪花嗖嗖地落在上面。此处的高度大约相当于勃朗峰顶。过了一会儿，一头骆驼跌倒，滚下一处陡峭的台地，幸亏没有什么损失，只是驮子散落一地。这一差错耽搁了很长时间，因为我们必须用铁锹铺垫一条路让骆驼爬回来。不久，另一头骆驼走不动了，我们把它留下，打算第二天上午再来找它。直到深夜，在岩石间回荡的驼铃声才平静下来。月亮又从雪白的云层后面露出脸来。第二天图尔杜·巴伊回去找那头骆驼，它却已被冻得和冰一样硬。

已经有 84 天没有看见除我们自己以外的人类。10 月 10 日，看见一处石头堆，这是去拉萨的蒙古香客堆砌的，上面放着雕刻着经文的石板。这时远远看见孤零零的两个骑马人。莫拉·沙是大嗓门，他像发疯似的追过去，赶上他们，把他们带回来。那天晚上，我们这个小小的集体欢乐无比。要做的第一件事就是买下陌生人，即两个猎人的所有物资，包括一小袋面粉。切尔敦立刻着手制作面包，大家好久没吃这种美食了。我把他们的马匹都买下来，告诉托格达辛 (Togdasin)（其中一人）日夜兼程赶往铁木里克大本营，吩咐伊斯兰姆·巴伊赶快带一个旅行队到优素普–阿里克泉 (Yusup–alik) 接应我们。托格达辛

◇　一头小野驴

带走两个空罐头盒，以证明他确实是我的信使。说实在的，我并不羡慕他那天晚上的骑行，因为气温下降到零下 4 华氏度。我答应他如果送信的差事完成得好，将有重赏。他骑上我刚从他那里买过来的马，口袋里装着奖赏，如果想逃跑，是很容易的。不过我对这个人有信心，这个人也相信我。

三天后我们再起程，因为当晚我们应可到达优素普－阿里克泉，至少莫拉·沙和尼亚兹是这样保证的，他们对这一地区很熟悉。我们一直走到黄昏，又走到夜幕降临，直到天已漆黑，却连一点泉的影子都没看到。"噢，现在不会太远了！"莫拉·沙一次又一次地宽慰我，继续向前走。白天我们一直跟着一条小路走，天黑以后却找不到了。

人们简直被极度疲劳和缺觉压垮了，这时两位向导忽然停下来大声喊道："火光！""远处有火光！"这些字眼对我们就像电击一样。大家都不自觉地加快了脚步，又开始说话了，队伍原先被坟墓一样的寂静笼罩着。所有的眼睛都转过方向，都被这小小的火光迷住了。如果它是一个大篝火，那就离得很远，当天晚上我们可能到达不了；如果是个小火，我们应能到达，必须到达，哪怕是拖后一些。再做最后一把努力，我们就会来到朋友们中间，围坐在温暖的火堆旁，向他们倾诉我们的探险故事、我们的差错、我们的困难，这时，散发着诱人香味的"米布丁"正在火上咕嘟着。我在想，由于托格达辛的诚实，我要用许多赞美之词夸奖他，并给他高高的一摞中国银币。

我们在黑夜中继续朝着火光前进，火光一会儿灭了，一会儿又亮起来。我们的向导一直专心地寻找沟壑和水道。至于我，什么也看不见，我必须抓紧船形香炉的边缘，双手交替，因为手都快冻僵了。最后几天，我也得步行，因为活下来的马即使不负重也几乎走不动了。

此时火光熄灭了，再也看不见；人们的希望也随之破灭，疲劳再度压倒队伍。来到一个灌木繁茂的去处，我们停下来点燃两三处矮树丛。借助火光，又收集了几大抱树枝，都投入火中。贪婪的火焰蹿上天空，将红黄色忽明忽暗的光影投向贫瘠的草地。但是没有回应信号，起码我们没有看见。好吧，火堆如果起不了别的作用，起码可以使人们完全暖和过来。接着我们打了两发来复枪，但是它们消失在黑暗中，没有引起丝毫回音、丝毫反响。我们大声喊叫，屏住呼吸听着。寂静，坟墓一样的寂静！那远处的火光连一丝影子也没有！也许人们——我们的人在强行军后累了，睡得很沉。

当我们背对着自己生起的火堆时，夜空的黑暗更加浓重，更加不可穿透。我不自觉地仰望星空，看看自己的视觉是否真的丧失了。我们一小时又一小时地拖着疲惫的身躯向东走去，仍然在寻找那失信的光亮；我们的牲口仍然踏着顽强的脚步前行，仿佛它们嗅到了绿草的鲜香。

忽然间远处的火光又喷射起来。不久，我们越过第一处灌木带，这是水源已经不远的明确信号，也可以说，我们离水泉已经很近了。人们用尽力气大声喊叫，但是他们的声音在夜空中消失，没有被听见。这靠不住的火光又一次暗下去，暗下去，消失了。唉，一定是巫术在作怪，莫非是磷火在欺骗我们，每当我们走近时就飞来飞去？

人们的话语消失了，又一次燃起的希望随之泯灭。脚步慢得出奇，实际上我们不是在走路，是在以蜗牛的速度爬行。最后当我一步也走不动时，我下令停下，得到大家的强烈拥护。我们已经连续行进 12 个小时，早就够了。

切尔敦赶忙生起一堆火。在昏暗的火光中，队伍的形象非常可怜。人们在哪里停步，就在哪里躺下。骆驼们静静地站着，被驮子压得无精打采，它们的呼吸像许多蒸汽柱子一样，曲折地升向夜空。

不管怎么说，我们起码有一个收获，可以作为额外付出的奖赏：现在青草和燃料环绕四周，这是数月以来未曾见到的。只剩下一罐水了，最后一顿饭每个人只分到一小杯茶，一小块野驴肉。我们凑合着搭建了一个营地，让篝火燃烧了很长时间，作为安慰队伍的一种替代品，如果我们见到的真是他们的火光的话。过夜处的高度只有海拔 11400 英尺，夜空中星光灿烂。

第二天早晨，10 月 15 日，大家都睡到很晚。邻近地区荒凉、寂静，看不见一个人影。很幸运在附近发现一处泉水，让我们可以停留下来。切尔敦从托格达辛处弄到了弹药，便出去试试运气，两点钟时却空手而归。不过他告诉我，在西方远处，他看见一些黑色的东西，起先他以为是野驴，现在他想是骑马的人，正朝营地靠近。

我急忙拿着望远镜跑出去，没错，这是一队骑马的人在前进，尘土飞扬。大家怀着极度兴奋的心情跑上附近的山头，屏住呼吸看着跑动的骑兵队。他们还离得很远，似乎正在植物带附近，但还没有到达那里。从身体上下起伏的姿

◇　铁木里克大本营。后面是有洞穴的台地以及我的蒙古包，远景是阿卡托塔格（Akato-tagh）

势可以看出他们在拼命骑行。他们消失在黑色的树丛背后，但尘土仍然在树丛上空飘浮。这一定是我们的人，他们没看见我们的信号篝火，天亮后继续向前进，直到发现骆驼的足迹，才明白在黑暗中彼此错过了。

　　当两个骑马人走出树丛时，大家更兴奋了；又出来两个，赶着一大队马匹。他们在全速骑行。是的，真是他们！我认得伊斯兰姆的皮兜帽。他骑一匹白马，跑在最前面，当他看见我们时，一夹踢马刺，把其他人甩在后面，下马，敬礼，报告说大本营一切安好。其他人是来自奥什（西土耳其斯坦）的穆萨，来自阿布达勒的托克塔·阿克亨，还有一个是霍达伊·瓦尔第 (Khodai Värdi)。

　　我无须赘述相互间的喜悦，或是笼罩全营地的兴高采烈心情，或是丰盛的驴肉筵席，或是"米布丁"，我们用这些来庆祝重逢。队伍只用两三天便到达铁木里克，结束了这次折磨人的旅程。一路上所获得的地理发现无疑是很有价值的，但是也付出了辛劳，受苦受罪，甚至生命的代价。出发时我们带着 12 匹马，现在只有 2 匹还活着。骆驼则只有 4 头活下来，其中 1 头虽然成功到达铁木里克，却像一尊铜像一样在不断变黄的草地上站了两天，第三天倒地死亡，一口草都没有尝过。但是最让人伤感的莫过于失去了阿尔达特，一个大家都高度尊敬的人。

第十六章

西藏北部之行

11月11日，我们再次起程。这次行程预计一个月，目标一是跨越西藏北部的三列平行山脉，画出地图；二是测量大咸水湖库木库勒的深度，它就在我们曾经去过的同名湖的西边。我只带一个精干的小旅行队，人员有切尔敦、伊斯兰姆、托克塔·阿克亨、托格达辛，还有几个其他人；牲口有13匹健壮的马、4头骡子，以及约尔达什和玛连其两只狗。

深冬时节穿越这些高原地带，确实谈不上什么愉快的旅行，但是我定下要解决的地理课题不容延误。骑行翻越许多环境恶劣的山岭后，到达湖边，人困马乏，不过没出灾难事故。为解决饮水问题，掘了一口井，深约5英尺，在此休息一天。切尔敦和托格达辛要求出去打猎，傍晚却没有回来，夜里也没有他们的消息。第二天上午回来后，切尔敦讲述了下列情况：他们骑马向上穿过几处峡谷，追踪一群野绵羊。因山势太陡，便留下马匹，徒步在跌落山腰的岩石上攀爬。越爬越高，托格达辛忽然倒下，说心脏和头部都剧烈疼痛。切尔敦下去把马牵上来，但是病人无法在马鞍上坐稳，他们被迫原地过夜。托格达辛恳求同伴离开，说他肯定要死的，死在哪里都一样。夜里切尔敦数次摇醒病人，以防他被冻死。天亮后他们硬撑着下降到营地。托格达辛非常可怜，有点精神错乱。这是我第二次在山区遇到这种情况，他的前景有可能和阿尔达特一样，不过这次不是那么致命。

这件事值得专门叙述一下。我们带着托格达辛，路上尽可能照顾他，一直回到大本营。接着设法帮他活着下降到低地小镇查克里克，他在那里康复了，但成了终身残疾。他的双脚和阿尔达特一样变黑，并且一片一片地腐烂，先是脚趾，接着是脚上的肌肉都没有了。但是，1901年4月我最后一次见到他时，他却非常非常高兴，一句抱怨的话也没有。我送给他一匹马和一些衣服，再给他一笔钱，他感动得不知道说什么才好。

现在接着说我们的行程。11月18日晨，船一早就准备好了，湖面光滑明亮，托克塔·阿克亨划船送我到湖上去。这次我们谨慎从事，除了帆、桨、救生带、测深设备和其他仪器外，还带上足够两天的储备食品、一个装满水的铜壶、一小袋米，还有兽皮和毛毡。小船装得满满当当，人几乎无法转身。

◇ 切尔敦和沙格杜尔两位哥萨克

天气很好。湖的东半部布满了大片大片的薄冰，在阳光下非常刺眼，只得戴上雪镜。小船的微小动荡都会使冰块摇晃相撞。薄冰来自注入大湖的一条河流，大湖本身因湖水太咸，不会结冰。

我们忙着测量水深，没有注意到时间飞逝。将近日落时，一股旋风卷着尘土沿着南岸猛扫过去，接着是暴风雨前惯有的隆隆雷声，暴风一下子就来到眼前。我们尽力保持原有航向，但是载重的小船开始前后颠簸、摇摆，迫使我们只能顺着风吹浪涌，朝东南方向划去。已经是黄昏时刻，在陌生的地方登岸怕有危险，后面又是波涛汹涌的大湖，脆弱的小船有可能被撕成碎片，我们感到十分焦急。幸运的是，浪涛把沿岸的薄冰打得粉碎，小船不至于被它割破。忽然前方的黑暗中闪出一条白线，这是浪尖顶着泡沫的碎浪花，我们还没弄清怎么回事便身陷其中。一个大浪将小船扔到岸上，幸亏那是沙滩，紧接着回浪又把小船吸了下去。小船再次被扔到岸上，龙骨被撞得嘎吱作响。托克塔·阿克亨及时跳下船去，我们设法使小船安全着陆，只是两个贪婪的恶浪又打在船上，把部分行李浸湿了。

我们在一座小山前面安顿下来，准备舒适地过夜，小山可以遮挡一下暴风。这里有许多矮树丛，天虽然黑，但借助几处小火，我们还能收集起很大一堆枯枝。托克塔·阿克亨做了一碗美味的汤，还有茶。我们吃完后就坐下抽自制的烟草，一边讨论宏伟的计划。冬季打算穿越戈壁沙漠，去罗布泊的旧湖盆和喀拉－库顺沼泽地，托克塔·阿克亨对这些地方就像对自己的房子一样熟悉。才9点钟温度计就下降到华氏6.8度。燃料烧尽后，我们就把皮大衣领子拉到耳朵上，各自爬到半个船壳底下睡觉。不过那天夜里我睡得很少。除了毛毡、皮大衣和兜帽外，我还穿了四双羊毛长筒袜，一双鞋口上有毛皮镶边的大马靴，然而当你和衣而睡，气温却下降到零下 $7\frac{1}{2}$ 华氏度时，你还是无法保暖。

天亮前就醒过来，身上都快冻僵了，爬出那小窝后，赶忙烧开一壶水。我得脱掉部分衣服，使劲按摩四肢，才能促进血液循环，但是这样冻了一宿之后，一整天都感到寒冷刺骨，直到回到舒适的营地后才能暖和过来。温度下降至零下 $2\frac{1}{4}$ 华氏度。我们用桨推岸，把船撑出去，朝西北方向再次横渡湖面。因为

◇　作者和托克塔·阿克亨在库木库勒湖畔

我已告诉旅行队沿这个方向走得远些，等着我们，并生起一个大篝火作为信号。离得很远时，我们以为看到了帐篷和蒙古包，还有旅行队的牲口，但划近后用望远镜一看，才明白前者是两座山，后者是一群野驴。不管怎样，还得上岸去，才能弄清楚旅行队是否走远了。我们只看见两头笨重的熊的脚印，它们新近朝相反方向走去，大概想去寻找冬眠的土拨鼠吧。

　　只能顺着湖岸划去，以寻找旅行队，别无他法。有一次以为在落日下方看见一团炊烟，实际却是一群奔跑的野驴踢起的尘土，又受了一次骗。我都被冻僵了，托克塔·阿克亨却因划船而能保暖，还一面唱着一首关于阿布达勒茅屋的小调。

　　终于在黑暗中看见一点火光。我们坚定不移地奔着火光划了三个钟头，它却消失了。还得坚持划下去，最后狗吠回应了我们的喊声。篝火立刻点燃起来，已经离得很近了，岸上有一个人擎着火把接应我们。

　　经历了种种艰难险阻，我们终于回到了铁木里克。这里天气严寒，气温下降到零下 $16\frac{1}{2}$ 华氏度。我决定休息 6 天再起程，用这段时间为第二次跨越沙漠的长途旅行做准备。有一个来自安集延的商人主动来营地做生意，不料得了通常的高山病死去，安葬的仪式相当庄重。有一天托格达辛被抬到户外，所有

◇ 驮行李的马匹在库木库勒湖畔

穆斯林都围着他，把他们能想到的各种祷告、驱邪之语都说出来，为他驱除附体的恶魔。他们还向真主献祭一只公羊，希望他的心肠能软下来。

12月12日，我最后一次告别铁木里克，吩咐切尔敦、伊斯兰姆、图尔杜·巴伊和其他6人将大本营向下迁移至查克里克，在那里等待我四个月之后回来。我的随行人员有沙格杜尔（他已成为我的左膀右臂）、费素拉、托克塔·阿克亨、霍达伊·库卢、霍达伊·瓦尔第、艾哈迈德(Ahmed)、李·罗耶(Li Loyeh)和来自阿布达勒的莫拉。李·罗耶是从山区找到的两名猎人之一，他不仅能说母语土耳其语，还能说中国话和蒙古语。他曾在博卡里克(Bokalik)偷过马，有点"调皮"。有11头骆驼驮运行李，11匹马作为坐骑。陪同的狗有约尔达什、玛连其和玛尔赤克，后二者现在已长大成为毛茸茸的大型旅行犬了。

所有牲口都已得到彻底的休息，有的骆驼甚至一整年都没做什么工作。因此头两天它们都显得易惊和顽皮，要小心提防它们摔掉驮子。我选择两头最老实的骆驼来驮运那几箱仪器。行李中的主要物资有面粉、大米、玉米和炒面粉，还有帐篷、衣物、烹调器皿、铁锹、斧子、水桶等等。不过我们没有出什么意外，两三个多余的人很快就被遣返了。

那头单峰骆驼是难以驯服的牲口。满嘴肥皂泡似的唾沫，成团成团地往地上掉。它的两条前腿被牢牢地绑在驮鞍上，这不妨碍它走路，却能有效地防止它奔跑。人们用锁链将它和前面一头骆驼紧紧连在一起，使它无法攻击邻近的同伴，这可是它的永恒目标，是它的最爱。还得给它套上口套，防止它撕咬。尽管如此，它仍然是一头出色的牲口，是从喀什带来的老兵。它的一双煤黑色的眼珠子闪闪发光，充满野性，发脾气时眼白突起。

我们在嘎兹诺尔湖 (Chaz-nor) 休息一天，这时我派托克塔·阿克亨骑马去寻找一个便于跨越阿卡托塔格的山口。随员们没有人到过这里，但都知道这是特别难翻越的一道山脉。这位侦察员晚上很晚才回来，报告说找到一处可以通过的山口，只要用铁锹铲平最高处就行。

12 月 17 日，挺了零下 53 华氏度的一宿严寒之后，我们穿过一条狭窄弯曲的沟壑再次进山。这些山岭形状怪异，构造奇特，全部都是松软的土质山峰，形成无数开裂的、干燥的深深沟壑。我们倒是带了足够四天的饮用水，那天晚上就在离隘口不远的不毛之地宿营。第二天一早，人们便上到山顶，在最陡的山坡上凿出一些"之"字形小路。随后将骆驼一头一头地领上去，有人在后面推着，有人从旁扶稳驮子。两三头骆驼跌倒了，得卸下驮子，领它们空身上山，驮子由人背过去。从另一侧下山时，也得走同样陡峭的"之"字形路。托克塔·阿克亨宣称只是一个地方有点困难，实际上那地方一个人单身都很难挤过去。不过我们还是设法让骆驼安全通过了。

没走多远，这一大串牲口又停下了，人们赶快到前面去。沟壑窄得驮子两边都刮碰沟壁。既不可能向上爬山前进，也没法转过身来往回走。只有向前，别无他法，我们便用斧子砍土拓宽道路前进。这时我走在前面，来到一处更糟糕的地方。沟壑收缩到只有一条水道那么窄，水从左边流淌，侵蚀着松软的沟壁下方，形成一处危险的悬空拱檐，有些地方正在破裂、崩落。实际上，这个地方新近刚发生一次山崩，道路被巨大的冰块堆堵塞了。其中，有些我们能合力把它们推进悬空的拱檐，有些太大，只好用斧子和铁锹砍成碎片。通道拓宽后，马匹先过去，为骆驼踩出一条道，再小心翼翼地将骆驼一头一头地领过去。如果正碰上山崩，旅行队就全被捂在里面。最难通过的牲口是驮燃料的骆驼。它简直把沟壑给堵严实了。当它奋力一冲强行通过时，一驮子木料哗啦啦地散落，又带下来两三堆大土块。实话告诉你，当看见整个旅行队在厚厚的尘土下方消失时，我简直要晕过去了。

◇　通往阿卡托塔格隘口的沟壑

◇　为翻越第一个隘口开路

　　不过我们还是在不断前进，虽然不时停下，一会儿把突出的岩角砍掉，一会儿把挡道的土堆弄碎。旅行队再次停下，托克塔·阿克亨垂头丧气地、羞愧地来告诉我，这条沟被堵住了，没法再前进。在此之前，他一直以提供安全可靠的路况著称，这次他却把我们带进不折不扣的老鼠笼中。巨大的土堆从1000英尺或更高的山上落下，堵塞了整个峡谷。雨后流水在坍塌的土方下面冲出一条隧道，隧道上面是一条小路，如果我们愿意，可以从这下方有空洞的地壳上面走过，也许它不会在骆驼的重压下坍塌。

　　在决定是否冒险之前，我多走几步，自己侦察一下。还没走多远，峡谷就收缩成一道不到两英尺宽的裂缝，深度却有40至50英尺。而且它下降的角度有如绝壁，终端是一个黑暗的地下隧道，是古老河道的出口。这是一处连猫都难以看清道路的地方，骆驼就更不用说了。

　　没有什么可犹豫的，不管那条小路多么纠结难缠，我们必须原路返回，从其他地方翻越这道山岭。这一步我们成功了。接着在这没有水源的不毛之地走了几天之后，我们幸运地找到一处泉水，周围有许多冰块，还有很好的草地。

　　又一个圣诞夜终于来到了，对于我来说，这是一个漫长而抑郁的日子，独自一人在亚洲的荒野上，孤独而寂寞。当晚，我们在阿斯腾塔格一条峡谷的入口处宿营，环境极度荒凉。幸亏燃料充足，一个噼里啪啦、令人愉快的篝火瞬间被点燃起来，这是唯一能和家中欢乐聚会相联系的情景。为了驱散在脑海中积聚的忧伤之情，我把沙格杜尔叫过来，他是忠实的好仆人的典范。我请他进来，坐在我身边，向他透露了想到拉萨去的计划。他听后眉开眼笑，这种大胆旅行的前景让他心中充满欢乐。从儿童时代起，我就听说那是喇嘛教徒朝拜的圣地，而且相信有蒙古朝圣者的指引，就一定能到达拉萨。直到午夜，我才让沙格杜尔离去，相信那天夜里，他一定做了个不同寻常的梦。此后我们常常谈起这一冒险计划，但都用俄语交谈，使穆斯林们不知道我们在谈什么。

　　我们的行程还是一直朝东，通过荒无人烟的阿斯腾塔格山区。12月31日晚，遭遇了特大风暴。支撑帐篷的木条本来是用绳子绑得很牢固的，却从帐篷顶部被撕扯掉了。为了安全起见，必须把火熄灭掉。我脱衣服后，得钻进毛皮、毛毡等被褥里才逐渐暖和过来，这时任凭雷打风狂也没关系了。第二天早上天色昏暗，但天空是晴朗的，狂风呼啸着、咆哮着扫过山巅，大自然就这样用疯狂来庆祝一个世纪的结束。在这种情况下骑马简直是一种折磨。人无法和寒冷抗争，生命力很难活跃起来，只觉得昏昏欲睡，身体麻木，四肢僵硬地保持着在马鞍上的姿势，如何下马、两脚如何着地都须要格外小心。

际此一年最后的夜晚，严寒彻骨，冷月霜天，却很晴朗，照得四周像闪电一样明亮。我朗读了《圣经》的经文和诗篇，此时此刻，瑞典所有教堂都在唱赞美诗，我却听不到教堂迎新送旧的钟声。岁月此消彼长，世纪正在交替，狂风对此毫不知晓，却冒充教堂管风琴的乐曲，去迎接新世纪的来临。

1901 年 1 月 1 日，无休止的风暴丝毫没有减弱，依然像瀑布一样向阿斯腾塔格的山谷和峡谷倾泻下来。爬到一个较低隘口顶端时，看到安南坝山庞大的山体就在前方，山顶白雪皑皑。我到山那边拜访萨尔唐格 (Särtäng) 蒙古人，环绕这群山走一圈是 190 英里。旅程的细节就省略了吧。我只想说：气候酷寒，温度下降到零下 $26\frac{1}{2}$ 华氏度。我们受到蒙古人友好的接待，并环绕山岭骑行，沿途欣赏壮丽的景色，特别是那些宏伟的山谷入口，其中最令人惊叹的是琼–敦察（Jong-duntsa）峡谷。我们安全地回到出发地点，即安南坝溪（Anambaruin-gol）。

◇ 阿卡托塔格山中的绝路。我们在此处折返

◇ 位于琼－敦察峡谷的营地

◇ 在安南坝溪畔的烹调盥洗日，西北朝向

　　现在我必须做出一个重要的决定。我打算由此向北，跨越戈壁沙漠，应该理智地认识到，这是在陌生的、缺水的地区作长途旅行，不能带那么多马匹。于是选留三匹最好的马，其余的遣返查克里克，一并带走那些无用的或用不着的物品，由托克塔·阿克亨和艾哈迈德负责。同时由他们带一封信给切尔敦和伊斯兰姆·巴伊，写明我所需物品的详细清单，还有其他指示。

◇ 安南坝山附近的石砌小屋

◇ 一位蒙古向导

然后托克塔·阿克亨带着这些物资和三匹健壮的、空身的马匹，还有那时应该从喀什到达的邮包，前往库姆－查普汉，塔里木河在此注入喀拉－库顺。接下来他要沿着沼泽北岸走三天，建立一个长期营地，盖起一间茅屋，约定一些能随叫随到的渔民，他们熟悉当地情况，自己有独木舟。最终目的是储备一批野鸭和鱼类，以便我们从沙漠中心回来时，不仅有住处，还有恢复体力的物资保证。

　　除了这一切之外，他还应找一座从北方很远就能看到的山峰，点一个大篝火，每天中午一次，天擦黑时再点一次，火焰及烟柱可以作为我们的指路信号。他到达指定集合地点的日期，最晚不得超过 1 月 27 日后的第 45 天，并且当天即生起烽火，每天不得中断，直至听到我们的消息。我的计划只是一个框架，有点盲目，可能是相当危险的。

第十七章

水！水！

1月27日开始穿越沙漠的旅行。头几天地面状况不错，干草原上有一些低矮平缓的山丘。不过一滴水也看不见，对此我们早有准备，安排两三头骆驼驮运冰块。跨过群山脚下最后一道低矮的山脊后，眼前展现出熟悉的景象：沙的海洋，准确地说是庞大沙丘的汪洋大海。我照例走在队伍最前面，一方面是怕自己在永无休止的狂风中冻僵了，另一方面，我总还可以为队伍指引方向。

2月9日，在沙漠北侧边缘处掘了一口井，涌出的是咸水。第二天出发时，带了足够维持人员、马匹10天饮水的冰块，但是没有骆驼的。前面是多山的砾石沙漠，找到水的希望很渺茫，因此我充分意识到，这是一次危险的旅行。

我们现在走过的是不毛之地，其荒凉程度难以想象，连野骆驼的脚印都难以看见。然而穿越它使我获得强烈的满足感，因为还从来没有欧洲人到过此地，在我们的亚洲地图上，大陆的这一部分还是一片空白。几天来我们一直朝东北方向前行。有时候会碰到一道低矮的山岭，翻越之后又是砾石沙漠，绵延数英里才遇到另一处轻微高起的地面。还是一滴水也看不见，在这种无穷尽的砾石地层上掘井也只是浪费劳动力。既然这种绝对荒凉的土地还要延续不断，我必

◇　在戈壁沙漠边缘饮骆驼

须想出点办法才好，因为骆驼已有许多天滴水未进了。

　　这是一个干旱的、毫无希望的地区，连一根草都不长，而我们位于其中心。要不要往回走，回到戈壁滩？那里要是掘一口井，起码还能得到一些黑乎乎的水。不！那太远了，而且对结果毫无把握，因为我们有可能进入一个没有含水层的地带。继续向北前进？这简直是发疯了。怎么办呢？看来最好的办法是相信我去年制作的地图，沿着所画的穿过沙漠的路线走，想办法到阿尔提米什泉去，对它的位置我比较清楚。那就迈开脚步向那里走吧，每天的行程都比较长。我徒步领路，不求助于鞍马，在此严苛时刻，骑在马上我会感到不安。所有人都步行，因为只有三匹马，它们都已显得精疲力竭。

　　2月16日，我们发现一条被野骆驼踩出的有规律的路线，至少数到87个脚印，有些还是新踩出的。很明显，这些骆驼都是奔向某个泉眼的。问题是泉眼有多远？也许要走好几天。不，绝不能抛开既定的旅行目标。我着手在地图上记下所遇到的每一条骆驼路线，过一会儿，这些路线也许会指向一个对我们有用的目标。对我们来说，这一带是寂静荒凉的，不过几小时前，很可能有一大队野骆驼跑了过去。

◇　**在沙漠中心的营地**

　　形势变得很严峻，骆驼们已经有 10 天滴水未进了。对它们的要求不能不切实际，想救活它们就必须赶快。2 月 17 日，我们步行了一整天，那抑郁的驼铃声也叮咚叮咚地在我身后响了一整天，那是持续不断的死亡的警告。那天我上床睡觉时觉得极度劳累，就把所有事情都推到明天。第二天早晨沙格杜尔来叫我时，我还远未恢复过来。天亮时从北方刮来一阵大风，不算太强，但不一会儿它就变成一场超级的暴风雪，一刻不停地肆虐。奔跑、踏步都不起作用，冰冷的疾风一直吹进我们的骨髓，两手肿胀，没有知觉。各种困难一起压到我们头上，似乎肯定要遭殃了。地面状况变得很困难，无数低矮的横向山岭成 90 度角崛起，我们必须直上直下地翻越。燃料早就用光了，连一根火柴大小的木片都不剩。四周只有石头和沙子，别无他物。我带领大家走向一列山岭，希望在山脚下找到一眼泉水，但是我们越前进，山岭似乎越后退，直到完全消失在风暴搅起的尘霾之中。傍晚，我们的目标似乎更加遥不可及。尽管是强行军，我们的骆驼还是顽强地、庄重地坚持着。我们一根草也没有给它们吃，一滴水也没有给它们喝，它们还是高昂着头，威严地踏着大步，还是一样沉着冷静。野骆驼足迹的方向大多指向东北，那里无疑有一个泉，前几天我们可能错过了它。

天刚黑我们就在一处开阔的洼地，或者说一处天然壕沟宿营，风暴可以毫无阻挡地吹过来。蒙古包虽然搭建起来，还盖上三层毡子，但没有燃料，没法使用炉子。我自己和忠实的伙伴狗的身体以及摇曳不定的蜡烛所发出的微弱热量，都被大风刮走了。尽管用沙子在蒙古包下部堆起一堵矮墙，里面还是和冬天的地窖一样冷。饮水也几乎没有了，只剩几片碎冰。

2月19日早晨起床后，没有用惯了的火盆，感到阴冷阴冷的。吃完非常简单的早餐后，我赶忙走到前面带路。水！水！这是每个人头脑中的主导思想，或者说强烈的愿望。必须不惜一切代价找到一眼泉，因为离开最后一口井已经12天，而且那水很咸，骆驼喝得很少。如果两三天内还找不到水，骆驼肯定要倒下，我们又会怎样？我估计还有四五天就能抵达阿尔提米什泉。问题是：我们还能坚持到那个时候吗？

骆驼狩猎者阿布都·热依木来自辛格尔 (Singher)，一年前这个聪明人把我们带到阿尔提米什泉，并告知在它的东面还有三个咸水泉，我把希望寄托在这几个泉上。然而它们隐藏在沟壑或洼地中，很容易因看不见而错过。在塔克拉玛干，有一次为了活命，我曾经爬行过。但那时我清楚地知道，只要不停地向东去，就一定能到达和田河，因为我要找的是一条"线"。现在的目标却是一个小"点"——阿尔提米什泉。除非幸运之神能把我们带到阿布都·热依木所说的更东面的那些泉眼去。也许你会想，让一个有价值的旅行队及已经获得的科研成果以这种方式去冒险，真是愚不可及。是的，这正是在我之前考察亚洲这部分地区的所有旅行者的思想，每一个人都小心地避开这一地带。在我目前路线以东或以西的沙漠，都有一些探险家跨越过，但正是此处，在库鲁克塔格（或称干旱山脉）的石头荒野的正中心，却没人敢冒险。

现在我必须拼命，我决定坚持下去，直到找到水为止。我固执地踏着沉重的脚步走下去，走下去，决不停歇。很快，旅行队的驼铃声就远远地落在了后面。我在铁木里克起程时穿的新靴子，经过180英里的踩踏，已经开裂；脚很痛，而且起泡了。2月19日在我的生命中曾多次起过重要作用。1896年2月19日，在挣扎着穿越绝望的塔克拉玛干沙漠时找到了水。2月19日也是我的生日，脑海中老觉得这一天总会有一点惊喜。

◇　阿尔提米什泉，即六十泉

　　越往西走，骆驼的脚印越多，我每两分钟或更短时间就遇到一个。这更增强了我的希望。最后我来到一个低矮的山嘴，转向西南沿着一条干涸的河床走下去，发现了30个骆驼脚印。很快我就看见一株柽柳，发现野兔和羚羊的脚印。我停下来。这些动物的生活范围不可能离水源太远。我正在思索时沙格杜尔赶了上来。我们一起讨论眼下的形势。稍微往南有几株柽柳，我们走向树木。树周围的土壤很潮湿，但盖着厚厚的一层盐。我们等着旅行队跟上来，然后掘一口井。水很浓，苦咸！于是，再朝西南方向前进。风暴现在从我们后方刮来，走路轻而易举。

　　我带着沙格杜尔，再次匆匆前行。白马自愿地跟在后面，像一只狗似的。约尔达什则跑来跑去，一面寻找猎物，一面呼呼地嗅嗅这儿、嗅嗅那儿。我们紧紧追随20头野骆驼的踪迹，来到一个狭窄山谷的入口，两边是低矮的山丘。附近地区的骆驼路线都在此处汇聚，集合成一条共同线路，向上直通窄谷。野骆驼是一种胆小的动物，进入窄谷或其他封闭环境是违反它们天性的，因为很可能遭到埋伏，它们喜欢开阔地带，那里可以看得很远。显然，有什么特殊原因使得这些胆小的野生动物走进这条狭窄的通道，唯一能把它们引到此地的必定是泉水。于是我转身追随足印走进窄谷，还没走多远，就看见约尔达什在一

◇　**霍达伊·库卢和他的野骆驼**

片冰面旁边喝水。

　　我们得救了。第一件事情就是让牲口们休息几天。是的，我们没有多少饲料可以喂它们，只有一小袋玉米，是从萨尔唐格蒙古人卖给我们的物资中省出来的。第一天晚上我用大部分时间亲手给骆驼喂食冰块；虽然从泉眼中流出来的水是咸的。但水结出的冰却是淡的。

　　牲口们站成一个圆圈，耐心地等候着，它们的眼睛闪着光芒，就像孩子看到一块糖果似的。听着它们用强有力的牙齿嘎吱嘎吱地咀嚼冰块，像孩子嚼糖果一样，真是一件乐事。

　　离开这眼泉时，我们带足了能维持数天的冰块。其实没必要这样做，几小时后就遇到第二眼泉，泉眼周围的地面被骆驼和羚羊踩踏得很凌乱。沙格杜尔想猎杀一头野骆驼而落在后面。我独自往前走得较远，在进入矮山之间的一个山谷时，看见一头很大很漂亮的野骆驼，因为风向相反，它一点也没有发现我的存在。可是狗跑过来，使它意识到有危险。只得把狗绑起来，因为不仅是我们需要吃肉，我还很想带一副野骆驼骨架和毛皮回家。

又走了几个小时，透过南面的雾霾朦朦胧胧地看到一片黄色，显然是另一个重要的绿洲。在绿洲的远端，有 18 头野骆驼在吃草。于是我停下来，派李·罗耶去找沙格杜尔。野骆驼平静地注视着排成一长行的同类们的黑色身影。沙格杜尔终于气喘吁吁地赶上来了，但是他不够耐心，开枪太快。野骆驼像风一样跑起来，消失在西面。我似乎得不到动物骨架了，阿尔提米什泉是剩下的唯一希望，因为离开此地，就走出了野骆驼的生活圈。在这个黄色的绿洲中，找到了阿布都·热依木提到的第三眼泉，证明他的说法完全正确。

根据我的测量资料，朝西南西的方向再走 17 英里，就到达阿尔提米什泉。如果天气好，老远就能看见绿洲，但由于不停地刮风，空气浑浊，看不了多远，我们很容易错过它。在这种情况下，我们将再次被丢弃在沙漠中，在到达塔里木河之前再也找不到水，旅行队恐怕难以承受这样的考验。

不过，吉星高照，正确地指引着前进方向。透过雾霾，我们终于朦朦胧胧地看到黄色的芦苇，在其上方有 5 头野骆驼。这是沙格杜尔挽回骆驼狩猎者声誉的机会，于是他摔掉长袍、帽子，在芦苇丛中悄悄地匍匐前进。我从望远镜中观看他的行动。第一枪后骆驼动起来，开始很慢，后来就快一点，像黑色的幽灵一样在芦苇丛中徘徊，最终消失在绿洲边缘以外。一共有 14 头。第二枪后沙格杜尔回来，兴奋地告诉我他射倒了一头庞大的公骆驼，还射伤了一头小母骆驼。前者的骨骼现在在斯德哥尔摩，后者的肉盛满了久已不用的肉锅。

穆斯林们十分惊讶我怎么会成功地找到这眼泉水。我们走了 19 英里才到达阿尔提米什泉，而不是 17 英里，我有 2 英里误差，这在 1200 英里的旅程中算不了什么。

我必须讲述一下霍达伊·库卢的故事。这个老实人有一支前装式滑膛枪，须放在支座上才能发射，他热切地期盼依靠这杆枪而被喻为伟大的猎手，但在旅行队的 14 个月期间，他却连一只野兔也没有打到过，于是大家都认为他不会射击。有一天他把枪很便宜地卖给李·罗耶，大家也就丝毫不感觉奇怪；枪在李·罗耶手里也同样没起作用。回到英吉－库尔大本营时，霍达伊·库卢夸耀说，一年前他在阿尔提米什泉打到过一头野骆驼。大家不相信，嘲笑他说："求你行行好，让大家看看猎物的骨头。"霍达伊·库卢被逼得很狼狈，辩解说这头骆驼不是在阿尔提米什泉，而是在附近另一个泉打到的。然而没有人相信他，都拿他开玩笑。霍达伊·库卢是一个平和而迟钝的人，有点笨拙，却很快活；容貌表情有点滑稽，但作为仆人，他是忠诚的，是非常有价值的。

一天早晨，他在天亮前就不见了。一整天都没有消息，谁也不知道他去了哪里，有人想起来他那支旧枪也不在。傍晚时，他大摇大摆地走回来，骄傲而满足的表情老远就吸引了大家的注意。他说，不管是谁，只要愿意，都可以跟他到泉眼去看看他头一年打死的骆驼骨骸。泉水已经干了，但骨骸仍在。而且他又发现了第二个泉眼，惊动了四头高大的骆驼，并打死了一头。霍达伊·库卢现在表现得自信而很有尊严，在大家心目中的地位大大升高了，人们为怀疑他而感到羞愧。我得承认我也曾和大家有同感。为了补偿这位受伤害的无辜者，我在他的月工资之外再增加一笔小小的奖金。3 月 1 日，当我们向霍达伊·库卢发现的泉眼前进时，这位伟大的发现者走在队伍最前面，充分意识到自己的重要性，又吹口哨又唱歌，似乎他是一切沙漠和绿洲的统治者，是所有在沙漠中生活的野骆驼的主宰，而我们这些人都温顺而沉默地紧随其后。

发现这眼泉的重要性在于，它距离沙漠中的废墟更近一些，适于做基地。因此我留下 3 头疲惫的骆驼和 3 匹马，让霍达伊·瓦尔第看管，要求他在接到新命令之前一直守在那里。我们的物资本来就匮乏，能匀给他的只有一盒火柴和一捧茶叶！有了这些，他就足以自己点火煮茶喝，同时身边有一头死骆驼，他也可以随意割肉吃。

我带领其余人马，装上满满的 9 袋冰，于 3 月 2 日向南进入沙漠，并有了重大发现。那不是头一年找到的废墟，也不是奥尔德克回去寻找铁锹时无意中碰到的废墟，而是第三处地方，一个远古的城镇。有 19 所房子还留有残垣断壁，很便于测量。废墟北端有一座黏土构筑的塔，将近 30 英尺高，俯视着周围地区。土塔坐落在一个由大风吹蚀出来的土墩上，其高度也接近 30 英尺。3 月 4 日早晨，大家在土墩脚下搭建起我的蒙古包和其他帐篷，把冰堆在背阴处，用泥土遮盖好。

7 头骆驼休息得差不多时，我便让李·罗耶带领它们回到泉眼去。他可以在那里休息两天，第三或第四天起程回废墟，把霍达伊·瓦尔第、马匹以及所有骆驼带过来，要让牲口们尽可能多驮一些冰块来，因为我们还要再一次跨越沙漠，到喀拉 – 库顺沼泽地去。也就是说，3 月 9 日他必须回到废墟。我将在

◇　霍达伊·库卢发现的泉眼下方的一片冰面

◇　从南面看土塔

◇　离营地最近的古宅废墟

◇ 废墟中出土的雕花木片

◇ 发现手写稿的古宅废墟

土墩上生起一个大篝火，为他指引方向。

我们则在那 19 所房子的废墟上开始工作，用撬棍、斧子和铁锹到处挖掘、又戳又扎，希望能找到各种家用器皿、钱币、陶瓷碎片、灯具等等。这个土塔是否会像印度塔一样，里面藏着秘密？我们从塔顶凿一个洞，证实整个塔都是实心的。不过为了弄清这一点，上半部塔身被拉倒了一大块。

接下来的日子，我们在附近地区进行考察，重新找到了奥尔德克发现的废墟，在那里挖掘出一座特别漂亮的小庙的残存部分，出土了几块木板，上面刻有佛陀画像及一些小物件。但最重要的是一小块木简，上面有我们不认识的文字。发现者是沙格杜尔，他因此获得 10 两银子（33 先令 4 便士）的奖赏，这是我对第一个找到有文字物件者的许诺。我宣布，凡是找到类似物件者都可获得同样奖赏，这样一来人们以双倍热情投入工作，简直到了废寝忘食的地步。他们的努力所带来的巨大收获完全超出我的预期。莫拉最先找到一块小纸片，上面写有汉字，随后找到数百件有文字的纸片。

这真是罕有的好运气，这样我就可以白纸黑字地说明这些古物产生于什么年代，以及出土地点的名称，这点愿望并没有落空。来自威斯巴登（Wiesbaden）的希姆莱（Himly）先生是一位著名的汉学家，他为我翻译了这些资料，并告诉我这些物件所属的年代为公元 264 年至 270 年，即中国的魏元帝至晋武帝之间。资料展示了下列情况：城市的名称为楼兰，居民以农业为生，与其他几处中国城镇通交通；有军队常驻，由高官治理；提到狩猎和进贡的谷物；还提到楼兰居民的一些琐事。总之，这次收集到的资料，意外地说明了在公元初的几个世纪中，中亚的一些自然地理和政治状况。在此后的 1630 年间，这一地区的变化是何等巨大！ 1600 多年前，在宽广的罗布泊旁边，有肥沃的田野，苍翠的树林，流淌的河水，繁荣的城镇，还有佛教寺庙，道路通达，交通繁忙。而现在呢？从塔顶远望，一派荒凉惨淡的景象，不存在任何意义上的生命痕迹，如此令人难以置信！整个旷野，哪怕你一直望到天边，都像坟地一样寂静、阴郁！这样巨大的变化是怎样产生的呢？原因就在于塔里木河。从前塔里木河流向东部，注入罗布泊；后来改道，流向为东南和南向，形成喀拉–库顺湖。当今，罗布泊已经干涸。没有水，植物必然枯死，居民也随之逃离家园。

第十八章

形势严峻

▼

3月9日，一个巨大火焰在土塔的小丘上发出耀眼光芒，霍达伊·瓦尔第和李·罗耶带着所有骆驼和那三匹马按时到达，骆驼经过休息后处于最佳状态。我把探险队分作两队。第一队由前年曾和我在一起的费素拉为首，加上莫拉和李·罗耶，带领六头骆驼、三匹马，驮着所有较重的行李，还有4天的食品（我们没有更多的可给他们了），沿着原来我们跨越沙漠的路线到库姆−查普汉去，在那里等我们。我知道把探险队的一大部分交托给三个穆斯林有点冒险，但费素拉向我保证他一定能做好。作为预防措施，我给他上了一堂怎样使用罗盘的课，并给他演示如何遵照罗盘指针，朝西南方向走去。我对自己更有信心，因此把4个月以来所画的图纸、写满的笔记本以及在楼兰发现的手写资料，都自己带着。离开铁木里克时，我带走了旅途中所画的全部地图，总数达800幅，以便在路途中抽空再画制一份。目的是从查克里克通过特使将复制部分送到喀什，这样万一原件在去西藏途中有什么闪失，它们也能保存下来。为预防眼下两部分探险队的任何一方在沙漠中遭遇不幸，我把复制件交给费素拉，自己带着地图和其他资料的原件，不管给多少钱，这些资料我都不会出手。

我自己带领的那部分探险队朝正南前进,目的地是位于库姆－查普汉东北、距离它三天路程的地方,叫托克塔·阿克亨在那里等我。我带着测量标杆和望远镜,打算沿途完成沙漠的水平测量,以证明李希霍芬男爵和我自己关于古罗布泊位置的论点是否正确。这一论点几乎所有俄罗斯地理学家和其他一些人都在热烈争论。

我带领的成员有沙格杜尔、库特楚克、霍达伊·库卢和霍达伊·瓦尔第。我和前三人进行水平测量,霍达伊·瓦尔第带领四头骆驼跟在后面,一头骆驼驮运我们的少量个人物品,三头驮运冰块。我的住处是一个小蒙古毡帐篷,由四根圆木支撑着;其他人则露天睡觉,因为现在天气已经暖和多了。我们的食品有米和面包,省着点可以维持8天。

探险队的两部分都整装完毕后,我便带着三个助手向南进发。我们很快就越过了古湖泊的湖岸线,1500年前就已枯死的树木、灌木和芦苇终止了,四周是黄色的坚硬黏土沙漠,被大风吹出无数沟壑和河槽。到处都可看到白色的软体动物遗壳。我们现在位于古湖泊的湖底。由于全神贯注于工作,没有人注意霍达伊·瓦尔第和骆驼,认为依据命令他理所当然地紧跟在我们后面。标杆和望远镜交替挪动了90次,测量了9950码,天已接近黄昏,该收工了。我们停下来,但是霍达伊·瓦尔第在哪里?我们爬上一两个从前长满柽柳的小山顶,观望四周。沙漠沉寂而荒凉,看不见探险队伍的一丝踪影。这个家伙是迷路了还是发疯了?我对他很担心。我们找了一些干柴,在一个小山顶上堆成一大堆,点着一个明亮的篝火,老远就可以看到。这时沙格杜尔向黑暗进发,去寻找这个玩忽职守者。

如果这个家伙迷了路,看不见我们的篝火,他绝对会失踪,因为他连喀拉－库顺沼泽地都不知道。在无边无际的沙漠中,想寻找一个城镇废墟就像在一捆干草中寻找一根针,更何况是寻找一个人呢。如果他找不到我们,我们也会陷入险境,没有水和食品我们很难到达湖泊,即便在我们和湖泊之间有绿洲,我们也只能找到水,没有其他东西。但是最使我心焦的是4个月艰苦工作的成果会毁于一旦,毁于一个十足愚钝的笨蛋之手。

火焰高高地、热烈地燃烧着,映衬着黑暗的、豁裂的太空。四周死寂荒凉得像是未开发的星球。我们仔细地听着,但没有丝毫声响。大家疯狂地、几乎

◇　在楼兰废墟挖掘一所房子。前景有一个大陶罐

是绝望地全力寻找一切能找到的木料，投入到篝火中。最后，疲劳占了上风，我们在噼里啪啦的火堆旁睡着了。

　　大约午夜时分，库特楚克悄悄地爬到我身边，请我倾听。黑暗中有脚步声。我们三个人全都一动不动地、屏住呼吸听着。"是骆驼！"库特楚克耳语道。我们急忙跑下去，是霍达伊·瓦尔第，带着那四头骆驼（它们是老兵了），安全无恙。我高兴得像是获得了印度的全部财富一样，忘记了给这个骆驼带领者一顿应有的棒打，当然，我也非常反对体罚。

　　霍达伊·瓦尔第讲道，他走得太靠右边，看不见我们，便朝西南方向继续走下去，直到黄昏时刻，看见火焰，查看到骆驼脚印。他知道这些是费素拉的队伍的，大为震惊，立即调头，踏着沉重的脚步前进，直到看见我们的火光，便照直走过来。骆驼在黑暗中跨越沙漠里的无数渠道、沟壑和大坑，却没有摔断腿，真是奇迹。我们走的直线距离是 6 英里，他却在沙漠中要命地来来回回走了 12 小时。他本可以更好地留在楼兰废墟中，从我们停留的地方可以清楚地看见那座古塔。

◇　负责水平测量的探险队

　　第一件要做的事情是把茶炊做上，接着把我的蒙古毡帐篷支好。然后我打发霍达伊·库卢沿着沙格杜尔寻找骆驼时走的方向去寻找他。我指示他一路打枪，向哥萨克发出信号。我们知道霍达伊·库卢走得很远，因为枪声越来越弱，最后消失了。但是他没有找到要找的人。至于沙格杜尔，我丝毫不为他担心，不管在什么地方，他都有能力找到道路，而且他对这个地区的地形完全熟悉，因为他对我画地图的工作极感兴趣，准确地知道距离喀拉－库顺有多少俄里。他经常使用罗盘行进，并数着自己的脚步，精确地掌握自己的步幅。第二天早晨醒来时，发现正刮着一股猛烈的沙暴，能见度只有 50 步，这时我很羡慕沙格杜尔的处境，断定他不会来寻找我们，而是正好朝南走向喀拉－库顺湖。这种天气根本谈不到观测，什么也干不了，只能静静地等待。我花了许多时间安抚照料骆驼，它们被领着一会儿向前，一会儿向后，在沙漠中毫无必要地走了 20 英里冤枉路。我感到很心痛，便把从泉眼带来的一整袋芦苇，还有一袋冰都喂给它们吃了。以后怎么办，再说吧。

　　请想象一下，大约中午，当沙格杜尔以弹跳式的轻快步履从包裹一切的风暴中出现时，我是多么惊愕和高兴。他步行了至少 19 个小时，一直走到费素拉的营地，讨了几块碎冰和一捧米饭，便立即返回。在深夜，在沙暴的中心，设法回到我这里，因为他怕我不等他就继续前进。

在黑夜之中，在沙暴之中，还能成功地找到我们，不管从哪个角度说，都是一种非凡的本领。只有毕生都生活在野外的布里亚特人和哥萨克才能做到。沙格杜尔是我一生中遇到的最好的随从，在许多事情中都展示出忠诚、聪敏和能干；以后你会看到，即使在最紧要关头，我都会毫不犹豫地完全信任他。沙格杜尔报告完情况后做的第一件事，就是把霍达伊·瓦尔第好好地揍一顿，这是出于他自己的意愿。显然，他认为我没有这样做是过于宽大。

3 月 12 日，我们可以继续测量工作了；13 日傍晚，水平测量结果证实了我的论点是正确的。我们走过的低洼之地，是罗布泊从前的湖底；数量巨大的贝壳证明，这地方毫无疑问是一处旧湖盆。傍晚 7 点整，从东北方向传来隆隆声和嘶嘶声，几分钟后一股黑色风暴狂怒地扫过这平坦的广阔地面。我们匆忙地做好应急准备，不仅标出水平测量的最后一站，还要拴牢蒙古包，把火熄灭，安置好骆驼，使它们的头部朝着下风方向，然后准备应付最坏结果。夜晚漆黑一团，一颗星星也没有，谁也不想说话。风暴怒吼着，号叫着，所向无敌。

我躺下，就着摇晃的烛光书写。9 点钟时，沙格杜尔悄悄进来，记下温度计上的度数，并帮我处理气象观测方面须反复进行的、不能中断的常规工作。他道晚安后退出，打算回到自己睡觉的地方。那是用作厨房的一个箱子旁边，顺着风向走不到 15 步远便是。半小时后，我听见从另一方向传来微弱的喊声，便用尽全力呼喊做答，不一会儿沙格杜尔便朝里探一下头。原来他迷失方向了，完全弄不清营地所在，因为这次风暴比上次要猛烈得多。于是我在蒙古包的顶盖上掀开一条缝，沙格杜尔死盯住这道微弱的光线，倒退着爬行，好歹找到了自己睡觉的处所。只有亲身经历过这种风暴的人才能体会到它究竟是怎么回事，它使你发晕，使你失去方位感。你以为自己是在朝前走，实际上却一直在转圈。只有罗盘才能给人正确导向，但它在黑暗中也起不了作用。如果霍达伊·瓦尔第遇到这样的沙暴，完全可能迷路。他一个人也许能帮骆驼卸驮，却无法再装上去，因为每个驮子都绑在驮鞍的两边，起码需要两个人才能把它举上去。第一次风暴如果早数小时出现，后果会怎样，想到此我不寒而栗。

◇ **盐碱沙漠中的沟渠**

到 3 月 15 日傍晚，骆驼已把驮鞍里的草料吃光，这倒是不太需要了，因为所带冰块已大大缩减。我们的饮用水的确还有很多，却有一股令人恶心的、难闻的羊皮味道，水面上还漂浮着几片碎冰，能饮用的水就是这些了。

我们开始用望远镜寻找托克塔·阿克亨的烽火。沙漠的地面就像海洋一样平坦。16 日起程时，我们距离湖泊只有 12 英里，只是测量工作耽误了许多时间。终于出现一些说明"陆地"已经接近的迹象，就是说沙漠"海洋"已临近"岸边"。首先看到两三株枯死的或快要枯死的柽柳，接着是在灌木丛后面形成的一些低矮的小沙丘，它们对易受损伤的双脚是好事。野鸭群给我们的生命注入了新的活力。地面向南倾斜，尽管斜度极为缓和，也能说明我们已经接近喀拉-库顺了。

3 月 17 日，酷热难耐。大家又饿又累。沙漠又陷入绝对荒芜的景象，脚底下在燃烧，由于测量工作，队伍的行进像爬行一样慢。当我们在沙丘顶上插上第十七根标杆时，有两个人同时喊道："水！水！到处都是水！"我们离喀拉-库顺已这样近，第十九根标杆就直接插进水里。好了，这项又劳累又烦人却十分重要的工作终于结束了。

湖面十分宽广，无边无际，却很浅，草木不生，光秃秃的。水略带咸味，但无论如何比在羊皮口袋里晃动着的、温热的液体好得多。骆驼用平静的、评判性的目光注视着这片水域，显然，它们和我们一样认为，和留在后面的沙漠相比，这里简直就是天堂。沿岸疏疏落落地长着一些草原植物，我们在此搭建营地，同时放开牲口，让它们自由觅食。现在每个人的情绪都很高涨。

托克塔·阿克亨怎么样了？附近看不到有人来过的迹象。湖岸线向西延伸似乎直达库姆-查普汉。后援探险队一定在这条岸线上的某个地方等着我们，很可能就在近处。他们不可能前进得和我们一样远，因为这取决于草料和饮用水，而那里什么都没有。于是我叫霍达伊·库卢去寻找托克塔·阿克亨的队伍，要不分昼夜，直到找到为止。我们在此等待他和他们一起回来，他在外面只能待一天时间。我们没有让这位侦察兵带什么吃的，原因很简单，没有东西可给他。不管怎样，他不会毁于干渴。

当霍达伊·库卢在雾气中消失后，我们又过起了鲁宾孙·克鲁索的生活。第一个念头是抓点什么东西来吃。沙格杜尔拿起猎枪走出去，带回两只肥鸭，大家平分了，但是我们饿极了，还没等它们在余火上熟透，就狼吞虎咽地吃起来。

我们结束测量工作，真是一件幸事，因为傍晚很早，第四场春天沙暴又刮起来了，连续不停地刮了四天三夜。我后悔派忠厚老实的霍达伊·库卢出去，希望他晚上能找到庇护之处。他有一盒火柴，必要时可以点起烽火，但在这种天气中，空气像泥汤一样浓稠，200步以外就看不见火光。

到了第二天晚上，还没有这位信使的消息或迹象，我们非常焦急。显然出了什么意外。我们徒劳地沿着湖岸寻找他，在雾霾中只能模模糊糊看见我们的骆驼。这样不行，必须采取行动，必须做点什么事情。永无休止的风沙成团地横扫过去，噼噼啪啪地敲打着蒙古包的顶盖，像雨点打在马车的帆布顶篷上一样，让人很不舒服。幸运的是，沙格杜尔又射中了五只野鸭，还有咸流沙作调味，大家很快就把它们吃下去了。

20日早晨，很明显，我们对霍达伊·库卢不能抱什么希望了。他显然没有找到后援探险队。要是走运，他也许能到达有人烟之处，不至于被饿死。我们的形势岌岌可危。自从1895年在塔克拉玛干那些可怕的日子以后，我的处境还没有这样危险过。现在我们只能依靠沙格杜尔打的野鸭生存。

◇ 作者在阿尔提米什泉检验测平仪器

突然，我决定不管多么艰难，都应继续前进。我们急忙离开这不适于居住的岸边，那是曾经寄予厚望的地方。风暴后的天空灰暗、沉重，弥漫散射的光线没有投影。我们沿着岸线走着，忽然发现它意外地向北拐去。不时可认出霍达伊·库卢的脚印。来到一间很旧很破的茅屋前，流沙埋到屋檐。仔细观察后，发现靠墙有一条独木舟。心中忽然想起，这条船也许是我们的救星。有了它，库特楚克和我只要几小时就能划到喀拉–库顺的淡水处，那里芦苇茂盛，渔产丰富。我们干了起来，拼命地用铁锹铲除沙子。铲下去3英尺，铲下去6英尺，却发现独木舟底部有一个大裂口，而穿透地下含水层的船体前部已经腐烂。那就继续前进！湖岸再次转向西，我们跟着走。不久看见第二所茅屋，孤零零地紧靠水边立着。沙格杜尔充分利用这地形，像狐狸一样悄悄爬过去，射中一群在岸边嬉戏的野鸭的正中心。他回来时，手里拎着七只野鸭，大家向他热烈欢呼。这使我们得以再维持两天。

湖岸现在向南倾斜，我们便转身向西南走。霍达伊·库卢的脚印继续指向西北。"他究竟要在沙漠里干什么？"大家感到奇怪。这个人的头脑明显有点

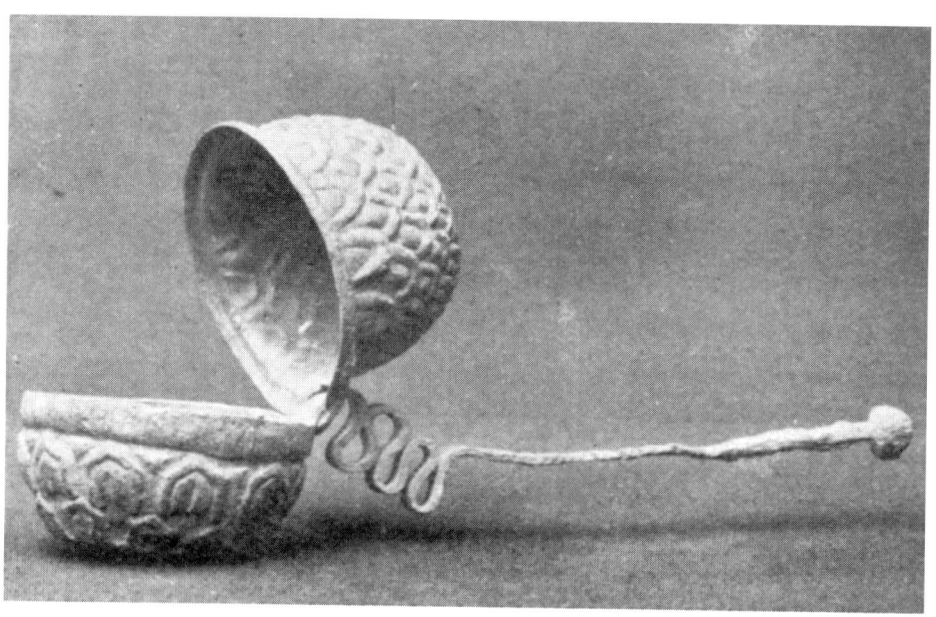

◇　楼兰出土的铜灯

◇　牡鹿。左起：一个汉族人，切尔诺夫和图尔杜·巴伊，右边是伊斯兰姆

问题。他四处转悠，跟随他的足印走是愚蠢的。我们来到一些咸水塘旁边，周围有好牧草和燃料，便停下扎营。

深夜，空气稍微澄清时，我们堆起干枯的柽柳枝生了两个大篝火。它们燃烧起来，噼噼啪啪，发出光芒，又熄灭下去，却没有引起任何回应。夜，沉静和死寂。听不到一点可疑的声音，听不到带来好消息的骑马人。我感到烦躁，不安的感觉加深了。我们认为霍达伊·库卢已经死了。费素拉一定已到达库姆–查普汉一整周。他怎么就没想到支援我们一下呢？他知道3月10日出发时我们只带了8天的给养，而现在离我们分手时已有12天了。为什么托克塔·阿克亨毫无消息？我们在安南坝溪分别时我清楚地命令他按时在此地迎接我们。他会不会遭到什么不幸，没能到达查克里克？还是那些每年都改变位置和外表的游移湖使他迷惑了？这些问题我们何时才能得到解答，这些交错的缠结何时才能解开？夜晚只用黑暗和寂静包围我们，却不给我们作答。那稀薄的烟柱，从即将熄灭的余烬中懒洋洋地、弯弯曲曲地上升，也不能回答我们。

第二天，我们到达另一个湖的岸边，芦苇长得很茂盛。沙格杜尔又打中几只野鸭。我骑在那头老沙漠骆驼上，以便尽可能看得远些。一条较窄的河流挡住了去路，一天的剩余时间里，我们一会儿向前走，一会儿向后走，想找一条路走出这包围我们的水迷宫。为什么不照直往前走，跨越这些浅浅的河道和沼泽呢？很简单，因为不可能。水底都是淤积的烂泥，踩上去就和踩到水里一样会陷进去。那天晚上的营地所在就像老鼠笼一样。唯一坚硬能走的地面在东北面，那却是我们来时的方向。

傍晚和夜里，新的水流从后面涌了过来。第二天早晨，必须很早就匆忙起程，以免完全被水包围。我们自己很容易脱身，而骆驼则不行。含盐的沉积土干燥时硬得像砖头，但一遇到水，就像粥一样软烂。于是别无选择，只能返回。在一片宽阔的港湾前，我们又看到霍达伊·库卢的足迹，他显然是游了过去，因为他的脚印一直延续到水边。他已经失踪五天了，也许正晕倒在某条水道旁，徒然地等待救援。

3月23日，我们继续朝东北方向前进，因为这些迷惑人的、新近形成的湖泊继续朝这个方向延伸。这一带又变得绝对荒芜。我走在队伍前面很远，根据所见到的情况，感到随从们迷路一点都不奇怪。实际情况与我向他们描述的根本不同。这些新湖泊严重打乱了原有的认识。尽管如此，我对这些新湖泊仍然抱有巨大兴趣，它们说明喀拉－库顺湖正竭力要回流到罗布泊旧有的湖盆上去。

湖面在一处地方缩窄至20—25英尺宽，紧接着流入一个小湖，我停下来，感到很疲劳，便站着等待其他人赶上来。连接两湖的水道底部是蓝色的泥土，应该能承受骆驼的重量。但沙格杜尔已经到北面去察看，在查明前方是否有挡住去路的水面之前，我不想带领骆驼过去。过了足有一小时，他在小湖的东面出现了，极兴奋地打着手势，叫我们到他那边去。不过我想先听听他的说法。于是沙格杜尔奔跑起来，直到能听见说话时，他指着西南方向，上气不接下气地喊道："骑马人！骑马人！"

转过身来，我们看见两名骑手在尘土中飞奔。沙格杜尔在向我招手的地方发现五匹马的新鲜蹄印，两三分钟后他看见两个骑马人。我感到极为惊讶，便镇静地通过望远镜观察骑马人。他们会带来什么消息呢？几分钟过去了。我认识他们：托克塔·阿克亨和……什么？这怎么可能？是切尔诺夫！

我从来没有像现在这样高兴、这样热烈地去欢迎过一个随从，一个忠实的随从。我的这位忠实的哥萨克同样被高兴压倒了，他真的颤抖着，两颊因激动而发烧，他同样急于告诉我分别以来所遇到的事情。

我要问他的第一个问题是："你怎么会在这里呢，切尔诺夫？"他告诉我他和锡尔金在喀什待了近两个月，后接到一封电报，以沙皇的名义命令他们找到我，回到我的营地，时间长短依据我的需要决定。我确实给沙皇陛下写过一封信，请求他赐予这个恩典，他很仁慈地恩准了。

当托克塔·阿克亨来到查克里克时，两位哥萨克到达那里已有一段时间。切尔诺夫便陪他一起去喀拉－库顺北岸的指定集合地点。由于被新近形成的湖泊挡住去路，他们决定原地等候，相信我一定会找到他们。我得知他们已执行了我在信中的指示，盖一间小茅屋，中午和傍晚都在山头上点燃一个大烽火，即使在沙暴肆虐、能见度不足100码时，也没中断执行我的命令。

一些库姆－查普汉渔民前去造访，他们在新湖泊岸边建起了一个新的居住点，圈养起羊群和马匹，还弄到了独木舟。他们过了12天田园诗般的生活，只管打猎、捕鱼，做长途旅行，以打听我们的消息。有一天，天气晴朗，勇敢的霍达伊·库卢在他们的营地出现，形势立刻改观。他们在几分钟之内就准备好七匹马，装载好物资，由霍达伊·库卢带领，出发去寻找我们。他们直奔我们建在湖边的第一个营地，那时测量工作已经完成，发现我们已离开后，他们便紧跟骆驼的脚印，追随我们踏出的"之"字形路线一路走来。

我们和切尔诺夫、托克塔·阿克亨等一起去寻找合适扎营的处所，因为我们这些徒步的沙漠旅行者已经极度饥饿，而他们驼鞍上的袋子里有各种好东西，包括鸡蛋和鱼。途中我们碰见霍达伊·库卢和满载的马匹。他坐在灌木柴堆上哭得非常悲伤，回忆起5天来追寻救援队的艰难险阻，他简直被压倒了。他拖着沉重的脚步，坚持往前走，拼死拼活地游过了不止一个湖。第三天他坐在一个湖边，精疲力竭，十分沮丧，这时一群野鸭飞过头顶。有一只掉下来，像变魔术似的一直落在他的脚下，它的翅膀折断或是受伤了。可怜的、饿得像狼一样的霍达伊·库卢扑向它，连羽毛一起把它吞下去。这使他有力气再走两天，这期间他终于找到了要找的人。

我给霍达伊·库卢一笔数量可观的银币，作为对他的勇气和决心的奖赏。他用质朴的语言对我说，在整个过程中，他不完成我的命令绝不返回，牺牲生命也在所不惜。自从杀死野骆驼后，霍达伊·库卢在人群中的声誉就很高，而从这次以后，人们称呼他为"巴提尔"，意为英雄。我们所需要的正是这种人！

在漫游期间，他碰见过费素拉的足印，发现费素拉走错了方向，这样会重新走向沙漠。托克塔·阿克亨一听说这情况，立刻向库姆－查普汉和阿布达勒各派出一个救援队，带着驴子驮上食品和水。我为费素拉焦急得心力交瘁，因为他带的箱子中，装着从废墟出土的全部古老雕花木块，以及我拍摄的所有胶片，还有其他贵重财产。

休息两天之后，我们前往托克塔·阿克亨的小屋，这需要两天路程。最值得注意的是，往回走时，我们几乎完全被水面包围，其实离救援队的营地只有两英里。但是在两个营地之间，有几个新的湖泊和港湾，是喀拉－库顺湖水从北岸流出而形成。这些水域在沙漠中心构成一个大湖，这是我们现在必须绕过的，就是说我们必须走四天，才能前进两英里。

我们在托克塔·阿克亨的小屋再次休息，其间曾两三次乘独木舟愉快出游，最后来到阿克－库尔 (Ak-köl) 湖岸看望老朋友努梅特 (Numet)，一位伯克。他告诉我一个好消息，费素拉已安全到达阿布达勒，正在那里等候我们。傍晚我

◇　客栈的马厩场院一角。锡尔金坐在米袋上，图尔杜·巴伊站在单峰骆驼前

很晚才在平静的湖畔吃晚饭，极可怕的牛虻群包围了我们。但是我的人员全都平安，我最近的工作取得了成功，牛虻又有什么要紧呢？后来听到渔民的说话声以及划水的声音，五条独木舟划了过来，准备带我们上溯塔里木河前往阿布达勒。这次出行是梦幻般的、月光下的旅游，我将永生难忘，河面上安静、明亮，四周充满威尼斯情调。这种体验我曾有过一两次。

到达阿布达勒时，看见费素拉和两位同伴安然无恙，但他们认为在楼兰废墟分别时，我交给他们的是一项可怕的任务。他们跨越沙漠并无困难，但遇到新近形成的湖泊时却完全没了主意。费素拉一年前曾来过这个地方，现在却不认得它了，这是很自然的。他还和别人一样，认为我的指南针是彻头彻尾的骗子，应该把它压在箱底。尽管如此，他们最后还是把那些使人迷乱的湖泊甩在了后面，在沙漠里走了一大圈后，终于踏上了塔里木河畔的土地。不过，人已精疲力竭，饿得半死。更糟糕的是，三匹马同时死亡，他们足足吃了两个星期的马肉。现在好了，他们，还有我们，都可以把所有的艰难与险阻抛在脑后。再休息两天后，我们将最终告别塔里木河及其湖泊，起程前往查克里克。每当我想起那些远在沙漠中心的地方，心中总会泛起忧伤，总想回去看看它们。

第十九章

伟大的征程——舍热布喇嘛

　　我正在筹备一次去西藏的伟大征程，这是整个旅程中最艰难的一段。此刻，大家在查克里克小镇愉快地休息，那是十分必要的。我们住在一间舒适而宽敞的客栈中，外面有种满桑树和李树的果园，我的蒙古包就搭建在树荫下。我的伴侣是一头牡鹿和约尔达什，牡鹿是在车尔臣河畔的树林中抓到的，现在它可以自由自在地在果园中游逛。约尔巴斯则在外面协助守夜人守卫。牡鹿非常温顺，常走过来吃我手中的面包。

　　现在不需要赶时间，因为必须等待高山地区长出草来，而青草出芽还需要数周时间。这就可以让牲口们充分休息，使它们能够更好地迎接即将到来的无限艰辛。伊斯兰姆每天都购进一两头骆驼，到出发时骆驼总数达到39头。其中三头出生于查克里克，它们中最小头出生于5月6日，我去看时小家伙还几乎站不起来，但没几天工夫它便在院落中随处走动，玩得很高兴。它陪伴我们走过去西藏的大部分旅途，比另外两个小伙伴和自己的妈妈都更长寿。

　　旅行队的储备足够维持10个月，人们把这些物资分配好、打好包，捆在驼鞍上，准备出发。4月底，客栈的场院里排满了大行李包的行列。说实话，我对这种景象感到迷惑。难道要拉着那么多的东西穿过西藏的旷野吗？图尔杜·巴伊向我保证说，这些口袋都不重，而且重量会逐日减少。有一列口袋是大米，每一袋都装得满满的，另一列是玉米，第三列是炒面粉和面包。再就是大捆大捆的人们穿着的皮大衣和骆驼所需要的白色蒙古毡小地毯。此外还有数量众多的箱子，装着我的仪器、衣服、书籍、罐头，弹药装备、武器、准备送给西藏人的礼物，还有无数长途旅行所需要的各种物品。为了喂养庞大的骆驼和马匹队伍，需要大量的玉米。为此我安排了 70 头驴子的运力，那是从博克哈拉 (Bokhara) 的一位老人多夫莱特 (Dovlet) 处租来的。6 至 8 周后，骆驼的负重会大大减轻，可以把玉米转移到骆驼身上，多夫莱特和他的护送队就可以回家了。

在采购和安排这些物资时，四位哥萨克对我的帮助是十分有价值的，他们每人负责一个方面。同时，我对沙格杜尔和切尔敦两位布里亚特人还另有安排。我早已打算好要化装潜入拉萨，至少尝试一次，没做到前，绝不离开这神秘的西藏土地。为此目的，我需要一整套装置和设备，包括蒙古服装、蒙古人使用

◇　锡尔金和切尔诺夫与两头小骆驼

的器皿、陶瓦罐、旅行箱等等，总之，蒙古香客前往圣城朝圣时惯常携带的东西都要带上。不过只有沙格杜尔一人参与了我的计划，对切尔敦则让他相信在喀拉－沙(Kara-shahr)购买的东西是出于他们自己的需要。沙格杜尔还须找到一个去过拉萨，会说藏语的蒙古人，将他带到查克里克。

他们快要回来时，我们便着手为起程做最后的准备。进入西藏只能带绝对必要的行李，绝不能多带，而且这已是格外庞大的旅行队，我便决定把个人的东西留下一部分。例如，收集到的动物骨骼、头骨和地理标本，还有从楼兰带来的沉重的木雕，带着它们穿越西藏有什么用处呢？这些东西足足装满9头骆驼的驮子，在9个月的漫长时间内每天都得又装又卸。所以，经由穿越阿克苏的商旅大道，把它们送往喀什更妥当一些。但是在所有穆斯林当中，可以委以这样重任的人，我认为只有一个，那就是伊斯兰姆·巴伊。和他分手真是件难事，但我为他规划的日程使他欣然同意。他将把我收集的标本等物送到喀什，交给俄罗斯总领事彼得罗夫斯基(Petrovsky)先生；然后他将享受5个月的假期，前往奥什探望家人。接下来他须回到喀什，取出我的邮包和一笔钱，带往拉达克，在那里等待我到达。老费素拉经历最近的艰辛后有点承受不了，便陪同他一起回喀什。

我委托伊斯兰姆·巴伊的另一项重要任务是把我的邮包带往喀什，邮包相当重。里面最重要的是写给印度总督寇松(Curzon)侯爵的一封信，请求他准许我在拉达克的列城(Leh)提取一笔数千卢比的借款，并暗示我可能对印度做短期访问，如能成行，我将带一名哥萨克同行。到达列城时收到的友好回信将在本书靠后的一章中叙述。

5月5日，伊斯兰姆·巴伊起程，带领8头骆驼和一些马匹，还有照看牲口的人，向北向西进发。

三天后，旅行队整装待发，队伍非常长。这是我带领过的最大的旅行队，也是为和平目的进入西藏内地的所有欧洲人带领过的最大旅行队。探险队分成几个支队前进，各有独自的领队，长长的队伍站满了衙门前面的街道。衙门里住着一位中国的昂邦①，名叫詹达来，是我的一位特殊朋友。所有牲口都极为健壮。马匹们精力充沛得快发疯，刚出发便要起了最疯狂的恶作剧，摔掉驮子跑了起来。幸亏它们驮的是粮食口袋之类，口袋很结实，捆绑得很牢，没受什么损失。

◇　在查克里克，出发的前一天

　　长长的牲口队列出发时真是一幅壮观的景象。它们离开安静的客栈和柳树荫，蜿蜒前行，伴随着喧闹的呼喊声、尖叫声、咆哮声、嘶鸣声和犬吠声。成团的尘土在大路上空飞扬。然而我还是有点害怕，不知道在荒凉的西藏原野上，这些高贵牲口的骨骼是否会散架。我在地图上用红色标注旅行路线不是没有道理的，这次旅行要付出血的代价。

　　我任命切尔诺夫为整个旅行队的总司令，图尔杜·巴伊为骆驼团队的总管。他们下令经由阿布达勒和塔特勒克布拉克（Tatlik-bulak）前进，这是当下登上高原最便捷的路线，中途在库木库勒湖等待我到达。他们还带走7只狗和那头牡鹿，并要在阿布达勒购买50只羊。

　　队伍在果园中消失后，客栈变得冷清和沉寂，牲口棚和场院空空荡荡。我感到孤单，不过我还留下三个照顾我的人：锡尔金，我的"侍从"；李·罗耶，我的厨师；莫拉·沙，照管大家的马匹。噢，我忘了，我还有约尔达什，它永远陪伴着我。

◇ 舍热布喇嘛坐在"金耳朵"上，牵着约尔巴斯

5月13日，驴子队出发，由老多夫莱特带领。他盘算着不久就可以赶上总探险队，因为走的是近道。我的精力从没有这样分散过。我本人在查克里克，探险队的主体正在前往阿布达勒的路上，驴子队正向阿斯腾塔格前进，沙格杜尔和切尔敦还没从喀拉－沙返回，而伊斯兰姆正在前往喀什途中，现在却是夏天最热的时候。我就像个将军，必须掌控住各个部队，调动他们，以便他们能在恰当的时候互相配合。

5月14日，送信人来说两位布里亚特人快到了。于是我派信使去迎接他们，并命令切尔敦骑马走近道，追赶并加入切尔诺夫领导的探险队大部队。不用说，沙格杜尔完成使命的情况堪称典范。他买回了全套蒙古式装备，还带来了舍热布（Shereb）喇嘛。这是一位27岁的喇嘛教僧侣，出生于蒙古的乌尔嘎②，现在则属于喀拉－沙郊外的一所寺庙。他身穿红色僧袍（看起来更像一件长款睡衣），中间束黄色腰带，头戴一顶中国式小便帽。我非常热烈地欢迎他，使他一开始便感到轻松自如。我立刻复习起荒疏多时的蒙古语言。不到数周，我便能相当流利地和喇嘛交谈。大家都只简单地称呼他"喇嘛"。这位喇嘛成了队伍中最有趣的人物。他很快就对我极度信任，常常对我吐露各种困扰他的事情。他准备随时为主人牺牲性命，说实在的，他不这样做才怪呢。

沙格杜尔和舍热布喇嘛熟悉后，曾邀请他陪自己和切尔敦去拉萨，因为作为喇嘛，他们都享有朝拜圣城的权利，舍热布喇嘛当即答应了。但他提出一个条件：不能有"俄国人（即欧洲人）"同行，否则他就不去，那样他会没命的。沙格杜尔向他保证说，没有俄国人同行。在前往查克里克途中，喇嘛讲了那么多关于拉萨的辉煌故事，使沙格杜尔真想立刻看见这座城市。喇嘛表示，抛开圣城不提，在得到寺院住持准假后，他愿意陪我去我选择的任何地方。

沙格杜尔和三位同伴到达后，客栈又显现出生机和活力，因为他还带来两个其他的人。其中一个是老朋友奥尔德克，他恳求并保证说，他可以陪我走到世界尽头。另一个是哈尔梅特，是来自西土耳其斯坦的俄罗斯国民，不过当时住在库尔勒，是我认识多年的老人。这位老者给我带来的消息绝不是我乐意听的。他诉说道，他在库尔勒把马匹及各种物资卖给伊斯兰姆·巴伊，伊斯兰姆却欺骗了他，他劝我检查一下是否也被盗窃了。我不明白这个人在说什么，伊斯兰姆·巴伊是欺骗者！五年来，伊斯兰姆·巴伊对我忠贞不渝，在炽热的沙漠中，他与我一起经受了艰苦与灾难、奇迹与惊险。我对伊斯兰姆极度信任，瑞典国王于1897年颁发给他一枚金质奖章，奖励他的忠心与诚实。伊斯兰姆是贼？不可能！我不能，也不会相信。

让我简短地叙述这一痛苦的篇章，略去细节吧！经过调查，我发现伊斯兰姆的确是个贼。他从各方面偷，偷的方式使我在账本上找不到任何蛛丝马迹。受害人是物资供应商，他们没有一个人收到过足额的应付款项。伊斯兰姆威胁说，谁告状就杀死谁，这就是没有人对他的欺诈行为向我告密的原因。我曾对此人给予无限信任，这种信任却遭到如此亵渎，真是难以接受。经过这一打击后，我感到在查克里克连呼吸都有困难，急切地想离开，前往山区，让清新的空气吹跑这些阴郁的记忆。但在出发之前，我派特使去见总领事彼得罗夫斯基，他比伊斯兰姆早两周左右到达喀什。于是伊斯兰姆到达后，当局立即逮捕了他，仔细搜查了他的行李。后来释放了他，条件是在我来到喀什之前他不能离开。我正好一年之后到达喀什。再见到他时，他变得很老，神情沮丧。在审讯时，尽管有无数证人提供可靠证据，他仍拒不认罪。此后他被带往奥什，虽然我已为他争取降低处罚，只需坐牢两周，他却还被流放至西伯利亚，因为俄罗斯当局拒绝让他免受处罚。此后我再也未见到他，也不想见到他。对我来说，他已经死了。我为他感到无比难过，如果他能正确管好自己，在家乡应该是一个出色的人，现在他却毁了自己，彻底摧毁了个人前途。

与这一段不愉快经历相比，在查克里克发生的令人窘迫的事情就是小事一桩了。事情是这样的。5月16日下午，从塔巴嘎台 (Tarbagatai，蒙古西部）来了一队蒙古香客，共10人，在集市外边的小树林扎营。碰巧，沙格杜尔和喇嘛在喀拉－沙曾遇到他们，知道他们要前往拉萨。因此，我们出发时不可能瞒过他们，他们很快就会猜到我们要去拉萨。他们完全可能比我们先到达拉萨附近，从而告知西藏当局我们的行踪。于是，5月17日早晨我们离开查克里克时，只好向相反方向先迂回一段路，再拐回来朝西藏北面的山脉前进。

注释：

① 昂邦，亦作"按班"，清代官名。满语。——译者注

② 乌尔嘎（Urga），现称乌兰巴托，蒙古人民共和国首都。——译者注

第二十章

前往阿尔喀塔格途中

前往藏北的探险队成员中，眼下和我一起走的只有：俄罗斯哥萨克锡尔金、布里亚特哥萨克沙格杜尔、蒙古喇嘛舍热布、穆斯林莫拉·沙和李·罗耶，还有我的狗约尔达什和12匹马。高高耸立的大山，以压倒一切的威严气势和魔术般的魅力，吸引着我们前行。第二天一早，我们便进入第一个峡谷。那庄严的景致万般悦目！经过一冬单调的沙漠旅行之后，这里不断变幻的景观真是振奋精神。崖壁的回声令人多么愉快，高山上的空气清新纯净，一粒尘土都没有，更令人心旷神怡。

查克里克苏河（Charkhlik-su）涨水，河面大大拓宽。花了一整天时间，在河畔等待10匹驴子组成的后援队，驴子是租来驮运马匹吃的玉米的，应护送我们到库木库勒湖。它们一到，我们立即出发，顺着河岸向上攀爬。灰色的花岗岩被河水深深切割，冲刷出这道窄谷。汹涌的水流不断冲蚀崖壁，在小路上方形成悬空的天棚。我们来回渡河至少有16次，必须绷紧神经，绝不能有丝毫疏忽。一个牧羊人讲述了他的经历，他的马在洪流中心跌倒了，货物全部损失，包括面包、玉米和衣服。情况确实不妙。不过说实话，这样的骑行的确是激动人心的。河底布满了巨大的花岗岩石块，河水把它们冲刷得溜圆光滑，激流在其间咆哮着、翻滚着，水花四溅。马蹄如果踏在光秃、湿滑的岩石上，很难保持平衡。如果踩在两块岩石之间，它又可能被夹住，动弹不得。使我严重不安的是那些装着仪器、照相器材和胶片的箱子。每到一处渡河地点，都有两三个人脱光衣服，光着脚测试水深，然后将马匹逐一领过河去，每匹马至少需要三个人极其小心的照料。在一处比较容易涉水的浅滩前，一头骡子拒绝跟随马匹走，独自到一旁下水，那边河道很深，结果急流冲卷着它向下漂了一段，将它摔在砾石河岸上。两位哥萨克毫不犹豫，衣服也不脱就跳进河中，将骡子救了回来，结果只损失了驮子内的物资，即面粉和面包。

第四天来到雅曼达万山 (Yamandavan) 口，名字含义是"坏山口"，非常恰当。我们通过的山谷收缩成一道窄谷，上升坡度太陡，大家只好下马步行。各个驮子一会儿滑向左边，一会儿又滑向右边，还会向后滑至牲口的臀部，人们需不断停下来，把驮子扶正。隘口顶端尖利得像刀片一样。我们从山顶向下走时，看见邻近的一道巉崖上有一群野羊，却位于我们的射程以外，算它们走运。

又行进一天，我们越过了这条神奇的边界山脉，再次踏上西藏北部高原。浓重的黑云前来欢迎，不时将囊中的宝物——雨和雪——倾倒在我们身上。去年夏天我们就曾领教过这种天气。

舍热布喇嘛身穿火红色长袍，腰束黄色腰带，头戴蓝帽，雨天时再罩一顶皮兜帽。他仿佛是队伍中的神仙，脾气特别好。他能交谈的人只有沙格杜尔和我，讲蒙古语，不过他已逐渐熟悉突厥语。在长途骑行中，他总是在沉思。他一定在想，命运使他结识的这支队伍究竟是什么队伍。让他相信我在地理学和天文学方面的观测目标，是件很困难的事。在他看来，我是一个非常特殊的人，然而他却那么信任和专注地投靠于我，令我十分感动。他完全明白我们外国人对他只有友好的感情，没有其他。我从没遇见过这样热心而能坚持的老师。他下决心让我学会他的母语，使我们能自由地讨论他特别感兴趣的问题。

有一天，由于天气原因，我们被迫滞留于查克里克苏河上游。我利用这个机会让喇嘛明白我的计划。不管结果如何，我不愿意他认为我用欺骗方法使他加入一项疯狂的事业。我认为坦率地告诉他我打算做什么更好一些。这样他可以选择，如果不愿意去，就光荣地、清白地回到自己的家乡。于是我告诉他，

◇　在查克里克苏河谷的营地

我的既定目标是假扮蒙古人进入拉萨，由他和沙格杜尔陪同。他沉默地坐了一会儿，目不转睛地盯着我，突然叫喊说，这个计划绝对不可能实现。"他们是不敢碰你和沙格杜尔的，先生，但我是喇嘛，我就要掉脑袋了。即使他们不杀我，我的前途也毁了，我将被人们看作叛徒和叛教者，因为我把一个欧洲人带进拉萨。达赖喇嘛、蒙古香客和中国的昂邦都不是危险，但试想一下，所有守卫着通往拉萨道路上的藏民，还有一些寺庙中的僧侣，他们认识我，我在僧院中学习过。"

　　由于我坚持实施我的计划，于是喇嘛建议，最好整个探险队直接朝西藏首府前进。在这种情况下，最坏的结果是被坚决地，却是有礼貌地挡回。他可以假扮突厥人，他的朋友不会怀疑他和我们是一伙的。眼下他可以陪我们走到库木库勒湖，那时如果他决定返回，可以和赶驴人一起走，因为那时候我们就不需要驴子队护送了。于是我建议他那时留在探险队，我和两个布里亚特人则骑马前往拉萨，但我这妥协方案和他的信念并不一致。"我不能在我的雇主最需要我时抛弃他。"他说。在往后的日子里，他埋头坐在蒙古座鞍中，闷闷不乐地沉思着。他认为沙格杜尔很卑鄙，不告诉他我想要他做什么，后来我对他解释，沙格杜尔只是执行命令。我们在峡谷中又上又下地穿行时都在讨论这问题，每天傍晚天黑后仍在讨论这问题。这期间，舍热布喇嘛精神上很苦恼。作为喇嘛他应该承担责任，对我他又应该尽忠，这使他十分矛盾。出于虔诚，出于谦恭，也出于实际中的善行，他提醒我想一想《吉姆》一书中描述的他的同行，这是拉迪亚德·吉卜林（Rudyard Kipling）描写得最出众的角色。究竟是坚守他在喀拉–沙僧院禅房中的安静生活，还是甘愿冒诸多不确定的风险和我做伴同行，他将在库木库勒湖做出最后决定。

在恩库尔卢克（Unkurluk），我们从牧羊人处买了 12 只羊。翻过一处 13000 英尺高的隘口后，顺着祁曼山谷骑行下降，一年前我们到过此地。沙格杜尔在此染上一种高山病，发高烧，脉搏极快。有两三天我对他极为担心，但很快他就恢复到能够继续前进。

6 月 1 日，我们在库木库勒湖左岸扎营，等待探险队主体到达，没有什么事情可做。在后半部旅程中，这几乎是仅有的一次安逸休息时间了。荒野一片死寂，只听见东风吹过的声音，还有单调的浪花拍岸声。我在此解雇了为马匹驮运玉米的驴子队。牧草贫瘠得连马匹都跑掉，莫拉·沙只好没完没了地寻找它们，把它们带回来。

6 月 4 日，天气晴朗美好。人们都在帐篷里睡觉，但喇嘛除外，他迷上了望远镜，正坐在我的蒙古包外用它扫视天际。忽然间他冲进来，声称他看见一些东西，准是我们等待的探险队。到目前为止，他对探险队还只有模糊的概念。完全正确，就在山脚下，我能看见六根黑色的细线和几个黑点。就是我们的人，没错，只是距离太远，他们不可能看见我们。我们极为关切地注视着他们的行动，希望看见他们很快就转变方向，朝我们的营地走来。但是不，完全不是这样。相反，他们停下来，很快，细线消失了，变成许多黑点。我明白了，他们准备宿营，因为找到一点可怜的牧草。于是我派莫拉·沙去找他们，叫他们过来和我们会合。过了很长时间黑点才开始聚集，终于看到牲口们开始装驮，不一会儿他们就起程朝我们的营地走过来。

不久两个骑马人脱离队伍，朝我站立的地方驰骋过来。是切尔诺夫和切尔敦，他们报告说一切安好。接下来是老多夫莱特带领的驴子队，在灰色的队伍后面，一头迷茫受惊的野驴跑掉了，弄得尘土飞扬。随后是图尔杜·巴伊带领

◇　恩库尔卢克营地，背后是峡谷的山坡

的威严的骆驼队，骆驼们都穿着"毡毯子"，这是人们在途中用闲暇时间给它们做的。三头小骆驼穿着白毯子围着妈妈嬉戏，真是有趣。最小的一头刚刚一个月大，四处转悠，丝毫不显疲劳。那头牡鹿长膘了。

　　队伍的最后是马匹和赶马人。每个队列都以阅兵的姿势走过我站立的地方，尊敬地打招呼，哥萨克们和我站在一起，向人们致答礼。所有驮子排列成一个四方形前进，中间空地当作羊栏把羊群围住。它们忠实地追随公羊凡卡，一头异常值得信任、异常驯服的领头羊。凡卡跟随我们已经两年，和宠犬一样忠诚和服从，它这样细心而聪明地照管着羊群，简直不需要其他牧羊人了。在所有走过我面前的动物中，唯有凡卡一年后能活着到达喀什。再次出发前，有必要对驮子重新检查一次，进行各种调配和重新安排，这需要一整天时间。一路上，哥萨克们为我做了一项出色的、舒适的小蒙古包，现在我用它替换下旧的一顶。湖岸边像一个繁忙的市场，排满了蒙古包和帐篷，还有大捆的货物，牲口们随处放牧，骑马人来来往往，其他人围着火堆聊天。与此同时，白浪翻滚，拍击湖岸，浓密的雨点急促地、滴滴答答地打到耳朵上。

　　该是喇嘛做出最后决定的时候了，我让他自己解决这问题。很高兴看见他自愿地走进我的蒙古包，宣称他愿意追随我去任何地方，只请求我答应一个要求，如果他病倒了，不要抛弃他，对此我当然立即应允。他同意随同我前往，真是一件幸事，否则不知道会发生什么情况。

最后，我把全体穆斯林召集在一起，当众任命图尔杜·巴伊为骆驼队队长，身材高大、粗笨的哈姆拉·库尔 (Hamra Kul) 为马匹队队长。他的儿子图尔杜·阿克亨 (Turdu Akhun)，一个 16 岁的少年，是穆斯林们的杂役。这支队伍的其他成员我将随时介绍。

拂晓来临，现在全体成员已集中在一处，我再也不用为集合地点、烽火等问题操心了。我又骑上心爱的小灰马，在马鞍上指挥队伍出发。拆卸帐篷、给牲口装驮所花时间比预期要快。首先出发的是骆驼队，分成五列，每列有单独的领队，图尔杜·巴伊是第一列的领队。

马匹和骡子总数为 45 头，也分成几组，每组有人步行带领，以防驮子失去平衡而滑落。羊群乖乖地跟着凡卡，不需要其他照顾。几只狗在牲口队伍中来回穿梭追逐，大概觉得很好玩。那头牡鹿却状态迥异，病得很重，看来只好把它宰杀了。驴子约有 60 头，很快便落在队伍后头，实际上当晚根本就没有到达宿营地。

探险队绵长的队伍迈着缓慢而沉重的步伐，在蓝绿色湖水之滨蜿蜒前进，构成一幅颜色斑驳的有趣画面：哥萨克们穿着已经破旧的制服，把皮大衣捆在马鞍后面；穆斯林们穿着多彩的外套，戴着皮帽；赶驴人们像一队东方的乞丐；代表神职人员的是熟悉《可兰经》的罗斯·莫拉 (Rosi Mollah)，还有舍热布喇嘛，后者每天都对我和沙格杜尔讲一些圣城拉萨寺庙中的神秘故事。整个队伍使我想起一支入侵的军队，我们也确实是入侵者，不过是为了地理科学目的而向西藏未开发地区进军。我充分意识到我们现在是破釜沉舟，自断后路，意识到在我面前列队走过的庞大而雄伟的探险队大部分注定要毁灭。然而不管将发生什么，我们都不会再转身向北。我们的路线是向南向西，我已下定决心，不达到进入拉萨的目的，决不改变方向，不听到印度洋海岸浪花拍岸的声音决不返回。

离开库木库勒湖后，第一天的旅程充满艰辛。路线穿越许多光秃秃的山丘，跨越无比深邃的河谷，河底充满红色的淤泥，河水则咸得发苦。地平面毫无规律，一会儿像高塔林立，一会儿又像高墙挡道，我们似乎是在一座远古废墟中骑行。黄昏来临，却根本找不到宿营地点，第 12 号营地环境极其恶劣，难以想象。我们并不奢望找到牧草和燃料，最糟糕的是一滴水都没有。幸亏开始下雪，我们连忙把所有容器都摆出来，把帐篷布都铺在地上。我们让牲口们全吃玉米，不吃其他，因为驴子队不可能跟随很远，这样消耗掉它们的驮子比扔掉要好得多。多夫莱特来到时已将近早晨，只带来了半数驴子，他说如果队伍走得不太快，其余的驴子会赶上的。于是第二天，我们只走了很短的路程。

在等待驴子队期间，说说营地的部署会更有趣些。我们经常沿用相同的布局。全部驮子排成长长的一列，末端是图尔杜・巴伊的帐篷，哈姆拉・库尔、莫拉・沙和罗斯・莫拉和他合住。在同一地点还有当作厨房的帐篷，用以烹调我和哥萨克们的饮食，由库特楚克专用，因为他是切尔敦的助手，而眼下切尔敦是我的管家。切尔诺夫是哥萨克们的厨师。这种布局使我们的厨房和穆斯林们的厨房分开，因为他们绝不和除他们信教徒以外的人同食，特别害怕一不小心让一块猪肉掉进粥锅和煎锅里。

再说说那圆顶大蒙古包，由锡尔金、沙格杜尔和喇嘛三人合住，每人有一张床，床上有毛毡、皮革制品和枕头。锡尔金是我观测工作的助手。他能读能写，傍晚常常为哥萨克们高声朗读普尔热瓦尔斯基的游记，我带着这本书。沙格杜尔眼下处于病后恢复期。我曾明确告知喇嘛，他不必参与营地生活中的粗活，我唯一希望他做的是教我学蒙古语，以后作藏语翻译。但是没有用，他经常帮助人们干活，并不认为他那习惯于捧读圣书的、斯文的双手不适于干粗活。老图尔杜・巴伊每当看见喇嘛从骆驼背上把沉重的箱子用力拽下来，或是早晨把它们举上去时，都会暗自笑起来。这种情景使喇嘛在穆斯林中赢得声誉。穆斯林们纷纷仿效他，因为一个真正的信徒绝不能输给一个吃猪肉的人。

还有，那顶小蒙古包属于切尔诺夫和切尔敦，而在驮子行列另一端的尽头，是我的蒙古包，由约尔达什和约尔巴斯担任警卫，有时候它们过分敏感，把我们自己的马匹和骆驼也想象成敌人。我的床和大家一样放在光秃秃的土地上。每天晚上我坐在床上，就着烛光画地图和写日记。至于其他人，就得凑合着露宿，把毯子搭在骆驼驮子之间，爬到下面睡觉。他们都在营地的"街道"上或"角落"里各自生火做饭。夜里，他们须要站岗放哨，看护牲口，不让它们跑远。大家轮班担负这项辛苦的工作。切尔诺夫负责监督，以免有人缺勤或是值班时偷懒。夜里，他有时会骑马巡视各队牲口，看看值班者是否在打瞌睡。

◇ 贫瘠的牧草

　　每天，"停止前进"的命令发出后不到几分钟，营地就能安排就绪，帐篷就已搭建起来。由于每个人都有指定的职责，一切都很快安定平静下来。有人带领牲口去找尽可能好的草地放牧，有人去收集牦牛或野驴的干粪做燃料，人们就着各自生起的火煮晚餐。驮着粮食袋子的驮鞍是很有价值的木料储备。当粮食袋子逐渐空下来后，这些驮鞍就没有用了，大多数用来补充天然燃料，但这种燃料燃烧得很差。

　　6月8日，老多夫莱特返回去，看看尚未到达的羊群出了什么事。此刻，我们向南行进，穿越一处又湿又软的红色黏土层。前方是一个山谷，虽然很深，但看起来很不错。黑色的、长长的队伍走进山谷，随着山势不断拐弯。地面越来越软，骆驼开始陷进泥沼。人们不断喊叫着，互相警示，互相鼓舞。一头骆驼侧倒了，一匹马摔掉了驮子，一头骡子被烂泥吸牢，全靠人力把它拉出来，就像从瓶子上拔出瓶塞一样。大家都步行前进。我的一只靴子被泥沼牢牢吸住，穿着长筒袜的腿深陷及膝。两头骆驼力气衰竭，需要解下驮子，转到马背上。最后，在这可恶的泥沼中一步也前进不了。向后转，开步走！地方那么窄，每头牲口只能原地转身，队首变成队尾。从这骗人的陷阱撤出去比进来更糟糕，经过牲口踩踏，地面被翻转过来了。我们发现西边有一个小隘口，翻过去后是比较好的地区。我骑马站在隘口顶端，看着整个探险队翻越过去。有两头骆驼累垮了，把其中一头拉过去真是费了九牛二虎之力。实际上是用五个人一步一步将它推上来的。有了这一次经验后，我确立一条规矩，出发前必须对前方进行侦察。从第二个营地开始，由莫拉·沙和李·罗耶先去了解地形。

这个营地建立在一眼小泉周围，牧草出奇地好。三点钟，风暴夹着雪花从西方刮过来，傍晚第二起风暴又从东方刮过来。我裹着皮草坐着工作，靠着火盆。夜里温度计下降至 8.5 华氏度，这可是仲夏季节，且纬度与塞维利亚（Seville）持平。不过应考虑到，我们地处海拔 13000 英尺以上。

第二天，我们踏着先遣队员的足印，稳步爬上更高地区，把营地建立在一条大河西岸的斜坡上，河流拐弯处堆满了小冰丘。沟壑很深，大河在深沟底部流淌，营地建立在河面以上 75 英尺处。从岸边往下即是直上直下的悬崖，我怕骆驼不小心踏上松软破碎的岸边，摔下去被淹死，便叫人把它们送往一个更安全的山谷。

我们在这里耽搁了三天时间，使探险队队员得以休整，也使牲口得到休息。驴子队的很大部分从未出现过身影。于是我派切尔敦带着马匹和骡子返回去，至少要把玉米抢救出来。第三天他回来了，胜利地完成了使命。可怜的驴子队日子很不好过，有一天死了 9 头，另一天死了 13 头，总共 30 头中所剩无几，已毫无用处。那两头累垮了的骆驼中还有一头落在后面。赶驴人原定从这一营地回家，我便告知，如果他们设法把那头骆驼带往低处更暖和的地区，骆驼可以归他们所有，他们答应了。

第二十一章

翻越阿尔喀塔格——致命的旅程

▼

我们按照惯常的安排向南行进，有时候顺着河边走，有时候在河床上走。地面大部分是坚硬的，不过有的地方也很松软坑人。切尔诺夫负责领路，真是遭了罪；在一处沼泽地，他骑着的马都快要看不见了，费尽周折才把它救出来。有很长一段路，我们都在一处垂直切割出来的台地顶部行走，河流在底下翻滚着。在谷底水边有一群野鹅。听得一声枪响，大多数野禽展翅飞翔，但有两三只飞不起来，只能拍着翅膀在泥岸上走着。奥尔德克以惊人的敏捷与勇敢，爬下几乎是垂直的悬崖，追上受伤的野禽，抓住并抽刀杀死它们。但是突然间，他头向前一倒，躺着一动不动，像死了一样。怎么回事？是中风了吗？我派两名哥萨克下去看看。他们摇了他几下，使他苏醒过来并坐起来，只是试着走路时却摇摇晃晃，像醉汉一样步履蹒跚。不过他很快就能在马背上坐着，大约一小时后就恢复了。空气这样稀薄，不适合奔跑或做其他劳累活动。我们的心和肺不能适应。

一列庞大的山脉横亘在我们面前，山顶白雪皑皑，我们只得在一个小山谷入口处停下。一条小河从山谷流出，出口处形成大片冰面。人们开始在冰面近端搭建帐篷，冰面远端有一块大石头。哎哟，怎么回事？石头在动！那就不是石头，准是一头小牦牛。接着听见哥萨克们在蒙古包里轻声却又激动地耳语。一两分钟后，切尔诺夫悄悄走进我的帐篷，小声说道："一头熊！"一点也不错，"布仑熊"[①]十分从容地朝营地直走过来，完全漠视我们的存在。大家赶紧把狗抓起来，领到山后去，不让它们搅局。我用望远镜观看这位孤独隐士的笨拙行动，它脚趾朝里地走着。哥萨克们卧倒，等待着它过来，子弹已上了膛，他们兴奋得两颊潮红。"布仑熊"准是又聋又瞎，这是自己找死呀。它来到冰面边缘，停下来想一想，然后继续走，鼻子一直贴着冰面，仿佛在寻找一池淡水。它似乎累了，步态迟缓，不时停下来盯着山谷上方。最后，这位毛茸茸的游逛者浸入冰窟窿中，久久不出来，哥萨克们失去了耐心。我很想带一副熊骨架回家，便建议他们抓住机会朝冰窟窿边缘爬近些。但是"布仑熊"很快就露出它的灰色皮毛，爬出窟窿。砰！三枪齐发，就像是一声枪响一样。灰熊疯狂地朝营地上方的山坡跑去。马匹是现成的，哥萨克们立刻去追赶。又一次齐发的枪声在山间回响后，这头大家伙像球一样滚下陡峭的山坡。

我先给灰熊拍照留下永久的纪念，得替它摆好尽可能像生前的姿势，然后

◇　西藏熊

才着手准备骨架。它的胃里有几种草料，还有一个刚吞下的土拨鼠。灰熊连毛皮一起消受了猎物，用一种很巧妙的方法使猎物滑入胃中。它从土拨鼠的脚趾尖开始，剥下整张毛皮，先吞下滑溜的身体和四肢，再将皮子毛朝里卷成一卷一口咽下。

山脉的另一侧有个小湖，我们在湖边搭建第18号营地，高度是15530英尺。剩下的驴子状态非常可怜，根本不可能带它们再往前走。于是我解雇了多夫莱特，付给他较高的工钱。他带着五个赶驴人向北进发，一起走的还有三个我不再需要的人，原因是他们没有多大用处。

现在，我们曾打过交道的"敌人"阿尔喀塔格就在眼前，紧接着的严重任务是翻越它。我们选定一个山谷作为攀登路线，谷底地面坚实，长着稀疏贫瘠的草。是草吗？是的，但你不要去想象柔软的、绿色地毯似的芳草地，恰恰相反。单独的叶片高约一英寸，黄色，硬得像刺儿，这就是藏北的草。如果偶尔坐在它上面，你会立刻弹跳起来，用不着别人提醒。然而在这极度荒凉的土地上，我们能给牲口充饥的却只有它。

沙格杜尔和锡尔金打到两只羚羊。当锡尔金一路驰骋追赶猎物时，他的马却突然把鼻子伸向两条前腿之间，头朝下跌倒了，摔掉骑手，使他在地上打了两三个滚。这匹马是死定了，尽管我们弄不清楚，它是脖子断了，还是遭受到什么打击。不过锡尔金平时对它的照料和护理是尽心尽力的。

我们所在的山岭上没有任何牧草。自从把驴子队遣返后，驮子变重了，我们有意对饲料放宽一些。为了减轻牲口的负重，每天晚上喂骆驼时，都加大了谷物的比例。阿尔坦（Artan）是我在沙漠里骑的骆驼，它在此地患了一种痉挛病，我一晚上都在为它按摩，当然，在海拔16000英尺处给骆驼按摩是很艰巨的工作。但是阿尔坦恢复得很好，成为活着到达拉达克的少数骆驼之一。它总是走在队伍的最前面，脖子上挂着一个最大的铃铛。

6月22日一早，营地就活动起来，因为当天要作伟大的进军——翻越阿尔喀塔格。探险队缓慢地朝选定跨越的山口攀登。刚离营地一箭之遥，一头骆驼便趴下，拒绝再站起来。我们解下了它的驮子，哄着它站起来，领着它空身前进。但到了第二个山坡，它再次倒下。显然，它已经不行了，只有坚决地深砍一刀，帮它结束生命。

现在我要追赶探险队，他们已走到前面去了。刚赶上队伍，一场大风暴就爆发了，我相信这是在西藏遇到的最大风暴。大块大块的雪片夹着冰雹砸下来。极度寒冷，大风吹得你疼痛刺骨，无处躲无处藏。上山的道路并不难走，但是高度和天气都很要命。又有两头骆驼停下，拒绝前进。驼工抽打它们，真是悲哀！它们完全有权利反抗。解开拴绳，让它们滞留在后头，再留一个人照料它们。在到达隘口顶端之前，又有两头骆驼连同驮子一起，落在后面，后来才把它们带上来。

虽然时间正当午，我们却在黑暗中行进。浓密的雪花旋转着把我们包围起来，厚厚的雪片遮天蔽日，填满山谷，缠绕着你，使你窒息。周围景观是一统白色，只有丝带般弯弯曲曲的小溪是例外，它在稀薄的空气中发出金属似的叮咚声。我坐在马鞍上，俯身向前，根本看不清该往哪里走，实际上我只是追随离我最近的驼铃声前进。忽然听见一声痛苦的尖叫，一头骆驼停住了。一个驼工可怜它，把串绳解开，领它在队伍后面慢点走。不到一分钟，他便消失在大雪之中。

看见和听见这一切苦难，真是心如刀割。于是我走到前面，和喇嘛一起朝隘口顶端走去，很快就到达那使人眩晕的顶点。极度冷漠的死寂，永不停歇的飞雪，以及从不终止的风暴共同统治着这山顶。隘口本身并不难通过，但想一想那海拔17000英尺的高度！还有那深雪！我们站在马匹后面尽可能躲着点，把外套拉上耳朵，等待着，只能等待着，冷得发抖，因为在这隘口之巅，我们完全暴露在最猖獗的风暴面前。终于听到了驼铃那愁人的叮咚声和人们互相提醒的呼喊声，风暴的怒吼掩盖不了一切。第一串牲口像幽灵般从黑暗中显现，又像幽灵般隐没在暴雪之中。探险队长长的队伍慢慢地——慢得令人痛苦地从我面前列队走过，翻越隘口的山顶。它们经过时我数着数。感谢上帝！总共34头骆驼中还有30头。两头还没真正开始攀登就完了，还有两头在到达山顶前刚倒下。倒下的骆驼中有那三头小骆驼中最年长的一头以及它们的妈妈，它们至死也没有分开，这是一件好事！马匹、骡子和羊群都非常出色地挺过了登山这一关。

在另一侧的下山道路上有一片宽阔的、像布丁般松软的烂泥，我们必须作"之"字形下降，走许多弯路以免被泥沼黏牢。尽管大家都已疲劳得要死，但只有疯子才想在此扎营，因为到不了早晨，所有驮子、箱子、行李等等都会被吞没。暮色已深，我们却仍然在这些大山的不祥阴影下，小心翼翼地行进。我们只希望找到一块和营地一般大小的坚硬地面，并不奢求饲草和燃料。在这无尽头的太空边缘寻求这些东西！谁会傻到这样呢？我们终于找到一处坚硬的砾石山坡，在那里过夜。图尔杜·巴伊和几个人没有跟上，直到午夜之后才到达，四头骆驼落在后面。天亮时他们带了一些马匹回去寻找，如果出现最坏情况，起码可以抢回驮子以及驼鞍中的草料。不过，四头骆驼都几乎要死了，实际上有一头已经冻僵了，就立在隘口下面。每逢到了这个地步，我都会割断它们的喉咙，免得它们受更多的痛苦，也免得让狼群撕咬，在大山中狼的数量很多。

一天五头骆驼！在此时此地，探险队一站路程就要损失总数的 $\frac{1}{7}$！现在，驮子对于幸存者来说太重了，我便下令，所有牲口都可以吃玉米和面粉，愿意吃多少就吃多少。前进 6 英里后，找到一处可以承载我们的坚硬地块宿营。我们决定在这里休整，以便从最后两三天的极度疲劳中恢复过来。一匹马毫无病理征兆便倒下死了，就在眼皮底下，就在营地、在帐篷之间倒下了。从那时起，好像没有哪天不损失这头或那头牲口的。实际上，探险队走过的路线可能都有骨架遗留。如果你走过的道路以白骨作为里程碑，毫无疑问，那真是苦难的历程。现在应该对牲口给予最大的关注。图尔杜·巴伊总是不知疲倦地把它们集合到一起，他能说出哪一头骆驼快不行了。当一头骆驼开始哭泣，就说明它活不长了。我常看见这种情况：当一头骆驼站不起来时，它会流出大滴明亮的眼泪。

施洗约翰节上午，阳光灿烂，探险队全体人员都来晒太阳，帐篷和行李也都摊开来晾晒，因为跨越阿尔喀塔格山时全都浸透了。到如今，我已漂泊流浪了两年，但我深知，第三年更加艰苦，我选择的事业本质上就是危险的。早餐后，我对探险队彻底巡视了一次。马匹总管哈姆拉·库尔病得很重，我给他一片奎宁，并允许他骑马行进。在跨越阿尔喀塔格山时，要求所有穆斯林降格步行，因为马匹要驮运已死去骆驼的驮子。

我心爱的小马是一头漂亮、脾气好的家伙，现在也得病了。舍热布喇嘛像大多数喇嘛僧侣一样，是聪明的药剂师。他行李中有一个箱子，装满了有些疗效的药物。他提议为我的马治病，割开马的两条前腿上的血管，再包扎好，下一站旅途他小心地领着马走。当天傍晚，猛烈的冰雹宣布施洗约翰节结束。喇嘛再次对小马进行放血治疗，又在附近的溪流中为它进行长时间足浴。在他的原始治疗方法中，一定有点什么神奇的东西，因为小马好些了，很快又开始进食，一晚上都在嚼玉米和米粒。我们的大米储量充足，甚至能省出一些给马匹吃。

6 月最后几天地面状况相当有利，天气也好。最高的隘口高达 17510 英尺，不过整个探险队安全跨越，只是有五头骆驼表现怪异，须卸下驮子。

我的药箱每站都要打开，这已成为惯例。有几个人诉说头疼，我便给每人一片安替必灵，他们刚吞下去就觉得好多了，对有些人来说，联想非常有效。图尔杜・巴伊的眼睛有点毛病，我便给他滴两三滴可卡因，他对药液的缓解效果非常惊异。哈姆拉・库尔牙痛，我滴了些"药水"，他也立刻觉得好了。这惊动了来自查克里克的伊斯兰姆・阿克亨 (Islam Akhun)，还有来自克里亚的卡尔佩特 (Kalpet)，他们也觉得牙痛，来到我的蒙古包门口呻吟着。我顺着风向，在棉花团上滴几滴茶水，放在他们的牙床上，他们立刻宣称这很有效。来人中只有一个是真正的病人，就是穆罕默德・托克塔 (Mohammed Tokta)，50 岁，属骆驼队。他主诉心脏难受，还失眠，我便允许他骑马，解除了他所有工作。

◇　一头受伤的小野驴

我的药箱被看作有奇效的护符。在漫长的旅行岁月中，人们工作完毕就聚集在我的蒙古包周围，许多人只要求看一眼药箱的金属盖子。至于我自己，很高兴从不使用其中的资源。

我们朝正南方向行进，除非高山阻挡，才绕点弯路。目前我们急于想到达地势低一些、暖和一些的地方，以便能找到鲜嫩的青草。这是眼下的迫切问题，因为骆驼已越来越瘦，正如图尔杜·巴伊说的，如果打算挽救它们，就必须找到青草，让它们休息一个月。但是在局面变得不可收拾之前，能找到青草吗？

7月2日，我们一站就走了16英里，这在目前是极为罕见的。有利条件是近来雨雪少多了，使得地面硬实、干燥，有时在探险队走过之处，还升起一团尘埃。前面有两个小湖，在阳光照射下闪闪发光。约尔达什看到两湖之间有一只奥朗哥羚羊，还带着一只幼崽，它毫不费事就抓到并杀死了小羊。于是我叫沙格杜尔去追杀母羊，他却找不到它了。还好，刚走不远，锡尔金就射倒一头出类拔萃的羚羊。我必须说明，为娱乐而打猎，是严格禁止的，如果不是为了食物，什么动物也不准猎杀。此外，还必须节省弹药，谁也说不好西藏人会怎样对待我们。

来到一个小池塘旁边，水质微咸，牧草好极了，足够牲口休息一天多的。如果想用田园诗这个词来形容西藏的风景，这里很适用。我们身处没有污染的、原始的大自然之中。是大自然吗？不，只能说是"大地母亲"裸露的骨骼。我们在这里旅行了几周甚至几个月，却没有看见自己以外的任何一个人。

当晚，太阳落山时紫色的晚霞在西方天际徘徊。回首东方，在紫蓝色背景下，一轮满月升起，苍白而寒冷，笼罩着一层透明的雾气，富有魔术般的魅力。一条漆黑的、丝绸般的细云带绕过月亮的腰间，就像一条黑纱绕过银盘一样，我在想，也许是带着光环的土星迷了路，来造访地球了。那天晚上是那么安宁寂静，我可以掀开帐篷门，点着蜡烛来吃晚餐，甚至可以说吃正餐。但是刚过八点，我记忆中最疯狂的风暴就刮了起来，淹没了一切声音，只是偶尔听见这个或那个人的叫喊声，因为一些较轻的东西被风吹倒了。

根据我的计算，我们现在营地所在的山谷，就是去年秋天埋葬可怜的阿尔达特的山谷的西延部分，20英里之外，那根黑色的牦牛尾巴正在他孤寂的墓地上方飘动。

◇ 一只受伤的奥朗哥羚羊

　　就在眼前，又耸立着一列高大山岭，我们慢慢地、痛苦地向上攀爬，山顶高 17100 英尺。向南望去，长长的峡谷风光隔断高地，绵延不断，足够我们走四天的。回望北方，我们来处的景观则是山连山、岭连岭的混沌世界，颜色深浅不同，不时可以瞥见永不消融的白雪。这一切都笼罩在绿松石般蓝色的苍穹之下。

　　7 月 4 日和 5 日，我们在一眼小泉旁边休息，哥萨克们猎杀到两头牦牛和 12 只松鸡，现在我们努力以肉食为生，为牲口省出尽可能多的大米。第二天薄暮时分，羊群全部不见了。大家马上得出结论说，一定是被狼群吃掉了，因为这个地区狼很多，每天夜里都能听见它们那嗜血的嗥叫。这一损失使全体人员都激动起来，追寻的呼喊声此起彼伏。但是九点左右大家都回来了，一无所获，又累又沮丧。他们等到午夜月亮升起时再去寻找，在一个深深的峡谷中发现这些游荡者，舒适而温暖地躺卧着。从此以后，凡卡的羊群团队总司令一职被撤换，由卡尔佩特取代。

　　这一段路我亲自当侦察兵，并带着喇嘛以便练习讲蒙古语。7 月 6 日，跨越又一个隘口，来到一处沙砾地区，牧草很可怜。再走远一点，选好扎营地点后，就得等着大队跟上来，一部分牲口走得越来越慢，它们的精力已经耗尽。这一次我们在一眼小泉旁边等待，两三小时后终于听到了驼铃声，却发现还有两头骆驼落在后面，傍晚才被带到。其中一头是 1896 年的三头"老兵"之一，那年它们陪伴着我，一路走过克里亚河谷，穿过塔克拉玛干沙漠大部分地区，然后沿着塔里木河一直走到罗布泊和喀拉 – 库顺湖。最后我在查克里克将它低价卖出，五年后又高价将它买回，我不在乎价钱，只把它当作朋友和旅途伴侣。但是现在它已经不行了，它自己知道这点。当锡尔金把它领过来，以便我摄影留念时，它的腿颤抖着，眼泪从明亮的黑色大眼睛中夺眶而出。不过，它直到那时还未放弃生命。

注释：

① 布仑熊，欧洲中世纪民间故事《列那狐传奇》中的熊。——译者注

第二十二章

首次发现藏民

▼

7月8日，我们走过一段崎岖不平的地带，牦牛和野驴很多。虽然只走了不到 $8\frac{1}{2}$ 英里，却只有27头骆驼能到达第33号营地，其高度为16540英尺。其余三头和往常一样滞后，其中有一头还是1896年的"老兵"。不过它和另外一头第二天挣扎着跟上了。

显然，我们不可能继续这样下去。我做了一些调整，把11头情况最差的骆驼分出来，其中5头已经好几天不能负重，再加上5匹马，把它们留在后面。我决心带领其余的队伍以更快速度向南推进，分出来的部分根据情况慢慢跟进。我留下罗斯·莫拉、莫拉·沙、库特楚克、霍达伊·库卢、阿尔马兹（Almaz）和切尔诺夫照顾它们，以切尔诺夫为首。我们还给他们留下4只狗，即玛尔赤克、哈姆拉、卡尔马克和卡拉·伊尔特，加上还活着的12只羊的一半。切尔诺夫下令原地休息几天，再踏着我们的足印慢慢行进。我们承诺，在需要的地方垒起石头堆作为路标。当然，现在已经接近居民区，也许会有敌对情况，在这个时刻分散力量不太有利，但这是绝对必要的，我留给切尔诺夫的军火和我们的一样多。

于是，7月10日早晨，我们这一部分单独出发。前两天，雨、冰雹和大雪轮番来袭，使得驮子更重，地面变软，牲口身上发出臭味。我们刚离开的营地外围全是烂泥，又是雨雪天，看上去格外悲惨。那11头骆驼躺在山坡上，对那稀疏的、可怜的牧草不屑一顾。我知道切尔诺夫和他手下的人会尽最大努力。但是我们还会见到他们吗？他们会到达新的大本营，对此我并不怀疑，但是他们可能见不到我和另外两名拉萨朝圣者。我们能否从现在启程的旅行中返回呢？可以说凶多吉少。

我们在瓢泼大雨中启程，营地以及潮湿的烟气和火焰很快就消失在一道山脊后面。我和喇嘛在前面骑行。雨终于停住，太阳出来了，但我们还没有真正晒干，又迎来第二次浇灌。走了14英里多，发现一处适宜的宿营地点，便停下等待。在等待过程中，又第三次全身湿透，我裹在驼毛斗篷中也不管用。这件斗篷平时卷起，放在我的匈牙利军用马鞍后面。喇嘛只是静静地坐着，对大雨似乎漠不关心，一面不停地数着那108粒念珠，一面念诵神圣的六字真言"唵嘛呢叭咪吽"，意为"啊，莲花上尊贵的人！"

这处营地周围的牧草有苔藓和稀稀拉拉的一点野蒜。野蒜对大家都是极大的享受，我用它来对汤和讨厌的肉片调味，穆斯林们则生着吃，骆驼最喜欢它的甘甜多汁。只要遇到这种植物稍为多一点的地方，图尔杜·巴伊都要停下来，让骆驼享受一下。

第二天，雨和冰雹还是太多。山谷中雷声滚滚，使得马匹受惊不安，骆驼互相都想躲到对方后面，把背上的驮子都弄乱了。闪闪发光的积雪给周围的高山增添了白色的条纹。尽管下那么多雨，那天晚上我们还是找不到饮用水。雨水一落下就渗入地下，营地附近一个小池塘的水又咸得发苦。于是沙格杜尔双手拿着两个铜壶去找泉水。不一会儿，他飞快地跑回来，极度激动。一匹狼曾攻击他，两次凶猛地扑向他，但除了铜壶外，他手中没有能保卫自己的东西。他回来拿自己的来复枪，并叫锡尔金和他一起去打狼。我们看见一匹几乎是白色的、毛茸茸的大狼跑开了，很快就消失在邻近的山岭后面。

一路上，我们翻越低矮的山脉，穿过一些山谷，涉水渡过几条咸水河，一直朝东南方向挺进。最后我们在前进路线右侧，看见一头很大的公牦牛在独自吃草。没有必要猎杀它，但是哥萨克们忍不住要放狗去追它。几只狗当然很高兴，围着牦牛跳着，吠得嗓子都哑了。它们倒也知道保持足够的距离，不过每当牦牛冲向约尔巴斯时，凶恶的约尔达什就会冲过去，狡诈地拖住它腰部流苏似的长毛。牦牛被迫团团转起来，毛茸茸的尾巴高高竖起，又喷响鼻子又踏脚，把泥块抛到几码远。这游戏到达高潮时，图尔杜·巴伊过来通知说，我们肉食短缺。这就宣判了牦牛的死刑。紧接着两颗子弹呼啸着飞过空中，但是牦牛似乎对子弹和声响都无动于衷。它一动不动地站了好几秒钟，当几只狗再向它靠拢时，它才发起脾气，顺着山坡向它们冲过去。我把照相器材准备好，在二三十码外等着，正当我认为是该行动的最好时刻，牦牛冲下来，在斜坡上打了一两个滚，躺下死了。

最后几天，我们多次看到南方远处有一道白雪盖顶的庞大山脉，俯视着一列较矮峰峦的山巅。后者正是我们现在的目标，只有翻过它才能找到满意的牧场，也只有在那一侧才有可能看见人类。我们想在高大山脉的巅峰寻找一个适合的缺口，因为我们现在已不可能去翻越很高的山隘了。7月15日，我们涉水渡过一条有多道支流的大河。河流左岸的山坡上黑压压地挤满了牦牛，数了数，起码有75头。在另一个方向，我们认为看到一个孤独的旅行者。我立刻下令停止前进，并通过望远镜审视这一神秘形象。喇嘛宣称这是一个收集牦牛粪的藏民。这样的话，我们看到的牦牛也许就是驯养的。如果是，它们的主人一定看见了探险队，因为现在牦牛都走了。很快就弄清楚，那位孤独的旅行者原来只是一头野驴，没什么可怕的。

再走不远，发生了下面的事情。约尔巴斯发现一只一岁大的小兔，正要抓住时，它却狡猾地转了两三圈，钻进了地上的一个小洞。沙格杜尔把这个吓坏了的小生灵拉出来，用自己的围巾包起来。在整个探险队，还有狗都走过去以后，周围都安全了，我才把这个颤抖着的小家伙放开，它跳跃着跑过草地。但还没走多远，我们未发现的一只鹰像箭一样向它俯冲下来。沙格杜尔立刻跑去搭救，他虽然把鹰吓跑了，却发现猎物的眼睛被啄掉了，身体在作死前的抽搐。

第38号营地建立在一条淡水河的左岸。第二天7月16日是休息日。图尔杜·巴伊和哈姆拉·库尔往山谷上方走去，看看它能否通往一个合适的隘口，我坐在帐篷中工作。忽然听到一阵喧闹声，人们喊叫起来。向外一望，看见一头大熊摇摇摆摆地向营地走过来，后面跟着锡尔金和沙格杜尔。但"布仑熊"及时觉察到了危险，转身走向河边，跳入水中，蹚水时溅起巨大的水花，爬上对岸后继续往山上跑去，两名哥萨克骑马紧追。这场追逐还没结束，却从切尔敦的帐篷里传来一声枪响。一匹巨大的灰白色老狼竟敢闯得那么近，现在它只能为自己的好奇心付出沉重代价。

终于，两名哥萨克一路小跑着回来了，从面部表情就能一眼看出他们有重要事情要告诉我。狗熊逃脱了，但在追逐过程中，他们误入一处藏民营地。一个持枪的男人跑到小山后面躲了起来，留下十几头牦牛和马匹在附近吃草。喇嘛一听十分警觉，因为他现在必须面对无法逃避的现实。只要没有遇见人，我估计他还没完全明白我的计划的实质。也许我们头一天看见的野驴真是个人。无论如何，这种警示说明我们离居民点已经不太远了。

我们简短地商量一下，有一点是明确的：必须抓紧时间。那些藏民很可能是牦牛狩猎者，很快就会回家。如有可能，和他们接触一下是绝对必要的。他们也许会给我们一些有用的信息，我们也许可以和他们一起旅行，因为面对横亘着的、迷宫般的大山，向导是不可缺少的。毋庸置疑的是，他们已经看见我们。如果他们逃离我们，很快就会说出看见了什么。消息口口相传，会迅速到达拉萨，我们就会受到拦阻，到不了圣城。我立刻吩咐沙格杜尔和喇嘛前往只有两英里远的藏民营地。沙格杜尔穿的已是蒙古服装，再带上茶叶和烟草，要让藏民相信我们对他们是友好的。我还给他一些银两，以便购买两三匹马。装备完毕后，他们又跳进河中，消失在对岸的山峦后面。

天黑时他们才返回。到达藏民营地时，他们只看见一些冒烟的木头和两三个牦牛头骨和骨骼。藏民旅行队的足印指向东北，要不要去追赶他们呢？我们决定不追，因为现有马匹的状态非常可怜，特别是藏民们很可能连夜赶路，甚至第二天也不停，以便尽可能拉大他们和骑马猎熊的陌生者之间的距离。

平静安宁的营地生活结束了，在西藏荒凉的旷野中，我们不再孤单。从此时起，我每天晚上都要布置岗哨，把牲口们认真看守住。我们现在最关切的事情是找一处适宜的地方作为大本营，因为和沙格杜尔商量后，我决定只由我、他和喇嘛三人骑行前往拉萨，切尔敦留守大本营，不久切尔诺夫就会和他在一起。

我们在这一重要营地多待了一天，把所有蒙古装备准备就绪，即使在匆忙离开探险队时，也可以随手拿到。黄昏时刻，我们看见两位先遣队员的身影，他们已探好路，向南走没有什么不可逾越的障碍。第二天他们带领我们向喧嚣的大河上游走去，这条河我们已来回渡过好几次。来到一个山谷的开阔处时，我们建立了第二个营地，这里有少量贫瘠的牧草。走了那么远，18头骆驼中有一头吃不消了，第二天早晨不管怎么哄都不肯再往前走。只好将它留下来，让后续部队来接它。图尔杜·巴伊向我保证，狼不会威胁它，因为狼从来不去碰带着驼鞍的骆驼。不过我们在山谷中的一座小山上竖起一根帐篷杆，杆顶绑一个罐头盒，里面放一张纸条，用突厥文写着："我们在这里留下一头骆驼，如果看不见它，就沿着足印去找到它。"碰巧，后续部队不知什么原因，在这里迂回了一下，当然看不见我们的书信盒，也看不见骆驼，从此它的命运如何我们也就无从知晓了。

我们看见大量牦牛留下的踪迹，就是看不见牦牛本身。它们似乎都被人拐走了。还有，我们曾三次发现新近熄灭的篝火：一圈石头，中间一堆灰烬。

7月20日是个艰苦的日子，我们向上爬到更高更荒凉的地区，以便翻越我曾经提到的庞大的山脉。峰顶是圆形的，隘口两侧都是宽阔的冰川，溪水从冰川的分支呈放射状流出，使得地面又湿又软，人一踩就陷下去。向上攀爬时遇到了可怕的雹暴，直接打在脸上，无法防护。冰川以下有一群牦牛，总数有300多头，但我们靠近时，它们就撤退了。我们慢慢地、谨慎地爬上隘口顶端，仪器显示高度是17920英尺。越过山顶，从另一侧即南侧放眼望去，还是翻滚着的山脉海洋，没有别的。一条小溪由隘口流下，一路上从两边接纳许多支流，最后汇集成为一条可观的大河。我们的狗在这里鲁莽地向7头老牦牛发动进攻，有4头立刻跑掉，其余3头却坚守着，鼻子点地，牛角做好随时攻击的姿势。但当几只狗集中攻击一头时，其余两头立刻退走。这最后一头为了甩掉攻击者吃了不少苦头，最后只有采取狡猾的策略，坚守在急流中心，而几只狗对此则无计可施。过一会儿，那两头牦牛回来看看它们的同伴怎么样了。此时几只狗对这游戏已经玩腻了，只是坐在岸上一面喘气，一面观察着敌人。

河流从右面接纳一条支流后转向东南，穿流于一个显然受人注意的山谷，我们希望山谷能通往牧草更好的地区。在河谷中，我们遇到一处十分奇异的地形构造，从两岸分别伸出一个厚厚的"冰架"。我们决定从右边的"冰架"走，

◇　在冰上凿出一条小路向下走

它足有六七英尺厚。但我们不久就被一条冰裂缝拦住，要越过它就必须下降到谷底，而谷底是汹涌的水流。我们费了不知多长时间才用斧子和铁锹凿出一条小路，再铺上砾石和沙子，然后一头一头地将骆驼领过去。在此期间，沙格杜尔到峡谷下方去侦察，当我们终于会合时，他报告说，我们可以轻松地走三英里左右，但以后河谷收缩成一个窄谷，河水翻着白沫，填满窄谷。在他返回处，水深三至四英尺。我立刻明白了，只有疯子才会继续前进，因为中午河流涨水，如果那时被迫返回，正好迎着从冰川下来的洪水，不可避免要被淹死。

向后转，原路返回！一条支流从另一个山口流下，冲蚀出一个山谷，必须试着从那里走。但是在到达谷底时我们已经受够了，因为风暴一直没有停过。为了使后续部队不再走冤枉路，我们垒起几堆石头作为路标。

第二天早晨我和喇嘛费了足足两小时才爬到新隘口的山顶，再用两小时等待探险队。很难想象出还有比此地更难行走的路面。每走一步，牲口都要深深陷入泥沼中，而暴雨和冰雹还在竞赛，看谁能把地面弄得更松软。从印度洋升起的云层带来的雨水集中于这一地带，而我们正在靠近这一地区。罕见的高度，恶劣的气候，陡峭的斜坡和可憎的沼泽，这一切加起来，足以毁灭任何一个探险队。

但是南坡比这还要坏十倍。我们派了一个先行官，他领着马匹步行，以测试地面。图尔杜·巴伊赶着骆驼快走，以免它们陷得更深。但是一切努力都没有用，我曾多次叙述的场景一再出现，骆驼被沼泽牢牢吸住，痛得尖叫，只好割断串联的绳索，解下驮子，让它留在后面。只是这次情况更糟，大雨下个不停。说实话，这真是一个可诅咒的地方！人类逃离我们，种种最原始的大自然因素同谋合伙，加害于我们！切尔诺夫的后备队带着孱弱的牲口又怎么能通过呢？

就在隘口下一点，我们又损失了一头骆驼，是探险队最好的骆驼之一。当晚，它跟不上来，第二天早晨我们发现它已经冻僵了，半个身子陷入泥沼之中。也许你现在会明白，在西藏旅行绝非休闲娱乐，或是令人兴奋的运动，绝对谈不上。事实上，曾有好几次，前景是那样绝望，那样阴郁，如果当时地壳裂开，把我们全都吞没，我们也不会反抗的，那样我们倒摆脱了所有困难。

终于！终于！我们终于从那可怕的高度艰难地走下来，到达另一条河边。这条河从哪里来，流向哪里，我们都看不见，因为使人昏聩的暴雪和猛冲下来的大雨，共同制造了无法透视的浓雾，填满山谷。不过，可以告慰的是河床铺满了砾石——大家在河水中行进——硬度足以承载骆驼的重量。我们在这条河的右岸搭建了第 43 号营地，此时大家不仅累得要死，还浑身湿透。

第二十三章

向拉萨进发——遭遇强盗

　　疲劳不堪的探险队太需要休息了，我便放一天假，有几个人到附近去察看。从峡谷往下走数英里，哥萨克们发现在沙山上和沙山之间生长着极好的青草。图尔杜·巴伊立刻把骆驼领过去，哈姆拉·库尔和马匹紧跟着。我当即做出决定，第二天，即7月24日早晨，大家前往新发现的草场，在那里建立长久的营地。向拉萨进发的恰当时刻到了，因为有两三个出去侦察的人听到远处有枪声。这就是说，我们附近有人，但是他们是敌人还是朋友？不管怎样，我们必须提高警惕。

　　留在第44号营地的两天，大家忙于为出发做最后的准备。计划带5头骡子和4匹马，现在必须尽可能给予它们最大的关照。最后那点玉米让给它们吃，给它们修好蹄子，翻新和修好马鞍和围毯。

　　于是，7月24日，我们骑行下山，山势陡峭，使河流形成几处瀑布，白浪翻滚。每前进一段，牧草就长得更好一些，到了哥萨克们选好的建营地点，特别是山坡朝阳、寒风被挡住的一面，青草简直是繁茂异常。此处高度依然在海拔16820英尺以上，当然纬度要靠南一些。从战略角度看，营地选址谈不上好，因为四面环山，如果敌人想要半夜偷袭，居高临下，我们很难打败他们。

我们三个人的全部行李都打进两个蒙古式箱子里。我带几件小仪器，使地理观测不致中断，还带一个小照相机、三副有色眼镜、书写文具，以及一把剃刀和肥皂，因为我们必须剃光头。其他卫生间必需品则不必要，相反，肮脏是必需条件，这样才能获得蒙古人一样的肤色。一把剪刀、一盏灯、一把斧子、十几根硬脂蜡烛、几盒火柴、烟斗和烟草等都必须有，最后，10 个银元宝（价值 100 英镑）也是不可缺少的。我们的食品储备有面粉、大米、炒面和肉类。头几天，应食用罐头食品并把空罐沉入水底，以免引起怀疑。我们的武器有一把俄式连发来复枪、一把贝丹（Berdan）来复枪、一把瑞典军官用左轮手枪，每把枪配备 50 颗子弹。

一切装备都是地道蒙古式的。我也在脖颈上戴一串念珠和一个有佛陀像的护符，腰带上挂一把带护套的刀，护套内有沟槽，以便放通常用的中式象牙筷，还有打火石、打火镰和引火物、烟草袋和长烟斗。所有深锅、平底锅，盘子、大壶和杯子都是清一色蒙古式。每人有两套衣服，因为很快就会湿透。我们住最小、最轻便的帐篷，喇嘛用白色毡子缝制了一个合身的斗篷，以便守夜时穿用。我把手表、指南针、无液气压表和温度计放在特别设计的、在里面衣服深藏着的衣袋中，只有贴近的、特别无礼的检查才能发现。一切带有源自欧洲标记的物品都藏在一个箱子底下，上面盖着粮食，大多数物品都具有这样的特点：如果形势危急，就可以沉入河湖中。

我任命锡尔金为这个留守营地的主管，直截了当地命令所有人都要服从于他，就像服从于我一样，强调每一个人都应尽职尽责。图尔杜·巴伊可以算是个专家了，当第 44 号营地的牧草消耗光以后，他有权提议向其他草场转移。但是每次迁移时，他们都必须在第 44 号营地的一个石头堆中留下一段文字，由锡尔金用俄文书写，说明当我们返回时到哪里去寻找他们。然后我把锡尔金叫到一旁，让他明白我即将开始的旅行的高度危险性。"如果我们 75 天还不回来，"我说，"你可以认为我们是遇难了。这时你必须领导探险队回到查克里克，再从查克里克回到喀什。"我并不认为西藏人会杀死我们，但也必须从最坏处着想。无论如何，我希望我的地图和笔记本能安全返抵家乡。最后我把各种大小箱子都锁好，但是把装有银两的箱子的钥匙交给锡尔金，以便必要时

◇ 作者穿着蒙古服装

他可以在查克里克重新装备一个探险队，并回到喀什。

傍晚有一个人告诉我，在邻近的山谷中发现新近的藏民脚印，有骑马的，也有走路的，而头一天晚上，我们的狗都朝那个方向狂吠。营地中盛传，我们已被间谍看住了。我转身进去，在"文明"状态下睡最后一个晚上，睡得很深沉，直到第二天早晨沙格杜尔进来才把我叫醒。

我赶快穿衣服，几分钟内，便打扮成一个像模像样的蒙古人。我穿上那件长款深红色外套很合身，腰间系一条黄色腰带，头上戴一顶小黄帽，帽耳向上翘起。那双笨拙的蒙古靴子我已穿了两三周，以便适应它们，翘起的鞋尖和厚厚的鞋跟很适合于松软的湿地。向上翘的蒙古鞍的框架是木制的，座位柔软，很好坐，只是蒙古式的马镫位置太高，膝盖只好向上提。马鞍后面放着我那件黄色羊皮大衣，在出发时还用不着穿，因为天气宜人，阳光很好。

小小的探险队终于准备好了，我们骑上马出发。真希望忠诚的穆斯林们不要那样过分体贴，小题大做，这使我联想到葬礼。毫无疑问，这些诚实的人们真的认为再也见不到我们了。至于我自己，则完全相信，多年来，我独自在广阔无垠的亚洲荒原上闯荡，穿过沙漠，越过高山，全能之神都一直守护着我，这次也会和我在一起。至于沙格杜尔，他最高兴的是我们终于真的上路了，喇嘛坐在马鞍上，像猫头鹰一样严肃。我问他对这趟行程是否还有犹豫，是否宁愿留下，和锡尔金及切尔敦在一起。"不，"他回答道，"即使要付出生命，也要和你一起去。"我骑的是那匹优良的老灰马，很健壮；沙格杜尔骑的是一匹奶油色马，也极为健康；喇嘛愿意骑那头小骡子，名叫"黄耳朵"，它差一点死了，现在却是探险队里最好的牲口之一。放哨犬我们选的是玛连其和约尔巴斯，其他的狗在我们出发时被捆绑起来。可怜的约尔达什悲伤地嗥叫着，抗议被留下来。奥尔德克和我们一起走，第一天晚上为我们看守牲口。

那么，明知去拉萨不可避免要有危险，我为什么还要骑马强行前往呢？自从古伯察神父造访拉萨（也是乔装前往）后，西藏人就高度警惕地守护着自己的土地，拒绝欧洲人前来。美国人洛克希尔 (Rockhill) 曾乔装成喇嘛云游僧，两次试图进入拉萨都未成功。邦瓦洛 (Bonvalot) 和奥尔良的亨利王子 (Henry)、迪特勒尤尔·德兰斯 (Dutreuil de Rhins) 和格伦纳德 (Grenard)、利特代尔 (Littledale)、鲍尔 (Bower) 以及其他几个人，还有切尔瓦斯基

◇　从大本营出发

(Prshevalsky) 和科兹洛夫 (Kozloff) 都曾进行过这件事，但都被有礼貌而坚决地挡回。我的部分计划是对未知的西藏进行地理勘测并画出地图，范围尽可能大一些。为了实现这个目标，我自然应该深入到离圣城不远之处，这个愿望太强烈，难以抵挡。这样做我想从中得到什么好处吗？是想描绘拉萨，画出城市和庙宇的平面图、拍出照片吗？根本不是。与中亚其他城市相比，拉萨在各个方面都更为人所知，因为长期以来它就是欧洲人极端好奇的目标。俄国向那里派出布里亚特人，英国向那里派出印度学者，这些人既有学问又能干，拥有最好的仪器，不仅让我们获得了拉萨（喇嘛教徒眼中的耶路撒冷、麦加和罗马）的详情及地图，还告诉了我们那里的生活究竟怎么样。

你会问，那我究竟为什么要去那里呢？坦白地说，一句话，是古老的斯堪的纳维亚人血统在鼓动着我。经历了枯燥、寂静而单调的穿越沙漠旅行之后，我渴望为旅行增添一点危险作为调料。当身处险境或陌生境地中时，我是雄心勃勃的，我会以勇敢的大丈夫气概找到一条出路。与在平静安逸中获胜相比，历尽艰难险阻而获得的胜利要珍贵得多。于是我下定决心，只要有两个人相伴，向前推进到尽可能远的地方，不是完全被迫绝不回头。如果我被不可抗拒的力量遣返,那很简单,知足地返回便是,我的雄心已经得到满足。我应该尽最大的努力,还有谁比我做得更好吗?我本人是否见到圣城完全不重要。从某种意义上说,我对它已经很熟悉:喇嘛已经再三地为我描述了拉萨的街道、市场和庙宇。说到寺庙,我们在西藏西部将会看见很多很多,如果我们能走得那么远的话。

我们往前走着,马儿轻快地沿着河岸小跑,一路上发现不少营火余烬。在一个地方,看见一头干瘪的牦牛尸体,被射杀已有些时日了,周围有熊的脚印,熊在我们经过的当天或头一天来过。

最后到达一个开阔的山谷,旁边有一眼明亮的水泉,牧草甚佳。他们两人搭建帐篷,照料牲口,我便去收集燃料,把火生起来。我们按蒙古人的方式吃晚餐,如果想把角色演透彻,最重要的莫过于及时开始。三位进香者早早睡觉,留下奥尔德克看管牲口。月光明亮,我们很幸运,几天以来都是月色清朗。

7月28日,我决定让奥尔德克多跟随我们一天;原因部分是我们可以舒适地再睡一晚,部分是由于喇嘛突然生病,连在马鞍上坐直都很困难,除了让他回大本营外,怕是难以奢求其他了。我和沙格杜尔商量,即使喇嘛必须返回,剩我们两人也要一直前往。幸亏第二天喇嘛痊愈了,那天我们骑行了24英里。地面很硬,行进得较快,但是尽管到处都有许多牦牛和野驴,却一个人也看不见。隔不多久,三个人中总有一个要到山顶上去用望远镜搜索。一旦看见游牧人的帐篷,我们就应像忠诚的朝圣者一样,静静地向它骑过去,但在这种情况下,奥尔德克就必须立即返回。

那天晚上,我们把营地建在一个咸水湖和一个小淡水湖之间的狭窄地峡上。大家围着火,讨论起旅程事项。我计算一下已经走了多远,还要走多少路程。喇嘛生动地描述了西藏当局在那曲检查蒙古香客时,有多么严格和严厉。结果我们决定避开那曲,直接走更靠南面的通往拉萨的大路,混在朝圣的人流中,也许有望不被察觉。

我的外貌必须经历一次悲喜交集的转变,现在是时候了。我在火旁坐下,沙格杜尔开始用剪刀野蛮地剪掉我的头发。接着,当我的头部涂满肥皂沫后,奥尔德克拿着剃刀走过来,几分钟之内,我的头颅就像台球一样,又光又亮。最后,胡子由我自己动手彻底剃掉,真是罪过。我这两位蒙古和布里亚特同伴

◇　身穿香客服装的沙格杜尔、作者和舍热布喇嘛

都不留胡子，现在认为我看起来比较地道了，不过坦白地说，我自己认为，毁掉这么漂亮的装饰物是亵渎神灵的。很幸运，不须要拔掉眉毛和睫毛，再说，我的外表如何又有什么关系呢？根本没有人看我。

　　多少值得安慰的是，我有点像恺撒的半身像，但这点满足也很快就被剥夺了。喇嘛仿佛是一位有经验的老医生，像专家似的在药箱里搜寻一番后，把羊油轻轻地糊在我脸上，再用一块棕色的什么东西抹匀了，最后后退几步，以专家的姿态审视着，说道："很好！"但是我在表壳光亮的里侧一照，实在不能同意他的说法。那个油乎乎、锃光瓦亮、铜棕色、头剃得光秃秃的假蒙古人当真就是我的真身吗？油脂渐渐干了，在风和尘土的作用下，变成浅灰色。每当笑的时候，或须要牵动面部肌肉时，皮肤都绷得紧紧的。不过，这支小小的探险队很快就笑不出声了。

　　我已说过，营地建在两湖之间的地峡上，四面都没有遮挡，只是西南方向有一些小山峦。看不见人的踪影，狗也很安静，附近一带显得很安全。5点钟从北方刮起了猛烈的飓风，尘土像云团一样滚过盐湖向营地袭来。我们在帐篷内躲避，坐着说话、抽烟直至8点，因为没什么事好干，便上床睡觉了。奥尔德克在营地以西二三百步处看管牲口。他的职责是整夜值守，以便我们能好好休息，在相当一段时间内，这恐怕是我们的最后一次休息了。第二天早晨，他应该带一匹驮行李的马，回到大本营去。

午夜，帐篷下垂的门帘抬起一点，奥尔德克手脚并用地爬进来，吓坏了，抬起头小声说："有一个人，有一个人。"我们一听，立刻抓起武器冲出去。狂风仍在肆虐，丝毫没减弱，月色惨淡，灰白色的月亮藏在飞跑着的、边缘破碎的云层后面。奥尔德克带领我们到最远的马匹所在地，他看见一个黑影偷偷地在它们中间活动。我们这位英雄只能在沙漠中展现其勇敢，此时他却完全丧失理智，不去警告贼人，反而跑向帐篷去找我们。我们到达现场时已经太晚了。在朦胧的月光中看见两个骑马人的黑影，匆忙地翻过山丘，赶着两匹没有缰绳的马跑在前面。沙格杜尔朝他们开了一枪，但是没有效果。于是他和奥尔德克以及喇嘛骑马去追强盗，我留下守护其余牲口，因为我们也许会被一大帮强盗包围。一个钟头后，他们返回，没有看见或听见可疑情况。

于是我们回到剩下的牲口那里，它们还在安静地吃草。还剩下五头骡子和两匹弱马。我最喜欢的小马和沙格杜尔的奶油马被盗。后来我们根据足印弄清楚这伙强盗得手的方法。有三个藏族骑手，不知是专业强盗还是随机的盗贼，显然是整天尾随我们的足印，并且想办法准确地熟悉我们营地的位置。当一切都安静下来后，其中一人，利用隐蔽的洼地，靠近冒着强烈的北风吃草的牲口，在适当时刻站起身来，冲到站在外围的两匹马后面，吓唬它们，逼着它们向西走，另外两名藏民已备好马等在那里，然后三个人一起骑马跑过山丘，偷来的马匹被赶着走在前面。

在一生中，我从未这样愤怒过。起初，我只有一个想法，追到这些盗贼，让他们为自己所作所为付出沉重代价。沙格杜尔像发疯一样要去追他们，手里的枪已上膛。但我很快就吞下怒火，冷静地审视形势。我们的马太疲劳，没有追上藏民的丝毫可能，他们肯定会马不停蹄地快骑两三天。如果两个人去追贼，两个人留下，就分散精力，在目前敌人已明显把我们看守住的情况下，这样做显然是不明智的。因此，我得出结论，什么也不要做：好好吸取教训，充分利用这一教训。较量已真正开始了，我们每时每刻都可能遇到新的攻击，绝不能丝毫放松警惕。

◇　三个香客扎好了营地

　　那天夜里大家都没有再睡觉，围着一个小火堆蹲着，缩在大衣里面，一面抽烟，一面讨论眼前形势。后来做了一壶开水，早餐吃米饭、面包和茶。拂晓时骑上余下的马匹和骡子，打好行李，又上路了。

　　当太阳升起，点红了东方陌生的山尖时，我们看见奥尔德克坐在余烬旁边，卷起身子哭泣着。他又请求又哀求地说要和我们一起走，不愿意独自回营地，穿越这处处有埋伏的地方，强盗似乎就从地下冒出来的。当他看见我态度坚决时，又要求起码让他拿着那把左轮手枪，但很不幸，我自己需要它，它是我唯一的武器。

　　由于通宵未眠，明亮的阳光使眼睛感到刺痛。我从笔记本上撕下一张纸，给锡尔金写了几行字，强调他要实行最严格的守夜制度。此外，命令切尔敦、李·罗耶和另外一个人用一周时间去追拿盗贼。奥尔德克把信塞进腰带中，表情就像一个只能再活几分钟就要被执行死刑的人。我们刚骑上马，就看见他在湖边奔跑。他害怕极了，宁愿沿着山谷和河床走回去，而不敢在开阔地里追随我们的足迹。白天他盼着天黑，夜晚来临时他又害怕黑暗，觉得每个黑影都是敌人。一对和善的野驴也把他吓得几乎神经错乱；有一阵他躲在岩洞里，像刺猬一样蜷曲着；一阵倾盆大雨又引起他新的恐怖。最后他到达营地所在山谷的入口处，在这里一切声音都被河水的奔流声所掩盖，他又幻想着听见悄悄的脚步声从后面跟着他。在黑暗中是怎么找到道路的他自己也说不清楚：有时被绊倒了，有时摔倒了，再爬起来；他像疯子一样冲下山去，他蹚过水深齐腰的河流，当他最终走近营地时，又差一点被站岗的人开枪打死。进入营地后，他彻底崩溃了，根本没有办法让他开口说话。其他人充满惊愕，以为他是小探险队的唯一生还者，以为三个朝圣者都被杀死了。过了相当一段时间，人们才使他恢复过来，把事情经过告诉他们，把我的信递给锡尔金。

切尔敦的追踪没有结果。我们只知道强盗们不停歇地跑了 25 英里后，另有几个等着他们的藏民和他们会合，之后他们在河流中骑行了很久，其踪迹无法再追寻了。

第二十四章

藏族牧民——渡河险情

▼

　　奥尔德克离开后，我们朝东南方向骑行 24 英里。右面的山峦一处呈现低矮的马鞍形，数百头牦牛在此处吃草。它们没有一点儿要逃跑的意思，应该是驯养的牦牛，我们盼望见到管理它们的牧民。但当我们走近一点时，它们又都离开了，说明它们还是野牦牛。由此推算至少还须走两三天才能到达最近的牧民营地。我们很希望到达那里，因为这样会安全得多。

　　当天晚上，营地建在一处彻底开阔的地带，四面都可以毫无阻挡地看得很远，还有充足的牧草、水和牦牛粪燃料。三位朝圣者现在什么都得自己做，因此在卸驮、搭建帐篷和收集燃料等方面我也要搭一把手。我最后一次做这种工作是 1886 年，那时实际上是独自一人两度穿行于波斯。我们之间的角色安排是：沙格杜尔装扮成领导者，他们两人都不要表示出对我有丝毫尊敬，我的角色是马夫。而且，不要讲俄语，只能讲蒙古语，不能出现任何其他语言。我们很快就把各自的角色演得很到位，只是沙格杜尔做不出命令我去收集牦牛粪，但是一两天后，一切就都像钟表运行一样顺利了。

　　我做完分内工作，使得领导满意后，睡得很沉，一直睡到早晨 8 点。我醒来时，其他两人已出去把牲口牵过来。我们让牲口在帐篷近处又多吃一小时草后，便往地上打入两根粗壮的桩，把它们拴在两桩之间的绳子上。那时及以后，我们都这样把牲口拴在帐篷的背风一侧，靠近门口，帐篷门总是开着。天一黑，我们就把营火灭了，把箱子、马鞍和炊具都搬进来。约尔巴斯用链条拴在马匹的外侧，这样可以首先从它那里察觉危险临近，毛乎乎的玛连其则拴在帐篷另一侧不太远处。我们把夜晚分为三个时段守夜：9点到12点，12点到3点，3点到6点，我固定值头一班，喇嘛值末一班。

沙格杜尔和喇嘛都显得异乎寻常地沉闷，我询问后他们说，我睡觉时有三个骑马人从南面靠近营地，在一个小山顶上商议一阵后又走了，未再露面。我感到非常可疑，这只能说明，他们是在等待天黑，再对我们进行某种试探。毋庸置疑的是，我们已被密探和骑马巡逻者包围。这些人是自己主动监视我们，还是奉当局之命这样做，我们不得而知。

9点还不到，两位同伴就已熟睡，打起鼾来。经过头一天晚上的事件后，他们肯定很累了。此时，我正在值头一班，前前后后地来回走着，有时靠近帐篷，有时又离它远一点。要不打瞌睡并不难，因为我每时每刻都感到敌人会发起攻击。但是哎呀！时间过得真慢！约尔巴斯每次在我走近时都高兴地吠叫，而玛连其则安静地摇摇尾巴。

头一天下了几次雨，现在天空中乌云密布，密集的闪电从里面把云层照亮，轰隆隆的雷声响彻四周山峦。大雨像急流一样倾泻着，雨点落地后又弹跳起来，雨水敲打着帐篷，似乎要把它冲平。帐篷内什么东西都是湿漉漉的，仿佛有一个喷头穿透帐篷，不停地喷洒水珠。但是两个熟睡的人一点儿都不在乎大雨，只是把大衣裹紧一点，又继续打鼾。雨点吵闹地敲打着留在外面的煎锅；两只狗闷声地低吼，表达它们的不满；马匹和骡子用尾巴扫摸着淋湿的肚皮，雨滴使它们感觉瘙痒了。

我点上蜡烛，坐在开着门的帐篷里书写，即使有最轻微的可疑声音我都会跳起来，出去巡逻一趟。啊！那些漫长的黑夜，那蜗牛般爬行的时间！它们似乎永无终结！只要活着，我永远不会忘记雨中孤寂的踱步，从约尔巴斯到玛连其，从玛连其到约尔巴斯，来来回回，不断往返。那天晚上，月亮没起什么作用，被云层紧紧裹着，无法穿透，天空中只弥漫着一点点微弱的亮光，使得黑夜的背景足以衬托出颜色更深的牲口轮廓。

忽然间我听见一声拉长的哀号，单调的滴答雨声使它很难听清。是不是藏民们像鬣狗似的在嗥叫，正如在库库诺尔（青海湖）附近的唐古特强盗一样？那帮盗贼威胁着要攻击我。我悄悄走出去，大衣里藏着扳上扳机的左轮手枪。我在雨中静静地站着，听着，等待着。又一次听到那神怪的、诉说的声音。唉！这不过是约尔巴斯在对天气表示不满。另一次，远处一声闷雷让我冲出去，准备立即行动；还有一次是牲口尾巴的无意扫动。试试抽烟也不可能，什么东西都湿透了。骡子们站着，正在睡觉，它们均匀单调的呼吸声使我起了睡意。但是如果在站岗哨位上睡觉，连我都会看不起自己的。

十一点半，我在黑暗中四处走动，下定决心在钟表走到正午夜，该交班之前不走进帐篷。当手表到点时，我在蜡烛头旁坐下，不忍心叫醒沙格杜尔，他睡得那样深沉。我刚说服自己让他再多睡半小时，两只狗就开始猛烈地，简直是疯狂地吠叫。喇嘛被吵醒了，他拿起枪匆忙走出去，我把蜡烛吹灭，拿起手枪跟上他。我们朝可疑声音方向悄悄地前进，清楚地听见远处有马匹在活动，有狗吠的声音。我们的营地被骑马人在两三百码远处监视着！我叫喇嘛回去，这时沙格杜尔已经跟上来了，我们两人沿着同一方向再走远一些，每走几码就停下来听一听。不大一会儿，我们就听见，而且听得相当清楚，马匹迅速撤退。这之后狗不再吠，四周复归平静。现在轮到沙格杜尔站岗，他在雨水和泥水中缓慢地踏着、踏着，踏步声终于把我送入了梦乡。

喇嘛5点钟叫醒我们，起床后立即出发。经过这样一宿后我们都感到很冷，情绪低落。我们渴望阳光，但是太阳没有出来，一整天都是阴天，云团低垂，似乎随时都可能掉到我们头上。每隔一段时间，云团倒出它的水汽冲刷我们，它飘得这么低使我们都快窒息了。在一个山谷中，我们发现一具羊的尸体，旁边是它驮的一袋盐。在西藏，羊和牦牛一样，用作负重牲口。在一处高耸着俯视四周、白雪覆盖的山口，有一个很大的石头堆。从这里有一条常有人走的道路通往腾格里海 (Tengri-nor)，此湖位于拉萨以北不远处。

我们又一次在两个小湖之间的地颈上扎营，地峡宽约一弗隆①。在例行工作完成之后，他们两人都睡了，我静坐着，雨声滴答，永不休止。8点钟拴牲口时，雨还是下得很大，仿佛天上所有水壶嘴都对着我们营地倾注。不过，现

◇ 一头驯牦牛，1902 年我骑它从列城到喀喇昆仑山

在是当地雨季，雨水是理所当然要接受的事物，没什么可抱怨的。我值班四个小时，有时开着帐篷的门坐着，这样我可以得到一点遮挡。骡子的驮鞍也许可以充当浴盆，从里面流出的水都快成河了。一个牲口抖动身体时，水花四溅，就像洗淋浴一样。时不时地，马匹会竖起耳朵，狗也会警惕地吠叫起来。最后我把玛连其放开，好让它去找一根骨头吃，藏民们曾在此地逗留，他们晚饭后会有一些残羹剩饭。周围的牦牛粪被翻转过来，以便干得快一些，这说明藏民们还会回来拿它们。

狗又吠起来。但这次是个假信号，真可恶。有一头骡子挣脱了拴绳，蹿到邻近的山上跑掉了。它的逃跑，带坏了另一个同伴，我得去把它们两个都找回来，这是一件可怕的工作。半小时内，我不会无事可做了。

第二天是 7 月 31 日，让大家多睡了两个小时。出发后朝东南方向前进，穿过一处特别崎岖不平的地面。我骑在马上，每走一步，马鞍里的水都啪啪地朝身上涌，几次阵雨后，马靴中的水沙沙地回响着！我一抬胳臂，水就往下流，像在拧一块湿布一样。如果能换得一小时温暖灿烂的阳光，我们什么都可以给出去。

东边是一条蜿蜒流淌的大河，我们所走的小路则连续跨越五个平缓的山口，再和左边一条路线会合，这条路是近来牦牛商旅队所走的。

再前进一点，我们看见远处有许多黑点，四周一片朦胧，最后才弄清楚那是羊群。在一条小河岸边有一顶帐篷，喇嘛前去拜访。同时沙格杜尔和我继续前行，他领着小旅行队，我赶着牲口走在后面。原来帐篷里的人是唐古特香客，来自库姆-布姆 (Kum-bum) 寺（在中国甘肃省），前往拉萨。他们拥有五十头牦牛、两三匹马、三只狗，后者与约尔巴斯以及玛连其扭打起来，打斗虽然时间很短，却很激烈。香客们对我们的行动十分关切，也可以说是有疑心。

上面提到的羊群有七百头，由一个老妇人管理，她没有丝毫惧怕之心。此时我们身上被雨水和泥浆弄得肮脏不堪，即使衣着最破烂的旅行者和我们在一起也不会感到惭愧。老妇人为我们指出一处游牧民的黑色帐篷，并说我们在那里可以获得所需的信息。于是我们在离它不远处搭建起帐篷。

我们的新营地刚一就绪，喇嘛就到黑帐篷那里去，里面有两位妇女和一个年轻人。她们说主人出去了，但很快就会回来；又请求原谅说，她们不能卖给我们羊、奶和糌粑，因为那天是宗教节日；如果我们能等到早晨，想要什么都行。但是对两三个穷苦蒙古人，有一样东西她们可以给，就是一袋牦牛粪，喇嘛拿走了它。当我们在生火时，帐篷主人出现在山腰上，他在一个安全距离上停下，审视着我们。于是喇嘛前去请他进来，他毫不犹豫地来了，在火旁的潮湿地面蹲下。

这是我们看见的第一位藏民，大约 40 岁，名叫桑颇森喜（Sampo Singhi）。他的脸几乎是黑色的，不留胡子，有皱纹；头发乌黑肮脏，发尖乱蓬蓬地拖在耳朵上，雨水不断地从头发滴到口袋似的大衣上。他的靴子原是白色毡子做的，不过那时已近乎黑色，腰带上挂着烟草袋、烟斗，还有各种有用的小件物品，都脏得难以置信。桑颇森喜和其他藏民一样，不戴帽子，光着脚穿靴子。换句话说，他不穿男人通常的下身着装，在我们刚才遇到的大雨中骑马，我想一定相当凉快、通风。桑颇森喜不停地用手指擤鼻子，擤得这样起劲，我们不知道从礼仪上说是否应照着做。他对蒙古杯等物件频繁地投以夸赞的目光，但我们假装没有注意到他的爱慕之情。他对我丝毫不注意，我当时脏得和他一样。沙格杜尔和喇嘛有吸鼻烟的习惯，当他们请桑颇森喜吸时，他吸了一小撮，便激烈地打喷嚏。当大家都笑他时，他一点都不发窘，却相当无知地问，我们是否在鼻烟里放了胡椒粉。

忽然间，沙格杜尔像真正的哥萨克军官一样，对我喊道，"嘿，懒虫！你张着嘴坐在那里干什么？去把马赶过来。"我跳起来，像箭似的跑到山坡上，看见桑颇森喜趔趔趄趄地回到自己的帐篷去时，我松了一大口气。如果他停下来，观察一下我的行为，就会对自己说："这家伙赶骡子真是太在行了！"

当天晚上，我们感到安全得多了。和这位牦牛狩猎者不期而遇之后，我们还没见到其他当地人，虽然我们知道，他们像幽灵一样就在我们周围徘徊。我已经说过，有一天晚上，他们真正攻击我们了。桑颇森喜向我们保证说，当地没有强盗，但我们并不相信这点，还是整夜值班。

8月1日早晨我被叫醒后，惊奇地发现不下雨了。我们的邻居，两个男人和一个女人，正在前来拜访途中，我们匆忙地把各种小物件收起，免得暴露这里有一位神秘的陌生人。还是桑颇森喜当发言人，他开始夸赞起他带来卖给我们的各种美味：一大块油脂，一碗酸奶，一碟碎奶酪，一罐鲜牛奶，一团奶油，还有一头肥羊。"我说，我们应该吃得像王子一样！"他说。碎奶酪是糌粑的配料之一，其他还有面粉、茶和油脂块或黄油块，偶尔还有几片生的肉干，全都放在碗里搅匀，每个人都把肮脏的手指插进碗里。酸奶是最好的，其他食品远远不能和它相媲美。酸奶很稠，白色，味酸，藏民称之为"硕"。我不是美食家，我想我从未尝过比"硕"更美味的食品，香槟和牡蛎都不能和它列在同一等级。

早餐过后，该为桑颇森喜带来的各种美味付账了。这位老实的藏民喜滋滋地用手掂量着我所付的中国银两的分量，却说他只能接受拉萨钱币。这个我们自然没有，不过在一个箱子里还收藏着两三匹中国丝绸。你没看见桑颇森喜的妻子看见丝绸时，那双小眼睛闪现的贪婪目光！她用那双黑色大手沙沙地抚摸着丝绸，大饱眼福，爱不释手，似乎打算用它来做一件舞厅礼服。价钱很快就谈妥了。

此外我告诉桑颇森喜，为了回报他的友好款待，他可以留下羊皮。听到这

◇ 一位藏族妇女

句话，他立刻站起来，急切地张罗宰杀牲口，坦白地说，我从未见过用如此野蛮的方法宰羊的。把三条羊腿捆紧，再用绳子把羊的嘴巴捆牢，他本人则跪在平伸在地上的两只羊角上。他像老虎钳一样夹住可怜的牲口，然后将拇指和食指插进它的鼻孔，使它窒息。羊挣扎着，拼命踢腿，眼睛鼓出了眼窝，而桑颇森喜则使劲地、快速地唠叨着"唵嘛呢叭咪吽"。最后牺牲品安静下来，腿不再动了。于是这位藏民站起来，割断牲口的喉咙。看着这一幕是很痛苦的，但是我不敢有丝毫动容，不敢做任何干涉，以免暴露了自己。

桑颇森喜的妻子穿得和丈夫一模一样。粗糙的黑发编成两条辫子，辫子上从各个方向伸出许多"老鼠尾巴"和死结。那双毡子马靴上有彩色线绣着的简单图案，新的时候一定很好看。但是这个女人究竟怎么让脸庞积攒了那么多污秽，我真是百思不解。我努力使自己干净的皮肤结上一层硬壳，却总是被雨水冲干净，两三天就得重新"化装"一次。

老实巴交的桑颇森喜除了那天以外，没有再和我们接触的意思，相反，他急于尽快地摆脱我们。也许他是对的。我们在返程途中再次来到他的牧场时，他已不见了。他的友好也许使他陷入困境，在我们进入西藏本土所引起的巨大动荡中，他可能受点罪。在我们离开时，他祝我们旅途愉快，告诉我们到达下一个牧民帐篷需要两天时间。

当我们沿着嘎热曲 (Gar-chu) 继续行进时，大雨如注。嘎热曲流向桑颇森喜所在的山谷。在越过最后一个低矮隘口后，整个地带都向我们敞开着，既没有高山也没有丘陵，但因为下雨我们还是看不了多远，实际上，大雨像布幔一样倾注下来。马鞍非常湿，人就像坐在水池中一样，衣服像湿布一样贴在身上。小路穿过被遗弃的藏民营地，通往一条河流右岸。此河又大又宽，我们原以为是个湖。这是扎加藏布 (Saju-Sangpo)，是西藏腹地的最大河流之一。雨点吵吵闹闹地打在水面上，但这噪音很快就被巨大水体高速冲过的轰隆声所淹没。

大河被分成二十条河汊，有四条很大，我真怕蹚不过去。一直领路的喇嘛镇静地向水中骑去，仿佛没有看到那灰褐色、汹涌澎湃的急流一样，我们当然也紧随其后。坦白说，我觉得他每时每刻都可能消失。在这样的水情下，不可能得出水深的概念，不过在两三个地点，我们感觉水深超过三英尺。

我们挣扎着蹚过十条河汊，然后在一道土堤上休息，这里水深只有一英尺。此时我们身处翻滚着的、猛冲下去的洪流的中心点。急流通行无阻地扫下山谷，迅猛得似乎全部景物都在我们眼前旋转起来。看不到一点岸边，四面八方都是水。大雨之后，河水上涨得太可怕了。

喇嘛一言不发，把马镫戳向骡子，又一次跳入水中。他一点一点地下沉，水淹过他的马镫，淹过马屁股。他把双膝提起，以免河水灌进靴中。与此同时，他领的另一头骡子挣扎着告急，它驮的是皮革包裹着的箱子。箱子起到浮筒的作用，把骡子架起来，使它的脚悬空。它转了半圈，被急流冲了下去。它不见了，它不见了！但是不，说来奇怪，它站住脚了，恢复了平衡，爬上了对岸，两个箱子平安无恙。

当驮行李的骡子被急流冲带着那一刻，我们大声地、激动地喊喇嘛回来，但是他听不见，水像雷鸣般冲过他身边。他镇定地、泰然自若地从马鞍上一点

◇　在泥沼和瓢泼大雨之中

一点抬起身子，直到马鞍完全没入水中。这个人疯了吗？我们都知道他不会游泳。我立刻把皮腰带解开，正准备扔掉外套，却看清楚这位瘦小僧侣会渡过难关，因为他的骡子开始露出水面，一会儿果然看见喇嘛平安脱离险境。

最后一道河汊最糟糕，虽然不到一百英尺宽，却很深；水流很急，白沫翻滚。他们两人已平安渡过去，轮到我了。我骑马进入水中，朝着对岸沙格杜尔和喇嘛站着的地方骑过去。我感觉水升到我的靴筒口处，哗哗地向靴里灌。接着没过双膝，接着没过马鞍，除了马头和马鬃什么也看不见了。喇嘛和沙格杜尔跪倒在地，尖声叫喊，打着手势，想告诉我可涉水滩头的走向，但由于洪流的响声，我什么也听不见。最后，当我的马失去平衡开始游泳时，我想是和马分手的时候了，便把脚从马镫中抽出来，扭动身子脱掉皮外套，准备游泳。与此同时，马被急流冲带着向下漂流，幸好是朝岸边去的。我本能地抓住马鬃和它一起漂流。不到半分钟，马又站稳脚跟，拼死拼活地成功爬上岸去。

扎加藏布，我们还是征服你了！至于我自己，像落汤鸡一样，不过那没有关系，雨水早就让我们湿透了。有一小会儿，我觉得双膝颤抖。不管多么高强的游泳能手，经历刚才的形势都不会平静无事的。我的靴子有很出色的防水功

◇　一位年轻的藏族牧民

能，但走了一段后，我想没必要带着那么多水骑马，便停下来脱下靴子，把水倒光，把靴子扔到马鞍后面，光着脚骑行。

当晚我们的营地出现一个奇怪景象，全旅行队找不到一片干燥的布片，有几样东西毁坏了，水在滴着，不停地从箱子上、牲口上、我们的衣服上往下滴。经过多次几乎绝望的尝试，终于成功地生着一个火，不过它嗞嗞地响着，噼噼啪啪地爆裂着，使帐篷内充满了污浊的水蒸气。不管怎样，我从头到脚脱光了，把衣服中的水拧掉，花了一夜时间想让它们干一点点，让它们完全干，这点想也别想，因为倾盆大雨还在毫不留情地下着。

冷酷无情的夜晚降临到大地上，面对雨水浸透的西藏大山，月亮不肯屈尊洒一点点亮光，哪怕是若隐若现的微弱亮光呢。外面山坡上天黑风大，暴雨一刻不停地倾倒着，凄惨而阴郁。帐篷的帆布像穿了孔的风帆一样拍打着，我们不断地产生幻觉，有时听见悄悄的脚步声，有时又觉得一些骑马人偷偷靠近帐篷。夜里两次听见从不同方向传来的叫喊声。会不会是从库姆－布姆来的香客？难道他们疯了，会带着牦牛横渡扎加藏布？夜间站岗使我们精神紧张，神经衰弱，每一个音响都会使我们心惊肉跳。我们的旅行不再是秘密，因为已经和藏民接触了。现在已靠近神秘的西藏领土的心脏，我想肯定应该允许我们到达拉萨，因为我们已然经受住强盗的攻击和扎加藏布的险情。这几乎就像神话一样，英雄须要赴汤蹈火，才能从龙的威力中拯救出新娘，而龙眼下是圣城拉萨！但是我们已全都极度劳累，我几乎希望被抓住，仅仅是因为想好好睡上一觉。我的两个同伴都是出类拔萃的人，没有决断的人在这种冒险中是毫无用处的。

午夜一到，我毫不犹豫地摇醒沙格杜尔。他检查一下枪便爬出去了，我则毫不耽搁地躺倒在他刚起身的那块裸露的地面上。他太清醒，我又太累，都不想说话，我们只是交换位置，一句话都没说。

注释：

① 弗隆 (furlong)，长度单位，相当于 220 码，201 米或 $\frac{1}{8}$ 英里。——译者注

第二十五章

囚犯！

8月2日，气候宜人，不下雨了，但是两匹马都患了蹄叶炎，还有两头骡子背上生疮。经过一座拥有20头牦牛和400只羊的孤零零的帐篷后，遇到一队茶叶商人在泉水旁边宿营。商旅队有300头牦牛，由25个男人管理；茶砖装在麻袋里，堆成12行。有几个人走过来看看我们。像往常一样，他们提出的第一个问题是："你们有多少人？"接着问从哪里来，到哪里去，有什么东西要卖等等。这些男人不管从哪方面看，都像拦路强盗。其中，许多人把黑色长发编成两条辫子，所有人都裸露着棕色的上身，羊皮袄扔到身后，用皮带拦腰系紧，袖子则在地上拖着。他们邀请我们在旁边扎营，但我们宁愿到前面去，不远处有更开阔的牧场。

第二天是休息日。9点钟，茶叶商旅队走过，秩序井然。每30到40头牦牛为一小队，由两三个人照料。他们用大声吹口哨或短促的尖叫来管理牦牛。虽然紧挨着我们的帐篷走过，但他们对赶牦牛的工作如此专注，根本不注意我们，连往帐篷里瞟一眼的兴趣都没有。整个队伍，牦牛、狗、男人、他们的服装、他们的枪，全是黑色的，像沥青一样，就像是一队肮脏的魔鬼走过似的。

◇　我们的喇嘛在和藏民交谈

他们的目的地是著名喇嘛班禅博克多所在的扎什伦布寺，还要去日喀则集市，以便卖掉茶叶。

这一天我们把各种物品摊在地上晾晒，往马靴里灌热沙粒，以吸收潮气。喇嘛在检查各种药品、药剂时，拿出一袋在查克里克买的无籽葡萄干，使我们很意外。晒够太阳后，喇嘛为我重新涂抹上，出于谨慎，还练习回答一些问题，这些问题迟早都会向我们提出的。这是个棘手的事情，据喇嘛说，达赖喇嘛什么都知道，甚至知道此刻我们在谈论什么。但是，又说，达赖很好，不会让我们受到伤害，特别是当他知道我们对他的神圣土地和城市没有敌意时。

夜晚安宁祥和，月光皎洁，星斗满天。8月4日，我们继续向拉萨前进。不久遇到一支很大的牦牛队，领队者都带着高高的宽边黄帽，佩戴须在支座上发射的旧式长步枪。我们没有机会和这些藏民说话，打算安静地走过去。但是骡子们吃了几天好牧草，想法却和我们不同。它们突然掉头跑进牦牛群中，牦牛出于憎恶和惊恐，四散奔跑。藏民们又吹哨，又尖叫，我们也大叫大喊。最严重的混乱是约尔巴斯、玛连其和它们的西藏对手们进行的一场交锋。经过无数麻烦后，双方最终控制住各自的牲口。分别时，我们成了好朋友。

翻过一处低矮的山口，上面有一个石头堆，刻满"唵嘛呢叭咪吽"六字真言。山口另一侧有一条小路，沿途有几座黑色帐篷，各自的牦牛群和羊群在周围放牧。但却很少见到人。最后找到一位老人，当我们向他买点酸奶时，他却说牛奶有的是，但都是留给自己吃的，不卖。真是个倔老头！

帐篷越来越多，每顶帐篷前都有一大堆牦牛粪，准备冬天烧用。为避开刨根问底的人群，我们一直走到只有四顶帐篷的地方才停下。喇嘛在此买到一碗酸奶。与此同时，一位年轻藏民造访沙格杜尔和我，我们认为他是奸细。他滔滔不绝地说话，但我们一句也听不懂。

8月5日，星期一，我们朝东南偏南方向骑行21英里，到达第53号营地（从查克里克算起）。在这里，我们第一次感受到是夏天了，在错那(Tso-nekk)（黑湖）邻近地区，气温升至68华氏度。到处都是藏民的帐篷、羊群和牛群。

◇　一些藏民

我们在离十二顶帐篷不远处停下过夜，这是一块美丽的平原，周围都是高山。

藏民们围着火堆坐着，并不注意我们，孩子们和小狗、羊羔一起嬉戏，我们感到轻松自在。但天刚擦黑，就看见三位藏民步行朝我们走来。喇嘛和沙格杜尔前去迎接，他们耽搁的时间这么长，使我感到焦虑。最后天已完全黑了，沙格杜尔才单独回来。他和往常一样镇静和泰然自若，但当他用俄语和我交谈时，我明白情况严重。"情况对我们不利，"他说，"我一句话也听不懂，但他们一直在谈论着'欧洲的瑞典人''布里亚特人'和'拉萨'。喇嘛很谦恭，他的声调几乎是悲伤的。"

最后喇嘛回来了，情绪很波动，十分沮丧。他说道，三个藏民中有一个是官员，对他非常有礼貌，但语气严峻，是命令式的。那位官员直截了当地说，他们知道有一位欧洲的瑞典人正在前往拉萨途中，刚刚到达那曲的一些牦牛牧民报告说，他们看见一支强大的欧洲人旅行队翻过高山向南走。成千个问题像大雨般向可怜的喇嘛倾注下来："你知道这些欧洲人的什么情况吗？他们当中有人和你在一起吗？他们一共有多少人？有多少牲口？他们有武器吗？他们从哪里来？要到哪里去？为什么要走这条小路，而不走蒙古香客通常走的大路？""现在说实话吧，"官员加了一句，"告诉我，你，一个喇嘛，怎么敢和陌生人一起旅行？"

喇嘛回答说，欧洲人旅行队在九天路程以外的地方住下，反正牲口也在休息，我们三人被准假去拉萨。关于旅行队的构成和人数，他如实回答，因为他感觉西藏人已从奸细处得知详情。

官员做出如下决定："明天你待在该待的地方。我会到你们的帐篷去，进一步讨论这件事情。我会带一个蒙古翻译过去，弄清楚那两个人是怎么回事。"当晚我们很晚才睡，讨论该怎么做。很清楚，对我们来说，通往拉萨的道路已经关闭，问题是他们会让我们不受折磨地离开吗？使我感到迷惑的是，他们是从哪里得到"欧洲的瑞典人"这个概念的？难道是从唐古特人处知道的？去年秋天在铁木里克，唐古特香客曾造访我们。明天等待着我们的会是什么？有一点是肯定的，我们会受到检查、盘问，怎样才能脱险呢？不管结果如何，明天将决定我们的命运。坦白地说，事已至此，已毫无悬念，我倒是松了一口气。

整个夜晚，两只狗都朝我们周围的牧民营地吠叫。显然，西藏人一个帐篷

一个帐篷地传递我们来到的消息，准备应对将要发生的情况。透过黑夜，我们看见几处营火在闪耀着。

第二天，太阳刚刚升起，就有另外三个藏民来访。他们在符合礼仪的距离停下，拴住马的前腿，便不管它们。三个人走进帐篷，在火旁坐下，点起了烟斗。他们的使命似乎是来察看我的眼睛，因为我刚在两个人中间蹲下，他们便要求我摘掉墨镜。他们无疑认为所有欧洲人都是白皮肤，蓝眼睛。当他们发现我的眼睛和他们的一样是黑色时，简直无法掩饰自己的惊讶。在惊讶之后，他们友好地对我点点头，便没完没了地说起话来。

第二步，他们要求看看我们的武器。沙格杜尔展示了他的俄式连发枪，十分自豪地夸耀它的特点；我向他们介绍了我的瑞典军官左轮手枪的优点。武器展示刚一结束，他们连连摇头，要求我们收起这些杀人的家伙。同时他们站起身来，显然觉得距离远一点要安全些，回去时以缓慢而警惕的步子牵马走着，直到他们认为已在射程之外才上马。

半小时后，又有另外四个人来访。其中三人是肮脏的牧民，留黑色长发，腰带上挂着一把剑和长长的金属烟斗；另一人是年长的喇嘛，高个子，短头发，身着红袍，戴黄帽。这位有身份的人唯一想知道的是旅行队主体的总人数，我们告诉了他。双方都保持着通常的礼貌，也都谨慎地表示友好和尊重。老者说出了他的宗教身份，赢得谦恭的舍热布喇嘛的高度尊敬，他站起身来，双手合十，与老者碰额施礼。

最后，老人面有难色地宣告："你们须在此处停留三天，最多五天。今天早晨，我们已派特使向那曲方面请示，看你们能否再往前走。我们或者会得到一封拘留你们的回信，或者那曲的康巴邦波 (Kamba Bombo)[①]会亲自前来。在这以前，你们是我们的囚犯。"说完后他便离去。

我们希望能平静地待一会儿，但不到五分钟就发生一些事情，让我们深感不安。小股的骑马人从四面八方来到离我们最近的营地集合，都带着矛、标枪、剑和黑色的长滑膛枪。有些人头戴白色毡子高帽，其他人则缠着黑色头巾，所有人都穿着黑色或红色外套。他们在受到可疑入侵时，奉命武装起来保卫西藏，但他们看起来更像土匪，而不像士兵。这些人像蘑菇似的从地上冒了出来，在分散的露天营火周围集合，人数足有 53 人之多。

◇ 藏民们在我们的帐篷前冲锋

　　我们盯着他们的每一步行动，精神高度专注。喇嘛深信我们的最后时刻到了，我却认为如果他们真的要结果我们，用不着集合那么多人，他们更有可能在夜里来屠杀我们。但不一会儿，形势表明喇嘛似乎是对的。七个骑马人向东朝那曲骑去，有些人则朝拉萨飞速骑去，向达赖喇嘛报告我们到来的消息。其余不断增加的人，结成一个整体，用最大速度朝我们的帐篷冲过来。我们决心不能像牛羊似的被屠杀，便准备好武器，在掀开的帐篷面前站着或坐着，准备迎接最坏的结果。西藏人像旋风一样过来了，我们听到马蹄踩踏光秃地面的嗒嗒声。他们发出令人毛骨悚然的战争呐喊，把矛和标枪举过头顶，做出威胁的姿势。他们来了，缰绳晃来晃去，马刺不断踢向马肚子。还有两分钟，还有一分钟，他们就会压到我们身上！我们将像遇到雪崩一样被压得粉碎！但是，不，既定信号（两个人以特殊方式挥舞手中的剑）发出后，队伍分开，一半急速向右转，另一半向左转。他们离我们这么近，领头马的唾沫都滴到我们脚上。接着他们返回出发时的地点。

他们两次重复这种不愉快的集团活动，目的显然是让我们产生敬畏之心。到达自己的帐篷后，他们下马，用黑色长滑膛枪作射击练习。两点钟，他们再次上马，因下大雨而把外套披在身上，朝我们来时的方向骑去。对此我极度不安，怕他们去攻击大本营。我心急火燎地要去追赶他们，分担一下保卫大本营的重担；但是很不幸，我们是囚犯，一步也不能离开此地。

场地刚清静下来，就有两个牧民拿着油脂和酸奶来看望我们。他们说，拿来的东西禁止收钱。最顽固的来访者是四位老年人，似乎要长久地待着。由于无法摆脱他们，我们干脆躺下假装睡觉，但这时雨又下了起来，我们爬进帐篷，四个人也全都跟了进来，完全不理会三个人已很拥挤的状况。有一个老人为表示友好而开导我们："你们难道不知道这样做是要掉脑袋的吗？凡是想从这个方向靠近拉萨的人都要被砍头。"

大雨如注，穿透帐篷中部淋下来，我们只好挤到边上。实际上，如果不想被雨水冲走，就必须到外面去，在帐篷上方挖一条沟，让雨水流走，因为正巧帐篷所在地是一个斜坡。当天晚上，我们松开牲口，让它们自己找地方吃草，不用烦心去管它们。我们自己则被 37 名骑哨看管着，他们的篝火在大雨中模糊地闪烁着，特别是朝拉萨的方向篝火更多。

8 月 7 日一整天，藏民的关照相当烦人。第一个是说我们会被砍头的老人，不过他带来一碗酸奶、一袋牦牛粪和一对手拉风箱，后者是特别受欢迎的礼物。另一位藏民名叫奔·努尔苏 (Ben Nursu)，待了 3 个小时，毫不犹豫地说他是被派来监视我们的。但他非常殷勤，提供了许多有用的信息，我们并不拒绝他进入。他说我们所在的地方称作甲洛 (Jallokk)，又计算出去拉萨需要 5 天路程，但骑马一天便可到达。稍后，我们得知一位特使已前往拉萨，来回需两天。当然这些特快信使在途中要换马，一路上要换好几回，因为有 120 英里远。

另一个来访者是位长头发老人，名叫达耶 (Dakkyeh)，他对同伴们说（至少我们的喇嘛是这样说的）："这三个人是非常可疑的家伙。他们当然不能继续去拉萨。康巴邦波两三天之内就来到，那时候我们就明白了。眼下不要让他们缺少什么，他们想要的东西都给他们，但是谁也不能要他们付钱。如果他们试图逃跑，看守的人必须立刻让我知道。安贡 (Amgon) 喇嘛查看了圣书，得知这些人是危险分子，绝不能让他们去拉萨。不久前，猎户安吉 (Onji) 在山中看见他们，并说他们的队伍大得使人惊慌。这个消息已马上传往拉萨。"接着，他指着我加上一句："安贡喇嘛不能断定这个人是不是布里亚特人。"他的同伙只是简单地回应说："是(Lakso)！是！"这个习用语表示威望、尊敬和服从。从这段谈话来看，使我们陷入困境的，很可能是第38号营地的牦牛猎户。

一整天，骑兵巡逻队在平原上来往穿梭。藏民们已动员起来，准备迎击从北方侵犯领土的敌人。一个来访者坦率地说，他们奉命武装是由于我们的主体旅行队，另一个人说他们关心的只是保卫西藏的神圣土地。

8月8日我醒来时，被满帐篷的浓烟呛住了，因为还下大雨，沙格杜尔便在帐篷里烤面包。我发现一层浓厚的油烟黏附在我脸上涂抹的油脂上。人们给我们送来的羊肉、黄油、油脂、牛奶和酸奶比我们需要的多得多，即使让狗一起吃也消耗不了。

当没完没了的盘问再次开始时，我忍不住大发脾气，告诉他们，如果不停止这种盘根问底的讯问，我就把他们统统赶出去，一个都不让再进来。他们立刻停止讯问，有礼貌地鞠躬，简单而谦虚地说："是！是！"喇嘛告知我，他们对我极为敬畏。很明显，他们得到拉萨的命令，尽最大可能尊重我们，不得伤害我们。总之，我们既是他们的客人，又是囚犯；既是朋友，又是敌人。自从知道康巴邦波要来亲自考察我们后，最感到不自在的是喇嘛。喇嘛在那曲见过康巴邦波，知道就是这位官员用最仔细、最严格的态度搜寻去拉萨的旅行队，就是这位官员负责不放过一个欧洲人。而且他想起了，有一次一个蒙古喇嘛犯了过错，被罚剥夺进入拉萨的权利。同时为了赎罪，要求他从蒙古的乌尔嘎走到圣城，每一步都要双手、双膝着地，全身俯卧，他用6年时间才完成这一苦行，末了还不准他进入圣城。我们的喇嘛害怕同样的惩罚会落到他头上，这不是没有道理的。"即使我捡回一条命，"他说，"我的前途也毁了，我也永远不能再见到拉萨。"

在此期间，我对于整天只是睡觉、做饭、吃饭、看着藏民们走来走去什么也不干的生活感到厌倦。另一方面，能够休息而不需骑行，特别是不需要在永无休止的大雨中骑行，又是一种慰藉，因为那样骑马又冷、又湿、又阴郁、又昏暗。同样，失去自由也很讨厌。我不喜欢对藏民唯命是从，迫切盼望康巴邦波的到来，因为他来了会做出某种决定。此刻，甲洛俨然变成一个军事中心，侦察员、信使、特使和护航队整日来来往往。不过对牧民来说，这是好日子，因为奉命武装的西藏士兵有权要求平民支付一切所需，可以赊账，不付现金。

下午我们坐着和七个藏民说话，这时看见一队骑马人从东面迅速靠近我们的帐篷。啊！那曲的邦波（总管）终于来了！后来弄清楚，来者并非显赫的高官本人，而是他的蒙古语翻译，一个清闲自在、脾气很好的西藏人。康巴邦波一知道我们来到，立刻命令翻译日夜兼程赶往甲洛，他自己也尽快过来。

讯问的老套又开始了，对我国籍的怀疑暂被搁置，他们最害怕的是来自北方的庞大的侵略军，认为我们的旅行队只不过是先遣队而已。他们对想象中的军队恐惧到痛苦的地步，我完全能确定，西藏的最高当局从未想过要把自己置于俄罗斯的统治和保护之下。翻译宣称，不管我们是谁，都不能去拉萨，但同时达赖喇嘛命令，不准伤害我们。

于是轮到沙格杜尔和我发威了，我们把可怜的翻译训斥得团团转。"他们阻止我们是什么意思？是俄罗斯的沙皇恩准我们去拉萨朝圣的。达赖喇嘛拒绝过爱好和平的布里亚特人去那里吗？康巴邦波的脑袋恐怕保不住了。如果他不

◇　一个藏族士兵

给我们恢复自由，他就可能丧命。"翻译和他的随从显得非常沉重。对于俄罗斯他们什么也不知道，对于印度只有个模糊的印象。我们谈到这两个帝国幅员之广和威力之大对他们一点用也没有。最后我们同意，专门派特使去见康巴邦波，要求他尽快前来。翻译则答应他个人派信使去拉萨，把我刚才对他说的一切呈献于达赖喇嘛面前。

注释：

① 康巴邦波，Bombo 指西藏各个地区的最高行政长官，汉语为总管；Kamba 是人物称谓。Kamba Bombo 意为总管大人。——译者注

第二十六章

康巴邦波

8月9日对我们来说，是个重要的日子。早晨一些骑马人和巡逻兵赶着牛群和其他牲口群，向西南方向走去。平原上又响起了人的喊声、马的嘶鸣声和踩踏声、羊的咩叫声和牦牛愤怒的咕噜声。舍热布喇嘛习惯于从阴暗面看问题，认为他们是在清理场地，以便冲锋压倒我们。

10点钟，我们的朋友——那名译员又出现了，告诉我们那曲领导人康巴邦波带着大批随员，已经来到，希望立刻见到我们。约一二英里以外，在通往拉萨的道路旁边，确实搭建起许多帐篷。总管的帐篷很大，蓝白相间，炊烟从其他帐篷袅袅上升。我们的喇嘛看着那么多走路或骑马的人，围着帐篷群落转，十分不安。

译员的使命是以康巴邦波的名义，请我们把帐篷移至他的帐篷旁边，并和他一起吃午餐。他说，午餐已经在一个帐篷里准备好，中间是一只烤全羊，四周是糌粑和茶。一进入帐篷，就会有人给我们献"哈达"，这是一种很薄的浅蓝色围巾，蒙古人和西藏人以此献给贵宾，表示尊敬。

我的回答是，如果康巴邦波对文明礼仪和习惯有起码的认识，就应知道他该先来看望我们，然后再请我们去和他共进午餐。

如果他想和我们结识，旁边有的是给他搭帐篷的地方。我们并没有叫他来，我们和他什么关系也没有。我们甚至不知道他是谁，他有什么职权代表达赖说话。我们唯一想知道的是能否准许我们继续前往拉萨。如果不许，我们就回到旅行队，一切后果由康巴邦波负责。

可怜的译员扭动着身躯，像虫子一样蠕动着。他祈求着，哀求着，悲叹自己的命运。"如果你不来，我将失去信任而被解职。"在烦人的两小时里，他极尽所能诱导我们和他一起去，但当他发现我的意图一点也不动摇时，便骑上马走了。"告诉康巴邦波，"我冲他喊道，"除非他有足够的胆识来探望我们，否则别想瞥见我们一眼。"

对一位地区总管给予这样的答复是相当无礼的，但我已不是第一次和亚洲人交往了。如果想实现自己的目标，只能这样打交道。与此同时，我知道我们的处境极为不利。西藏人已奉命武装起来，我们又是乔装的布里亚特人，因此，如果他们以我为例，惩治那些伪装溜进他们领土的欧洲人，谁也没有权利责备他们。如果把我杀了，以后查问起来，他们完全可以回答说："我们不知道他是欧洲人，他说自己是布里亚特人。"我们三人都害怕宴请是落入他们权力范围的圈套，因为人们赴宴时都把武器放下，也就是说，这是使我们和武器分开的借口。西藏人对我们的火器深为敬畏，因此不要上当受骗，其他闲事就别管了。我们下定决心，在打完最后一发子弹之前，不让别人杀掉我们。

接下来的两小时悬念最大。决定命运的时刻来到了。这段时间没人来烦我们。最后决定近在咫尺。现在想起那漫长的等待时间还像是昨天的事。人和马都簇拥在总管帐篷周围。他们在讨论什么？他们准备做什么？康巴邦波会被我的鲁莽答复所激怒吗？

现在，帐篷群落里里外外的部队集合起来，拿好武器后都上了马，排成黑色的一长行，向我们奔跑过来。天不下雨，我们可以自由地观赏这着实华丽的景象。正中间的是总管，骑一头高大漂亮的灰色骡子，其他人都骑马。紧跟在康巴邦波身后的是他的武官、文官和宗教官员的班子，全都穿着节日盛装。队伍两翼是武装到牙齿的士兵，手持枪、剑和标枪。我们数了数，总共67人，而我们只是三名可怜的香客！我们在帐篷外站好了，枪上了膛，放在能顺手拿到处。他们轻快地驰骋着来了。最初我们听到他们混乱地猛冲过来，接着听到马蹄快速踏地的嘚嘚声。走近后，译员冲出队伍，宣布康巴邦波来到。这位大人物前进到离帐篷相当近处才勒住坐骑。此时一些仆人跳下马，铺开地毯，放上几个坐垫，他坐下，陪他坐下的是那曲的一位著名喇嘛南索 (Nanso)。

我上前一步，平静而坚决地请他进帐篷，他犹豫一下后，接受了我指给他的上座，即一个潮湿的玉米袋，周围是一些难闻的杂物。康巴邦波四十岁上下，个子瘦小，脸色苍白，面容疲惫，但是他却嘻嘻地笑着，显得难以捉摸。显然，他对于能控制我们感到很得意，深知警惕性给自己带来了极大好处。他的衣着时尚高雅。红色的外套连着相同颜色的兜帽，由仆从照管着。此刻他从上到下穿一身黄色丝绸，袖子肥大，头戴蓝色中国便帽，脚蹬绿色天鹅绒蒙古靴。总之，是全套重大场合的装扮。

书写用品一准备好，就开始讯问。康巴邦波急于想知道的是旅行队和大本营的细节，而不是我们三个人。事情很清楚，他们惧怕来自北方的入侵，认为我们在山中等待的旅行队是先头部队。对我们来说，旅行队留在后面非常有利，

◇　藏族官员们的帐篷，白色镶蓝边（照片是后来拍摄的）

因为西藏人明白，如果伤害我们，就会把大部队引过来，他们似乎认为，在北部山中埋伏着千军万马。

他们检查了一下放在周围的行李，但康巴邦波并不要求打开箱子，听说是粮食就过去了。我们的所有回答都有书面记录，他承认这些都要送往拉萨。对于我，他似乎已胸有成竹，因为他一个问题也没有问我。当讯问沙格杜尔时，他用洪钟一般的音调高声回答，并质问他们怎么敢阻挡一个俄罗斯布里亚特人。

但是康巴邦波笑着说："我不会被吓倒的。我接到达赖喇嘛的命令，我要尽我的责任。不准再向拉萨前进一步！如果再走，就要留下脑袋。"他以手掌比作刀，掌边朝外，横在喉咙上。"不管你们是谁，反正是怀疑对象。你们走小路来，现在必须回到主要营地去。"

沙格杜尔扮演三人中领导者的角色，举止得体，给西藏人以深刻的印象。在前往拉萨的要求不可能有进展时，他便提出赔偿被盗马匹的问题。康巴邦波搪塞说，他不能对他辖区地界以外的事情负责。对此，沙格杜尔聪明地反戈一击，即刻喊道："正是这样，这不是你的土地。那么，我想，它属于俄罗斯。"对此康巴邦波十分恼怒，仓促回答说，整个地区都属于达赖喇嘛，第二天早晨，我们会得到两匹马。

最后，强硬的领导者宣布，我们在此地想待多久就待多久，什么时候起程可以自定，但是只要我们还在甲洛，他就不会回到那曲。他会派特别护卫队护送我们到扎加藏布，这是他辖区的边界，如果需要什么物资，可以按我们的要求免费供应。为了表明诚意，他当即送给我们各种食品和两只羊。

总的来说，康巴邦波友好而有礼貌，对我们给他惹的麻烦一点也不恼火。在必须打交道的人当中，他是很优秀的，对自己的目标知道得很准确。我是谁，我想他永远都未弄清楚，不过他准认为我不是个普通人，否则他不会以这样庄重的队伍和仪式出现。讯问进程中，藏民围拢着，随意评论，发表观感。他们佩戴着剑，剑鞘上镶有银饰，还点缀着珊瑚和祖母绿，是从尼泊尔和巴达赫尚（Badakshan）买来的；银制护符盒上镶嵌着金银细丝工艺，手镯和念珠很漂亮；他们的长辫子上插满了饰品，有宝石、珍珠和银首饰，这些都来自拉萨。实际上，每个人都把自己拥有的最值钱的东西佩戴在身上，马鞍和笼头也展现出蒙古人的艺术技巧。康巴邦波的显赫随从头戴大白帽，上有羽毛装饰，其他随从

◇　藏族骑兵队

用头巾包头。士兵大多数头上不戴什么，头发像老鼠尾巴似的向各个方向伸出，看起来像北美印第安人。

舍热布喇嘛在西藏受到最严厉的审查。他的名字在寺院记事簿中记录在案。他完全清楚欧洲人被禁止进入拉萨，然而他还带领可疑的陌生人前往，玷污了他的神职官阶。他是叛徒，永远不得再进入神圣的寺院。

最后，我向康巴邦波提议，我写一封信，由他送交达赖喇嘛。他回答说，他只能依据自己官职所允许的向达赖提出建议。也没必要派遣使者；他每天都收到从拉萨直接发来的命令，准确地知道如何与我们打交道。

随后，他站起身来，有礼貌地告辞，纵身跃上装饰华丽的座鞍，骑行离去，后面跟着那一大批随从。已是黄昏时刻，整个队伍很快就从眼前消失，我想看圣城的希望也随之破灭。当天晚上，星星明亮而安详地在西藏山头的上空闪烁着，空气纹丝不动，除了远处偶有狗吠外，听不见一点声音。

自从那天晚上以来，差不多已过去了三年时间，其间发生了许多其他事情。我在斯德哥尔摩安静、舒适的书房里用心工作着。舍热布喇嘛来信告诉我，他已离开阿斯特拉罕 (Astrakhan)，那次旅行结束后，他在该市一座卡尔梅克人 (Kalmuck) 的喇嘛寺庙中定居下来，现在已回到他的出生地乌尔嘎。沙格杜尔呢？也许他正在满洲里战场上浴血奋战，被日本人的子弹屠杀了？谁知道呢？

第二天早晨，我命令藏族卫兵把我们的两匹马和四头骡子牵过来，除必要

◇ "不准再向拉萨前进一步"

外，我不想浪费更多时间。然而以一种不礼貌的方式离开也是不可取的。于是我决定独自前往康巴邦波的帐篷拜访他；沙格杜尔和喇嘛则极力反对。走到半路上，20个骑马人包围了我，他们一句话也不说，只是分布在我的前面和后面，距离西藏人帐篷还有半英里时，他们停住下马，并示意我也这样做。

等了约一刻钟，就看见头一天来探访的骑兵队小跑着向我靠近，康巴邦波穿着黄袍在中间骑行。地毯上摆着两个坐垫，我们坐在上面长谈，翻译是中间人。但是我的所有说服技巧都毫无成果。康巴邦波无意为取悦我而冒砍头的危险。当我提出我自己单独骑马不带武器去拉萨时，他笑着摇头，指着北方重复地说："回去！回去！"接着闭上一只眼睛，很有见识似的重复说一个词："老爷！"这是印度人惯常用以表示欧洲人，特别是英国人的一个词。

"不，"我回答道，"我不是什么老爷，不过我承认我是欧洲人，我来自遥远北方的一个国家，在俄罗斯以外还很远。"但是他只是重复着："老爷！老爷！"我想说服他，指出我有四名哥萨克，是俄国沙皇借给我的。对此他回答道："他们全是老爷。"我无法动摇他的坚决信念。

接着，牵过来两匹马送给我，作为被盗马匹的赔偿。我要求把马遛一下，看到是两匹劣马，便转过身来问他，想不想用这两匹马去拉自己的大炮，我不要它们。立刻又牵过来两匹马，白色，是有用的牲口，我接受了。

一个小时后，两人又一次坐在我的帐篷前，我们用糌粑、葡萄干和烟草招待康巴邦波，用中国元宝交换西藏钱币。我们再一次展示拥有的武器，我严肃地说："记住，如果你们攻击我们，你们的枪还来不及再上膛，我们就会先射倒三十六个你们的人。"

总管宣称，他从不想挑起敌对行动，只想保卫边界，赶走入侵的外国人。

"既然如此，你为什么这么害怕我，没有六七十人的护卫队就不敢来看望我呢？"我问道。

"哎呀，你是一位著名的老爷，"他答道，"我从拉萨接到命令，要以对待国内最高当局的礼仪来对待你。"

最后他向我介绍了他任命的护卫队，共有三名军官和20个人，护送我们过边界，他们同时负责我们的给养和牲口。我们翻身上马，互相有礼貌地告别，我由此离开了这位友好却不好客的西藏人。我对沙格杜尔说："好啦，我们没看到拉萨，但是我们还活着，这是值得庆幸的！"

◇　藏族士兵

第二十七章

遣返——再尝试

有四天时间，我们都由藏民护卫队押送，负责人的名字是：索朗恩地（Solang Undy）、安那才让（Anna Tsering）①和达耶老人，他们都是特别愉快、随和的人，从第一个晚上起我们就和他们保持着良好关系。当然，最初我们是受到严密监视的。我们后面有骑马人，前面也有骑马人，两侧还有其他人；我们宿营时，他们的帐篷紧挨着我们的帐篷。但是我们逐渐地得到了一定的自由。我承认，重走老路是很讨厌的，但是卫兵们使我们十分愉快。我们饶有兴趣地观察着这些半开化山民的所作所为，他们佩戴附支座的黑色长枪，或者矛、标枪和剑。常常遇见小队的骑兵，他们肯定已侦察过我们的大旅行队，有时他们会折返，伴送我们一程。他们中有两三个德高望重的喇嘛，一面骑马一面持续转动祈祷轮，用歌声般的流畅音调吟唱那永世长存的"唵嘛呢叭咪吽"！

到了该搭建帐篷的时候，他们总是有礼貌地来问我，是停下来呢还是继续前进。按常规我总是让他们选择过夜的营地，因为他们当然比我们清楚哪里的水与草最好。在搭建帐篷方面，他们展现了神奇的技巧与本领，接着用剑从地上挖出三块草皮，把锅支起来，点燃粗酒石，把火吹旺。马鞍、行囊、枪、剑、

◇　一位喇嘛在敲鼓和钹

标枪，还有茶杯和托盘等物固定分放各处，使帐篷具备一种风格，不仅好看，而且舒适。我总是去和西藏军官们一起进晚餐，他们也总要看看我的表，听听它的滴答声。要不是他们反复念叨着"滴，滴，滴，滴"，我是从不把表拿出来的。

"这是我的护符盒，"我说，"里面的上帝日夜不停地念着他的'唵嘛呢叭咪吽'。"对此他们认真地互相望着，显然认为我是个神奇的人。每天黄昏，

◇　手持祈祷轮的喇嘛

　　我们总听到沙沙声和咕噜咕噜声，那是藏民们在做每日祷告。这种场合使我们的喇嘛充满忧愁（也许还不算痛苦），因为往后这种时刻，他再也听不到圣城各寺庙信众的齐声祷告了。

　　白天，我们听到的是令人昏昏欲睡的铃声，因为每个士兵都在马脖子上挂一圈铃铛。护卫队行进得不快，每日路程较短。我对此没有反对意见，因为他们离开后，我们就要强行军，每日路程较长，以便尽快离开盗匪出没地带。索朗恩地建议我们，如果夜里再遭袭击，就立刻开枪。显然，藏民们和盗马贼不是一伙的。

达耶老人成了我的亲密朋友。每次他对我打招呼的方式都很滑稽，舌头伸得尽可能长，两个拇指同时向上举，又耸肩膀又点头。当我以同样方式还礼时，表现得这么生动，沙格杜尔都快笑破肚皮了。

此时扎加藏布的水位下降了那么多，渡河一点困难都没有，当然，藏民们也准确地知道浅滩的走向。

8月15日是护卫队离开我们的日子，相互道再见时，真有惜别之情。他们在我们来时碰见桑颇森喜的地方返回。

此地离大本营还有五站路，既艰苦又情绪低落，夜晚最糟糕，因为没有藏民为我们看守牲口了。第一个傍晚我们就预感到前景会怎么样。吓人的、火熠般的黄色云块不祥地逼近东南方向的山头，越滚越大，就像沙漠中一场沙暴开始前那样。发狂的暴风横扫高原，伴随冰雹风暴袭来的是一团漆黑，夜晚提前两小时降临。倾盆大雨下了一整夜，我们的好朋友月亮一次也不肯露面。这次我值中班，11点时出去看看沙格杜尔怎么样了。我发现他和牲口混在一起，在泥水中坐着。我走近时他警惕地小声说："听！"又告诉我刚才听见脚步声，是人的脚步声。我顺着可疑声音的方向走去，发现只不过是玛连其引起了这错误的警觉。在墨一样黑的夜晚，伸手不见五指，只能靠声音来辨别情况。更难受的是我们的好喇嘛又像往常一样说起梦话来，痛苦地呼唤锡尔金，仿佛他陷入危难，需要帮助。

为了尽可能广泛地观察这片土地，我选择了与来时旅途不同的行走路线。但这使我们走进了群山之中，地面是陷人的泥沼。有一次我们用了好几个小时才翻过一处小高地，烂泥使牲口们深陷到马鞍的肚带处。一路上，又是守夜，又是长距离行进，又是大雨和冰雹，我们的精力几乎是耗尽了。

8月18日我们在山坡上休息了两三小时。天空很宁静，气温上升到66华氏度，天气这样热，我们都害怕中暑了。要站起来再出发真是件艰难的事情，因为当牲口吃草时，我们四肢伸展着躺下晒太阳。刚一出发，就遇上另一场雹暴，夏天转瞬间就变成冬天，我们只好把皮衣皮帽都穿戴上。

当天有一个小插曲，玛连其从洞穴中挖出一只土拨鼠，这一行动惊动了一

◇　　手持祈祷轮的喇嘛

头熊。当"布仑熊"大踏步走开时，两只狗追上它，疯了似的围着它又跳又吠。

夜晚，还有可憎的守夜再次降临。我们只差20英里了，希望一天能走完。经过300英里的旅途后，健康状况还很好的马只剩那两匹西藏马了。我们必须看住它们，以防它们向南跑回原来的栖息地。这段时间喇嘛一直认为，主要营地一定被藏民包围了，过度劳累使他变得神经衰弱起来。

终于，从一个较低矮的山口顶端，我们满心欢喜地看见那个宽阔的山谷，来时旅途的第一天就是骑马走过这里的。但山谷那样荒凉死寂，没有一点迹象能说明附近有过人类活动。很不幸，有一匹马在此处病倒了，站不起来。只得在路上再住一夜。

第二天是 8 月 20 日，下瓢泼大雨，这是必然的！刚过了来时旅程的第一个营地，我们就听见几声枪响，看见一头牦牛奔跑着爬上山来。我们立刻朝它走去，很快就看到两个黑点，不久就弄清楚，是两个骑马的人。会不会是藏民呢？不，他们径直朝我们骑过来，过了一会儿，就认出了他们，是锡尔金和图尔杜·巴伊。我们就此下马等着，他们看见我们后，简直欣喜若狂。

一个小时后，我已坐在自己舒适的蒙古包中，但是，要描述再次到家的喜悦，哎哟，那种感觉真是无法形容。

切尔诺夫已把后续队伍带回旅行队，他干得非常成功，只损失了两匹马和两头骆驼，其中一头是 1896 年跟着我的老兵了。

巡视一遍营地后，我叫切尔敦让我洗个热水澡，因为我已有一个月没有进行任何清洗了。他至少换了三次水，我才凑合洗干净。于是我永远告别了那堆蒙古破衣，再次穿着欧洲服装亮相。向拉萨冲刺只是一段记忆，是更伟大、更大规模旅行中的一个过渡性插曲。

第二天我们再上路，回到前往拉萨时的出发点。行进中不时在山坡上看见马匹的遗骸，那是我们离开后死去的。另一方面，骆驼的健康状况却恢复得很好。老穆罕默德·托克塔的状态不太好，仍然诉说心脏难受，我告诉他要绝对静养。那天晚上大家情绪都很高。哥萨克们自己制作了一个俄式巴拉拉伊卡琴②；用它和一支西藏笛、一个寺庙钟伴唱，两个煎锅用作钹，打开八音盒，加上四个响亮的嗓门，我们举办了一个差强人意的音乐会，完全不理会那洪水般倾泻下来的大雨。

8 月 25 日，我们最终离开藏北的大本营，踏上前往拉达克山的长途旅行。不过，我并不直接带队往西去，而是往南走。一开始就损失了三匹马，很不顺利。有两匹刚离开营地就死了，第三匹只爬过了第一个山口，结果当天的行程成了我们最糟糕的旅程之一。夜里下雪，早晨则变成洪流倾泻般的大雨。这块地方似乎是全世界城市街道烂泥的倾倒所。每个人都被迫步行，还要冒着靴子被沼泽吸走的危险。如果我们是个小旅行队，损失的骆驼肯定会占很大比例，因为它们不停地跌倒，而帮它们重新站起来是一件没完没了的工作。首先要找

◇ 一头骆驼陷入泥沼中

一块足够硬的地方把驮子放下，好集中精力帮助骆驼。然后用铁锹把烂泥铲到一旁，把骆驼拖到一边，把毛毡垫在它脚下，全力拉拽着它，直到它愿意站起来。而这一切都要在滂沱大雨中进行。

8 月 28 日，当我一早被叫醒时，有人报告来自克里亚的卡尔佩特不见了。前天晚上他曾滞留在后面，但大家都保证说天黑后他跟进来了。于是我派两个人骑马去看看他怎么回事。两三小时后，他们带着卡尔佩特回来了。可怜的家伙病了，大家立刻给予他最好的照顾。

现在每天晚上我都设值夜岗哨，哥萨克们则在牲口吃草时轮流起来看守。第 68 号营地位于海拔 16630 英尺高处。耸立的高地丝毫没有下降的迹象。每天夜里，温度计都下降到零下若干华氏度，白天则从来不会上升到 50 华氏度以上。秋天已经开始，而我们对于即将来临的冬天了解得还很少。到处都有很多新的或老的营地，猎物也很丰富，特别是牦牛、野绵羊和野兔。当我们靠近刚才说的营地时，约 50 头一队的野驴从那里跑开了。有人射到两头库特梅克

(Köttmek) 山羊和一头漂亮的小羚羊。傍晚，哥萨克们把它们拴在木桩子上，宽松一些，使它们能跳动，木桩子则和行李固定在一起，早晨却发现它们都冻僵了。这正好让我有机会给它们拍照。每天夜里，山野间都回荡着狼群凄厉的嗥叫。鹰的数量很多，在一个小湖岸边就有一大群。小鹰们还没长羽毛，但当几只狗发动攻击时，它们照样用喙和爪勇敢地保护自己，使入侵者被迫后退。

9月1日，跨越一个隘口顶端后，我们终于看见盼望已久的景观：一马平川，向南延伸很远，足够走几天的。牧草很好，大地简直是一片青绿，于是我们在第一口泉水旁停下。

当天下午，全营地的人都很兴奋。开始我们以为看见一群野牦牛，通过望远镜仔细观察才发现那是马群。哥萨克们骑行前往侦察，却未发现有人。第二天早晨，看见远处山头上有羊群，数量约1000头，喇嘛、沙格杜尔和锡尔金立刻前往。数小时后，喇嘛捧着一碗奶回来了。又过了一小时，两位哥萨克出现了，赶着三个藏民在前面步行，牵着他们的马和一只羊。哥萨克们看见一顶帐篷，住着十来个人，他们一看见陌生人靠近就跑了，但是没有骑马，很快就被抓住。他们虽然非常害怕，却仍顽固地拒绝卖给我们食品，因为他们接到邦波（总管）的命令，不准用任何方式帮助我们。但当沙格杜尔给一个老人一鞭子后，他们显得更明智些，卖给我们一碗奶和一只羊。

他们告诉我们，他们隶属于降松 (Jansung) 地区，由扎什伦布寺的班禅博克多管辖，和拉萨当局没有直接关系。

我们用茶、面包和烟草招待他们，用拉萨标准银币给他们的食品付钱，送他们一只瓷杯作为礼物。在听完他们所能提供的信息后，便放他们走了。他们很快上了马，但我想给他们拍照，喇嘛便和他们交谈，巧妙地留住他们，同时抓牢其中一匹马的笼头。他一放手，藏民便疯也似的驰骋起来，直到认为已在我们射程以外才勒住马。他们停下来，激动地交谈，打手势。我们本想买两三匹马，但他们顽固地拒绝，宣称他们只是马匹的管理者，不是马匹的主人。哥萨克们鼓动我让他们去偷，但我对此坚决反对。

9月3日，我们继续向南行进，穿过一个牧民人口相对稠密的地区。开始出现骑马的队伍，一会儿在我们左边，一会儿在我们右边。他们好像是从地下冒出来的，逐渐聚集成很大的群体，在我们周围跑动，不断变换队形。他们的

◇ 锡尔金的库特梅克山羊

◇ 冻僵了的鹿和山羊

目标当然是阻止我们前进，其实他们可以与我们的老相识扎加藏布结成更有力的同盟，高涨的洪水有效地阻断了我们的去路。我们只好在它的岸边宿营。藏民在离我们不远处点燃了营火。

第二天早晨，当地的总管带着自己的官员出现在我们面前。他恳求我们、祈求我们返回，答应给我们食品、马匹和羊，只要我们朝拉达克山前进，什么东西都可以给我们。他说，如果我们的目的是前往拉萨，他必须派信使去请示。当我告诉他走开（当然是有礼貌的），不要管我的事时，他毫无惧色，坚决回答："你们确实可以要我们的命，但只要我们还活着，就会竭尽全力阻止你们向南前进。"

在此期间，人们把我的小帆布船准备好了。我命令哥萨克们带领队伍沿着河流右岸前进。我上了小船，让奥尔德克划桨。我们旋转着前进，快得让人眩晕。藏民们在悬崖顶上宿营，悬崖陡峭地直落水边。急流冲带着我们来到悬崖底下。藏民们看见我们时又怒吼，又尖叫，激动得又挥胳臂又踢腿。他们要干什么？这情景让人神经十分紧张，他们只要推下来一块大石头，就可以使我们翻船。真幸运，他们没有这种想法，我们安全地漂过了危险点。两岸高耸，却能这样舒适地漂过河流弯道，真是精神振奋，身心愉快。

当晚和旅行队的少数人马在河岸过夜，藏民就和我们紧挨着。第二天我用同样方式行进。河流逐渐拓展到一英里宽。向南望去，似乎是一片海洋，因为除了东面有山脉挡住河水外，其余各个方向都看不见陆地。天气温暖宜人，出现了海市蜃楼景象，山脉略为离开地面，远处行进的骆驼像在踩高跷。同时河流继续拓宽至 $1\frac{1}{4}$ 英里，最后河岸消失了，扎加藏布通过宏伟的喇叭形河口湾，从北岸注入色林错 (Selling-tso) 大湖。在大湖入口处，展现在我们面前的全景真是壮丽非凡。混浊的灰色河水流入大湖很远，而大湖本身到处是一片灿烂的蓝绿色。

但是天色已晚，湖中浪很大。为慎重起见，必须回到岸上，有两个人领着马匹等着带我们回营地去。

我在河上时，西藏骑兵围着旅行队，阻止路过帐篷中的居民把食品卖给哥萨克们。哥萨克们的脾气比我急，派喇嘛去告知骑马人，从那时开始，他们会

◇　降松的牧民来访

◇　我们的喇嘛拦住三个藏民

◇　两个牧童

射击第一个进入射程的人，不会再发出警告。一天的余下时间里，藏兵都守在适当距离以外。我们抓紧时机，从离得最近的牧民处买了几只羊和能找到的奶制品。幸亏这样做了，因为第二天上午又来了五十多个骑马人，在我们近处扎营。有几个新来者找到喇嘛，想让他做中间人和我们谈判，但我让他回话说，除非他们中的最高官员亲自到我帐篷里探访我，否则别想了解到任何情况。

显然那位官员觉得条件太苛刻，他用了三个小时才研究完这些条件，才能决定自己来探望我。他步行前来，带着十名佩剑的警卫。我们在炊事帐篷里接待他们。这是一位老者，表情友好而和善。为了使他放松，我把八音盒打开，但即使《马赛曲》也未能使他有丝毫宽解。他一定认为这是一挺老式机关枪或是什么玩意儿，在讲究礼仪的场合不适宜使用。但是当它播放悲情的《乡村骑士曲》时，他用动情的词句要求我回去，说只要我往回返，需要什么东西他都可以给我。如果我不想回去，他恳求我至少要容他派特使去拉萨，弄清楚全体会议③的命令。只需四天时间。

"你不开枪就阻挡不了我们，但是要记住，我们是会回击的。"

于是他摇摇头。"我们从来没想开枪，"他说，"这样强硬的话不应在我们之间说出。"

我只是回答道："我们要一直朝拉萨前进！"

"那我们就要跟随你，并阻止你，"他插话道，"更多的增援队伍就要来到。"说着，他朝自己的帐篷走去，非常压抑，满脸愁容。

注释：

① 安那（Anna），为音译；才让（Tsering），依据《常见藏语人名地名词典》。 ——译者注
② 巴拉拉伊卡琴，俄罗斯伴唱乐器，类似吉他，有三根弦。——译者注
③ 全体会议（the Grand Council），清代西藏政府组织系统中的一个机构（见《西藏历史文化辞典》）。——译者注

第二十八章

受西藏骑兵队阻拦

我们再次出发，目标是沿着色林错西岸向南前进，后面紧跟着六七十名藏民。那位老官员不断地恳求我停下来。接着他说我们会遇到一支很强大的军队。我回答说，他也许能集中一万人马，但除非被迫，不然我绝不会停住。于是他显现出绝望的表情，仿佛要放弃这项吃力不讨好的工作，转身走向自己的帐篷，全部人马随之消失。能摆脱他们的干扰，我感到很欣慰。

另一条水质清澈明亮的河流从西面注入色林错，这次我们涉水渡河毫无困难。水面聚集了大量鸥类，说明河中鱼类丰富。野鸭数量也很多，哥萨克们打了一些改善伙食。我们不能错过这样出色的建营地点，便在河流右岸靠近河口处搭起帐篷。

刚安顿下来，便看见一队黑色的人马，从北面山上小跑着下来。这些藏民带着一些驮行李的马匹，只在补充储备时略停一下。他们来了，冲过河流，在我们眼前奔跑，在各帐篷之间冲过来冲过去，像山崩一样，似乎要对我们实施扫荡。他们喊叫着，怒吼着，挥舞着矛和剑，但丝毫不注意我们，就像我们不存在一样。那富于装饰的马鞍，那用以架设长枪、插着红白小旗的羚羊角，那银色的剑鞘，构成一幅战斗场面，喜欢战争场景的绘画者一定会很感兴趣。

接下来是惊人的一幕。在离我们几百码处建好营地后，他们一小队、一小队地聚集在军官周围，军官则教他们如何使用武器，还时不时地齐声发出奇怪而野蛮的吼叫。最后他们把长枪排成一行，枪口对准我们。他们的营地建在一座小山上，可以完全控制我们，哥萨克们认为他们打算夜里向我们开火。天刚黑我就前往头人的帐篷，由沙格杜尔和喇嘛作陪。帐篷里瞬间挤满了西藏军官。一晚上都过得很愉快，我答应明天还留在雅盖育-拉普嘎（Yagyu-rapga）河岸，原地不动，条件是藏民们能在天亮时带一条鱼到我的帐篷里来。因为他们宣称河里都是鱼，而我很想改变一下单调的食谱。我们之中有些人是塔里木河下游的渔民，而且带来了两三张网，不过我知道西藏人憎恶鱼类，他们说，吃鱼还不如吃蛇和虫子呢。

第二天清早，太阳还未升起时，有几个藏民带着胜利的喜悦来到我的帐篷里，拿着一条可怜的小鱼！他们宣称，抓这样一条鱼真是一件可怕的工作，几乎要了他们的命。但是我们的守夜人揭开了他们的秘密。他们说，藏民们等待着，直到一只河鸥叼着一条鱼从水面飞起时才用石头打下它，使它吐出猎物。

轮到我们向藏民表演捕鱼方法了。我们把船拼接好后，在一处小瀑布下方撒网。我和奥尔德克掌控着船，第一网便捕到28条"美丽的鱼"。哥萨克们在岸上钓鱼，同样获得成功。藏民们黑压压地聚集在山坡上，惊奇地睁大眼睛、张大嘴巴，他们不明白人怎么会吃鱼这种可憎的东西。整整一周我们都以鱼为食。

天气晴好，原野迷人。色林错岸边聚集着许多野鸭，还有野鹅。草原上到处都有野驴和奥龙戈（Orongo）羚羊在吃草。向南不远处是嵯峨而荒旷的山脉，巅峰直指蓝天，山鹰们环绕山巅飞翔，美丽的小岩鸽也毫不示弱。

傍晚，当地官员来到我的帐篷，随行的有30名士兵。他带来的礼物是两头羊和三桶牛奶，作为回报，我让他观看了我们的一些新奇物品。他离去时，我送他一把左轮手枪、一把剪刀、一把小刀和一块布料作为礼物，他对此欣喜若狂。

第二天我们继续沿着色林错西岸向南行进，穿过一处宏伟的峡谷入口。我走在队伍前面，有两人骑马飞跑过来说，卡尔佩特病得很厉害。他尽管胃口还行，

◇ 西藏狙击兵

◇ 死去的卡尔佩特躺在棺架上

但病重已经好几天了。我走到他面前时，他躺在铺在地上的毡毯子上，都半死不活的了。眼睛虽亮，却发直，面颊深陷，毫无血色，嘴唇发灰。队伍立刻停下，为病人准备一个专属帐篷。这时一场风暴来袭，帐篷显得那么轻便，几乎要被吹跑，或被雨水冰雹砸平。一向忠实守护骆驼的老穆罕默德·托克塔也病了，身体肿胀，手指失去知觉，只好把他也送入医用帐篷，躺在卡尔佩特旁边。

夜晚平静地过去了，早晨我进去和卡尔佩特说一会儿话。他坚信他得的是重病，诉说两三天前一个同伴殴打他；又说他是一个苦命的人，一向都很孤独，没有人关心他，他被上帝和同胞们抛弃了！他非常非常寂寞！我极力安慰他，鼓励他拿出勇气来。这时他的意识模糊起来，空虚的眼神直盯着帐篷顶端。我想留下陪陪他，但很不幸，我们既没有水（色林错的水是咸的），也没有草。队伍只好动身，别无选择。我们让卡尔佩特在骆驼上躺得尽可能舒服些，帮助穆罕默德上了马，他还能坐稳。我们又出发了，伴随一路的是枯燥的、不祥的驼铃声。

来到一个低矮山隘的顶端，映入眼帘的是进入西藏以来最为辉煌的景色。一个美丽的湖泊镶嵌在风光如画的山峦之间，水色深蓝，明亮如水晶。湖水从各个方向切入山脉，形成幽深的峡湾和港湾，奇异而雄伟；厚重的雨云倒映在湖面上，几个怪石嶙峋的小岛沐浴在阳光之中。有些地方，悬崖直落水面。湖泊的名称是那葱错（Nakktsong-tso）。在哥萨克们侦察回来之前，我们无法前进，因为西藏人拒绝为我们提供任何信息。

我们环绕一个宽阔的港湾前行。卡尔佩特两三次要求喝水，还抱怨骆驼走得太快。后来有一小时左右听不见他的声音，我便让队伍停下，派人去叫走在队伍最后的救护队，让他们重新整理一下病人的床铺。他们过来一瞧，一切都晚了，卡尔佩特冷冰冰的，已经死了。莫拉虔诚地将死者的眼皮合上，队伍便继续前进。穆斯林们原来一路唱歌，以打破行进的单调气氛，现在所有人都沉默了，唯一听到的是驼铃那使人悲伤的叮咚声。我们在港湾尽头，紧挨着游牧人村落的黑色帐篷处扎营。

9月12日，我们埋葬了卡尔佩特。阳光灿烂，清风习习，湖水轻声地涌动着、拍打着，像是在唱悼念逝者的挽歌。穆斯林们请求我准许他们用适当的仪式来埋葬教友。晚上遗体安放在一个帐篷里，由两个人守护着。早晨，遗体清洁后由奥尔德克、莫拉·沙赫和哈姆拉·库尔用白布单缠裹起来，他们嘴上贴着绷带，以防吸入尸气。莫拉·沙赫在帐篷外高声诵读《可兰经》经文。之后，把尸体放在骆驼驮鞍上，运到坟墓旁边。当同伴们将遗体放入墓穴时，罗斯·莫拉向逝者致辞。他小声地说着，仿佛只想让死者听见。"你是诚实的、忠诚的穆斯林。你没有做任何损害我们的坏事。我们怀念你，为你的离去而哭泣。你为你的主人图拉的服务是光荣的、完满的。"

接下来，他们把驮鞍盖在上面，驮鞍上再铺一层毛毡，四周用泥土填实，再用草皮和小石子儿在头颅一端垒起一座临时坟头。大家围着坟墓跪下，手放在脸前，低声祷告，为死者祈求安宁。最后他们站起身来，卡尔佩特便留在了这陌生土地上的孤坟之中。如今牧人们会赶着牛群和羊群在坟墓上面踏过。冬天夜晚，野狼的嗥叫声会响彻四周的山峦。

藏民们在一定距离外观看下葬仪式，认为我们给自己找了一大堆不必要的麻烦，也不体面。他们询问为什么不把尸体抛给狼、秃鹫和渡鸦，他们自己就

◇　葬礼

是这样做的，以后我们也看见了。

装好驮子后，我们重新出发，很快来到第二处雄伟的山谷出口，穿过去后，原野向南伸展，十分广阔。藏民们紧随身后。在山谷以外的多石的平原上，有一组黑色的帐篷，旁边有一两座是白色的。当我们经过白色帐篷时，一队骑马人向前跑来，声称有两位显贵的官员由拉萨来到，想和我交谈。他们来自达赖喇嘛处，直接带来了他的命令，因而请我停下，在他们旁边扎营。

几分钟后，两位显赫的官员走出蓝白相间的帐篷，并上了马，每匹马由四名随从步行带领。这两位西藏官员走近我站立的地方，却并不下马。他们做的第一件事是要求我停下，在他们旁边扎营。对此我犹豫一下后同意了，因为这两人明确无误地表现出友好的态度。

我们把帐篷安排停当后，过了相当长时间也没看见两位红袍使者出现。于是我让喇嘛前去说一下，如果他们不赶快来，我们就要拆帐篷继续前进了。他们这才立刻动身，每人都跟着一支庞大的护卫队。两人有礼貌地和我打招呼后，走进炊事帐篷。遇到这种场合，我们都铺上美丽的和田地毯，在一个箱子上铺上桌布，当作桌子。我们坐下交谈，外面围着一群脸色黝黑的藏民。

两位使者为拉杰策楞 (Hlajeh Tsering)①和雍都泽仁 (Yunduk Tsering)，分别是囊汝 (Namru) 和那仓 (Nakktsong) 两个地区的总管，据他们自己说，还是拉萨全体会议成员。他们是达赖喇嘛派来阻止我再往前走的。我们坐在那里一个钟头又一个钟头地争论，舍热布喇嘛当翻译。我已下定决心不再和环境力量抗衡，此时我对西藏已感到厌烦，也想回家了。只是为了逗乐儿，才和老人们争论一段时间。他们说，不准我再向南前进一步，如果我们硬要向前闯，总有一方，或是我们，或是他们，要丢掉性命。他们有足够的军队来阻拦我，如果什么都不能奏效，他们就会用强力扣住骆驼，每头骆驼由一组藏民拦住。他们大喊大叫、打手势、出汗；我则保持冷静，微笑着告诉他们，我们有神灵保佑，如果西藏人不走开，他们的日子不会好过。

"那不要紧，"他们说，"如果让你前进，我们就会被砍头，我们从拉萨带来了特殊命令。"

"那就让我看看，"我说，"如果那是正确的，我承诺我会从此地一直前往拉达克。"

◇ 拉杰策楞和雍都泽仁

于是他们向我宣读文件，以下是文件译文：

"铁牛年六月十九日，那曲总管发来文件，大意是：桑杰 (Sanjeh) 喇嘛是蒙古仓格 (Tsangeh) 呼图克图的秘书，他和其他几个香客一起去罕东 (Hamdung) 的觉–密曾 (Jo–mitsing) 进香。他和推登达杰 (Tugden Darjeh) 一起，给那曲总管捎信。"

"那曲总管把上述信息转达给全体会议。仓杰 (Tsangeh) 的秘书说，他出发旅行不久，看见几个欧洲人，还和他们一起走了一段路。他们买了一些衣服以后继续往前走。在市场上，他看见两个俄罗斯人。他问他们道：'你们要到什么地方去？你们是喇嘛吗？'他们答道：'我们是喇嘛。'那个会治病的喀尔喀蒙古人舍热布喇嘛和他们在一起，是他们的带路人。在路上，他看见六个俄罗斯人在旅行，还有大批骆驼和其他人。"

"文件必须从速送达囊汝和那仓，以便所有人都知道，自那曲以里，直至我（达赖喇嘛）的土地延伸所及，都不准许俄罗斯（欧洲）人向南旅行。文件必须发至所有官员。要守住那仓的边界。有必要对全地区严密看守。让欧洲人进入圣书之地进行侦察是绝对不允许的。他们与你们二人所辖地域毫不相干。如果他们执意要来，总管们就应知道，不能允许他们南进。如果他们还要继续，那你们就要掉脑袋。要强迫他们转身，从哪里来就回到哪里去。"

这个文件澄清了若干疑点，说明边界之所以这样谨慎戒备、严密看守，不仅是由于牦牛狩猎者的上传，还由于蒙古香客旅行队报告了情况。在这一连串事件之后，我掩盖不住内心的喜悦，诚实地告诉他们，他们所坚持的孤立政策，是唯一能够拯救他们的土地免遭毁灭的政策。

"在全西藏，"我说，"在北面、南面和西面，欧洲人或者征服了你们邻人的土地，或者让他们依赖于欧洲人。你们这片土地是亚洲唯一没有被他们侵入的地方。"

"是这样！""是这样！"他们喊道，"我们正是想这样守住它。"

文件中提到了舍热布喇嘛的名字，现在他就在他们面前，就是他本人，活生生的。他们向他宣读了非常严厉的惩罚，他的名字被列入怀疑对象名册。但现在我们的喇嘛一切都豁出去了，他把两位信使骂得狗血喷头，他跳起身来，在拉杰策楞面前挥动拳头，并质问他怎敢处罚一个不是西藏籍的喇嘛。眼看争吵要转变为斗殴，我赶紧摆出八音盒，舒缓的音乐缓和了气氛，平息了风波。

晚上，我对西藏官员进行回访，由沙格杜尔和喇嘛作陪，和他们待了五个多小时，有说有笑。我们仿佛已认识了几十年，成了最好的朋友。他们用茶和糌粑招待我们，帐篷一侧设有小神坛，上面供奉着几个神像，香烟缭绕。

9月14日，我和库特楚克带足了三天的补给，到那葱错湖面上划船游玩。那葱错是位于色林错西南方的一个小湖，这是我最愉快的水上出游之一。

我们从湖的东岸开始，沿着湖的南岸向西驶去，和旅行队约好在湖西北角集合。后来库特楚克划进了一处像港湾似的水域，水面迅速收窄。两岸的石崖陡直升起，划桨的声音清晰地在岩石间回响，湖水呈明亮的祖母绿颜色，仿佛进入了某个山间国王的神殿，其地面用祖母绿玻璃镶嵌而成。湖水非常透明，湖底生长的藻类及其他水生植物清晰可见。连最微小的声音也颤抖着在岩石间回荡。这一切都使人印象非常深刻。我们本能地屏住呼吸，生怕打扰了这伟大而神圣的静谧。几只山鹰伸展着一动不动的翅膀，无声地在悬崖之间盘旋，它们的倒影迅速掠过水面，像是这使人陶醉的、永世迷人的景色的守护神。

天要黑了，该考虑休息了。我们把小船拉上岸，生着火，准备晚餐，然后把大衣一裹就睡觉，这是应得的睡眠，这是劳累者的睡眠。第二天早晨，库特楚克又把船桨伸入水中，小船又在山崖之间继续穿行。港湾越来越窄，像一个河谷，一个流水的峡谷。我一生中见到的最雄伟的全景，一幕又一幕地在眼前展开。这弯曲的水路有没有尽头？回去时还要走那么长的路吗？如果右边的是一个岛，那我们离集合地点就不远了。有些当地人走出帐篷，站在岸上，惊讶而无言地看着我们。一幅新的景致！也许还有另一幅？不，港湾已到尽头！经过侦察，却发现只不过是一条狭窄的地颈挡住去路。于是，先把物品卸到岸上，搬运过去，再把小船拖过陆地，在另一边重新开始航行。湖面开始拓宽，水深达72英尺，但是夜晚又将来临，我们必须停下。晚上，微风清润，湖水拍岸，仿佛是柔和的乐曲声，把我们送进梦乡。真幸运，这些天在野外睡觉却没有下雨。夜晚真是美极了，万籁俱寂，星光灿烂，空气清新透明，像醇酒一样醉人。

第二天，我们抵达集合地点。在到达之前，就看见旅行队逐渐靠近，被黑压压的一群骑马人包围着。在我们上岸之前，帐篷就已搭好了。我们有5座，西藏人有19座；他们的人数是194，我们只有18，比数为10∶1；如果只算哥萨克，比数就是50∶1。

那葱错真是个神奇的湖泊！它是一圈环状的水流，中间是一个大岛，这表示它可能是个火山口湖；它又像一个堡垒，有流水的壕沟环绕。西藏信使十分关注我的"失踪"，不过他们通过骑兵队，确信我没有逃跑。

注释：

① 拉杰，为音译；策楞，参照《常见藏语人名地名词典》。根据此词典，Tsering对应十多个藏语名字。因此下文不同的人名带有相同的Tsering时，便作不同译法。——译者注

第二十九章

查古特错逃命

那葱错是我们旅行的转折点，是我们试图深入"蕃康人"地区，或曰"圣书"地区的最远点。欧洲人不被接纳的原因，并非是现在的喇嘛比当初友好接待耶稣会会士的喇嘛更加狂热。1846 年，他们曾允许法国的古伯察神父及其同事加贝特（Gabet）在拉萨逗留两个月，现在他们仍然一样宽容。近年来他们戒备森严的孤立政策是出于政治原因。他们的策略是和平而有效的，其目标是保卫边界，让不速之客——欧洲人离开自己的领地。迄今为止，西藏人还没有引进烟草、烈性酒、武器等文明产物的愿望，没有通过贸易促进社会繁荣发展的憧憬。不，走开，他们喊道，带着你们的奢侈品，你们的钢，你们的金银走开，让我们在自己的土地上和平地生活。然而，西藏的转变是注定要到来的。

在那葱错岸边，我曾在日记本中写下了上述话语，而现在，当我在写这本书的时候，预言已经实现了。

当旅行队向雅盖育-拉普嘎河畔的旧营地前进时，我让奥尔德克划船，送我到色林错对岸去。我们从那里开始前往拉达克的长途旅行。西藏人自愿引路，旅行队由他们带领着，我自己则选择了一条更靠南边的路线。翻越一处山隘时，道路又陡又险，如果骆驼在此滑倒了，肯定要粉身碎骨。第84号营地建在查古特错 (Chargut-tso) 东岸，这是色林错以西的一个小湖。一眼望去虽不算雄伟，却十分悦目。朝西方向是一个深深的峡湾，仿佛走进一个石林构成的峡谷。藏民们身着灰色外套，佩戴带战斗装备，倒是与这里的旷野景色十分相称。帐篷顺着湖岸搭建，共有25顶，还不算我们自己的，围着篝火露宿的藏民就更多了。我们的护卫队足有500人之众。

峡湾景色迷人，湖泊风光旖旎，我们在湖滨逗留了两天，以便安排好前往拉达克的长途旅程。拉杰策楞告诉我，达赖喇嘛有令，牲口按我们所需如数拨给，归我们支配。我当即下令尽快调来40头牦牛。这位老者又和那曲总管一样，送我两匹白马及各种生活物资作为礼物。他还说，前往拉达克时，所需物资一路上会随时供应。多么神奇的好人啊！我想。

9月19日中午，西藏人让我们观看了一次十分壮观的场景。我请拉杰策楞下令两三百名骑兵排成一排，我为他们拍照。但是即使要他们站定一分钟也是不可能的，我刚要求他们挥舞一下刀剑和标枪，就唤醒了他们的好战意识，马匹躁动不安，整个队伍奔跑着向前冲，大声喊叫、怒吼，似乎要发动一次进攻。看着他们在草原上驰骋，缰绳松开搭在马脖子上，武器和装备在阳光下闪烁发光，铿锵作响，着实震撼人心。照相机只好停下来，等他们的战争狂热降温后，再让他们明白，照相是用不着这样不顾死活地咆哮和吼叫的。

藏民要求我们多停留一天，过了9月20日再走，因为那是他们的一个重要节日。我很高兴地同意了，因为我想到峡湾去游玩一次。我选择霍达伊·库卢作为船工，向西划去；但我们刚到达开阔的湖面，就从西边刮来一阵风暴，几分钟之内，湖上就变得波涛翻滚。风暴将小船朝出发地点刮去，我们能做的只有各拿一支桨，保持船头正对波浪方向。满山坡上拥挤着藏民，一动不动地望着我们和查古特错作斗争。小船一会儿跌入浪谷，在他们眼前消失；一会儿又被浪尖高高举起，在浪花中颤抖着、吱吱嘎嘎地响着。不过没几分钟我们就回到岸边。当一个大浪将小船冲上岸时，霍达伊·库卢连忙跳了出去，与此同时，哥萨克们冲进浪涛中，把我高高举起，放在沙滩上，我一点都未沾湿。这时藏民们围拢来，看看我是否还活着。当天晚些时候，我们运气较好，可以在湖面上一直待到天黑。当我们返回时，一长串营火沿着湖岸排开，很像节

◇　查古特错展望，方向朝西

◇　藏民护卫队在查古特错岸边

日的焰火。

第二天，我们收拾好行李，向拉达克进发。我吩咐旅行队和吵吵嚷嚷的500名藏民一起走，到查古特错西端的一个适当地点等待；我自己宁愿走水路，选择库特楚克做船工，再一次在查古特错上划船过去。我们带上保暖的服装，备足三天的食品。长长的骑马人队伍像一根黑线似的，他们刚消失在山后，西边就酝酿起一股风暴。开始还不算特别强，但已经晚了，来不及返回了，近处也没有任何可以躲避风浪的岬角。湖心有两三个石头小岛，唯一的希望是划向最近的一个小岛逃命。在此处测得水深为138英尺，由于水浪汹涌，无法取得其他数据。大浪不断袭来，小船上的一切都被打湿了。我们缓慢地、渐渐地向小岛靠近，似乎过了一个世纪，才终于绕到它的背风面。我们憋足了最后一股劲把小船划上岸，真是筋疲力尽了。

把小船拖到浪头达不到的安全地方后，我们便将它和一块毛毡支撑起来作为栖身之处。幸运的是燃料有的是，在库特楚克生火煮茶时，我便躺下阅读《汤姆叔叔的小屋》。狂风在岩石之间怒吼、呼啸，而在岛的西端，浪头像雷鸣般拍击着峭壁。狂飙下午仍在肆虐，我们成了囚徒。西沉的太阳灿烂而清朗，浓黑的夜晚笼罩着小小的营地，东岸却仍沐浴着光辉。夜色迅速爬上山坡，顶峰瞬间由猩红变暗红，白昼消失了。黑暗统治四周，只有那半边月亮洒下一点点苍白的光芒。库特楚克一晚上出去两三次，想看看风是否变小了。4点起床时，风力还是那么大。夜里气温降至零下9华氏度，我们赶忙生起一个大篝火。我在想，北岸的牧民看到查古特错小岛上的巨大火焰会怎么想呢？我们等了又等，东方终于破晓，在迅速变亮的天幕映衬下，顶峰显得更加乌黑。霎时间，太阳跃上峰顶，像珠宝一样光芒四射。

风暴不但没有减弱，反而越来越强。我画下小岛的地图后便坐下，一连几小时，听着大浪撞击崖壁的响声，浮想联翩。晚餐之后，去收集燃料以消磨时间，再爬上岛上的最高点，向落日告别。我们在湖水围成的牢笼中，为度过第二个夜晚做准备。浓云密布，雾气升腾，月亮像银色的帆船一样在云雾中驶过。我们一遍又一遍地研究天空，一遍又一遍地到岛的西端观察，大浪却还是那么汹涌。无论如何，我希望在夜晚结束之前能到达第二个岩石小岛，在月落之前可以用罗盘测出它的方位。

◇　在查古特错第一个岛的营地

　　风终于减弱了，湖面逐渐平静下来。岩壁像黑色的幽灵一样从水面崛起，我们顺着岛屿的南岸划驶，接着奋力向开阔的湖面划去。湖水像墨一样黑，月光像一条闪光的腰带一样，在逐渐减弱的浪头上荡漾。山峰沿着湖边耸立，在黑夜的映衬下，像一幅清晰的黑色蚀刻版画。我们一小时又一小时地苦苦划桨。测量一下水深，超过 121 英尺，陆地不会离得很近。虽然借着灯笼的亮光可以读出仪器的数据，我还是害怕看不见第二个小岛。如果错过了，我们就面临西边的广阔湖盆，一旦风暴再起，我们的处境将十分危险。月亮已经落下，湖上一片漆黑。噢，不，不是这样，我们的驾驶方向正确！水深逐渐变浅。我们还未看清，小船就已刮到岩石，身置岛上后，才能看见它。上岸后，我们立刻睡觉。

　　第二天早晨醒来后，风仍然很大。难道我们还要在这仅有 350 码宽的石头小岛上再熬一天吗？还有一件让人忧虑的事情：我们的食品快吃完了。大风很快升级为十足的飓风。我们不是直接面对风口，这倒是好事。查古特错位于一条狭窄的裂口上，裂口像一根导管，该地区的各种风暴都由此通过。

不过风暴尽管很猛烈，却不到一小时就过去了。浪头下降为缓慢的涌动。太阳西沉，查古特错展示了可爱的一面。把船撑离岸边后，库特楚克使劲儿划起来，小船很快到达湖盆最深处，水深 $157\frac{1}{2}$ 英尺。我们已驶过了所有能挡风的岬角，进入此湖的最大峡湾。忽然雷声滚滚，一个新形成的风暴中心将雨和雪洒向南北两边的山头，此时湖水仍然清澈，轻羊毛般的淡淡的云彩织成一个圆圈，太阳从中落下。

我们正朝湖的南岸划去，岸边的峭壁陡直落入水中，这时一块铁青色的云团从它后面升起。云团下方镶着一条火黄色的边，似乎它刚从一团大火中滚过来。我们十分清楚其中含意。眼前没有任何能遮风的海岬，我们唯有顶风前进，到峭壁那边寻求庇护，不过它离得相当远。

但是，特大风暴以惊人的速度突然降临。"划呀，库特楚克，逃命呀！"每当小船前后颠簸、紧绷着的帆布撞到浪头时，船头船尾都在颤抖。每时每刻帆布都可能噼啪一声裂开。我们保持着稳健的大幅度划桨方式，把肌肉中蕴藏的力量全部投进去。大风暴被崖壁间狭窄的通道压缩后，猛烈程度增强了。"坚持住，库特楚克！我们已近多了！危险减轻了！"这时一个散开的浪顶沿着右舷上缘扫过去，湖水随着小船的颠簸而前后流动。第二个浪头打进船来。我们的手握得更牢，直到指关节发白，水泡像烧灼一样疼痛。我们实际是用桨支撑着小船待在湖面上的，这样当然坚持不了多久。船舱内已存了半船水，大浪还不断打进船头。眼看我们就要沉入湖底。"把救生衣准备好，库特楚克。划呀，伙计，划呀。它也许能坚持到那个海岬。"

"啊，真主！"库特楚克气喘吁吁地说。

依靠最紧张的努力和执着的坚持，才能使小船漂浮着，直至到达庇护所和较平静的水域。我们差一点就沉入湖底。我游历过西藏那么多湖泊，从来没有像这次那样处在灾难的边缘。这是不言自明的：时间是夜晚，飓风极其猛烈，未知的湖泊，脆弱的帆布小船，风暴云被风撕成碎片时起程。这时白色的浪尖被月光点成银色。

我们精疲力竭到极点，一头倒在沙滩上，用小船罩着身体就立刻睡着，大雨一整夜打在帆布上也顾不得了。

第二天早晨，在灿烂阳光的眷顾下，我们划到查古特错的尽头，通过连接两湖的窄小港湾，进入一个新的湖泊。这次我们走对角线划驶，保持离岸边不远。幸亏这样做了，因为不久就惊讶地迎来新的风暴。但是这次一切努力都徒劳。我们在顶头风中无法前进，大浪将小船推向岸边，很幸运，湖岸是缓缓上升的。小船一触到湖底就蹿上去了，我们跳出来，把船拉到干燥的地方，就开始弄干衣服上和行李上的水。把它们摊晒在鹅卵石上后，我们就躺下打瞌睡，直到自己人来找我们为止。他们来得正是时候，我们已经饿极了。

看见我们后，全营地的人都喜气洋洋，因为他们认定我们已经死了。藏民曾问哥萨克们我到哪里去了。哥萨克们连眼都不眨就发誓说，到查古特错南面去了，打算抓住所看见的第一匹马，直奔拉萨。信使们惊慌失措起来，立刻派巡逻兵绕湖寻找，巡逻兵回来后却报告说，连一个鬼也没看到。当时我正在第一个岛上安逸地吸烟斗。接着他们派出几队人马，每队十来人，向南朝拉萨奔去，但每队的路线不同。我进入营地时，他们还没有回来。拉杰策楞和雍都泽仁诚挚地、热情洋溢地欢迎我。我给他们招来麻烦和焦虑，他们却一点也不生气。他们在自己的帐篷里举行盛大酒宴，庆祝这一时刻，佛像很快就淹没在烟气之中。

穆罕默德·托克塔的情况越来越坏，我们还损失了一头骆驼。一位藏民死了，在前往营地途中，我们把他的遗体放下，就被秃鹫和狼吃掉了一半。

9月25日，我们和达赖喇嘛的使者们告别，送给他们各种各样的礼物，诸如来复枪和子弹、刀具、匕首、水手使用的罗盘和布料等。他们派出22人护送我们，由央都才仁 (Yamdu Tsering)[1]和泽让达师 (Tsering Dashi)[2]率领，负责保证我们沿途都能从牧民那里得到所需的一切。我很遗憾地和拉杰策楞及雍都泽仁告别，在他们陪伴下度过的三个星期，是非常愉快的。我要求他们以我的名义向达赖喇嘛致敬，请他不要忘记这件事，因为以后我们还会见面。

注释：

① 央都才仁，音译；才仁，参照《常见藏语人名地名词典》。——译者注
② 泽让达师，参照《常见藏语人名地名词典》；达师，音译。——译者注

第三十章

西去列城

此地距离拉达克首府列城将近 670 英里，我们花了近三个月才走完全程。旅行队的状况相当可怜，只剩下 22 头骆驼，全都相当衰弱。不过大家和护卫队相处得很好，在安排宿营和出发装驮等事情上都能得到他们的帮助。

头几天我们沿着波仓藏布 (Boggtsang-sangpo) 河岸朝西北偏西方向前进。在西藏，如果日复一日都朝着同一方向骑行，你的左脸会晒得脱皮，右脸却冻得生疼，左脚温暖舒适，右脚却冰凉发僵。

河水在我们身边流过，明亮而清澈。有一天，沙格杜尔落后了，当他赶上来时，兴奋地在头顶上使劲儿摇晃一串闪亮的鱼儿。于是，我们 10 月 1 日在波仓藏布河畔休息一天，把小船拼接好，到河上捕来大批活鱼；足足两个星期，大家都靠吃鱼维持生活。

10 月 3 日，我和切尔诺夫及喇嘛一起，爬上俯瞰四周的埃伦那克-赤莫山 (Erenak-chimmo) 山顶。下山后在追赶队伍途中看见哈姆拉·库尔躺在低洼处的卵石上。他说实在是一步也走不动了，我便吩咐几个随行藏民照顾他，将他带回营地。旅行队现在迅速减员。天气很冷，风刮在脸上像刀割一样，而队

◇　波仓藏布河，方向西南

◇　我们的喇嘛（左），央都才仁和泽让达师（右）

伍还得顶风前行。寒气彻骨，大家都冻僵了，麻木了。我发现在 16000 英尺以上高度时，我根本不会走路，只好骑马，其他队员及藏民们都得步行。一头骆驼不肯走了，落在后面，我留在它旁边，将驮鞍撕开，用干草喂它。它吃了不少，但还是没能走多远，我们只好将它宰杀了。骑行一小段路后，又遇到两头跟不上队伍的骆驼。我遇到的另一批病号是库特楚克管理的两匹马，其中一匹是两年前我从喀什起程时骑的，另一匹是那曲总管送我的两匹马之一。到达下一处营地时，情况令人沮丧。穆罕默德·托克塔的病情不见好转，阿尔马兹诉说他几乎要瞎了，霍达伊·库卢患上了高山病。我们对他们尽可能照顾得好一些，不过几乎一半人都已列入病号名单。

到达海拔 16560 英尺的色特查 (Setcha) 地区时，队伍必须停下，一是须要等待滞后的人员和牲口，二是必须在此地等候许诺赠予的牦牛，以便把驮子分得小一些。温度下降到零下 0.5 华氏度，冬天已经降临。

我带着切尔诺夫和喇嘛，还有一个轻装的小小队伍，由此地向南行进 4 天，以便看看高耸入云、白雪覆盖的庞大夏岗日山脉外围的雄伟山色。尽管这里是禁区，尽管西藏人像蚂蟥一样死缠着我们，我还是想延长这次出游，不过马匹的状况太差，只好打消这一念头。

在第 103 号营地，央都才仁和他的人员离开了我们，我赠给他们来复枪和其他礼物，还应他们的要求写一份证明书，说明他们很有礼貌，尽职尽责，我对他们很满意。另一个护卫队接替了他们，领导者是亚沃策林 (Yarvo Tsering)，他带来一批健壮的牦牛接班。现在我们自己的牲口全都不必负重。10 月 18 日，我们到达拉果错 (Lakkor-tso) 盐湖，湖水蒸发的速度很快，湖岸最早的水线距离现在的水面足有 436 英尺。

10 月 20 日途中，我们遇见一件奇异的事情。哈姆拉·库尔带着两匹病马走在队伍最末，他在路旁的一个坑中发现穆罕默德·托克塔。老人和气地解释道，他骑马骑累了，便从马上滚了下来。哈姆拉·库尔带着他一起走，到达营地后，同伴们给予他当时条件下最好的照料。我去问他感觉怎样时，他微笑着表示感激。我给他一碗牛奶，他高兴地喝了。但是第二天早晨太阳升起时，他裹着皮衣躺着，身体挺直、僵硬，双目紧闭。老驼工在睡梦中被死神带走了。这是在路途上死亡的第四名探险队队员。大家为死者举行了悲伤的葬礼，最后的仪式完成后，旅行队继续朝西行进。距离拉达克还有 480 英里。

翻过一个小山隘后，来到另一个盐湖旁，四周也是雄伟的高山。山脚围着一条宽阔的、硬壳似的雪白盐带。我因测量落在后面，当我赶到山隘另一侧时，发现哈姆拉·库尔坐在路旁，陪着两匹快要死亡的马。其中一匹最终到达营地；另一匹是来自库尔勒的花斑马，都几乎站不稳了，我只好枪杀了它。我无法详述这段旅程的种种不幸。你只要知道一点就够了：穿越西藏的旅行，对人和牲口都意味着连续不断地受苦受难。你目睹一切灾难和痛苦而又无能为力，这足以使你肝肠寸断。从查克里克出发时，我们有 45 匹马和骡子，现在活着的只剩 11 匹了。

气温降至零下 2 华氏度，大风片刻都不示弱，速度每小时 45 英里。10 月 25 日，刚一出发就须宰杀一匹马。6 头骆驼列入病号名单，留在后面跟随走得较慢的牦牛队。病人阿尔马兹被允许骑一头骆驼。我凑巧落在后面，当我赶上来时，一头骆驼刚刚侧身躺下，脖子和几条腿直挺挺地伸着，屠刀快速地解除

◇　安葬穆罕默德·托克塔

了它的痛苦。过一会儿，第二头倒下了；再过一小会儿，第三头又躺倒了；很快就轮到那单峰驼。最后跟着阿尔马兹坐骑的只剩一头骆驼了，它是在查克里克出生的小家伙的母亲，小家伙我们现在用面包喂它。至此我们只剩下18头骆驼。

第二天早晨，锡尔金和图尔杜·巴伊骑马往回走，看看是否能把滞后的3头骆驼带回来，如不行，就结束它们的生命。在下一个营地时，他们回来了，没有带回牲口。现在旅行队后面总是跟着一群狼，它们吃死去的牲口，夜里总听见它们那不祥的嚎叫声。

10月28日，我们到达一处隘口，朝西望去，景色壮丽。这似乎是自然风光的转折点，前一段的西藏像一本书似的合上了，展现在眼前的是一个新的世界。特别吸引我们的是别若则错 (Perutseh-tso)。湖泊四周青草茂密，我们在此休息了4天，因为这里灌木繁盛，我们便点起一大圈篝火，不分昼夜，熊熊燃烧，暖和舒适极了。一匹马因消化不了青草而死去，小骆驼的母亲在快到绿洲时也倒下了。现在只剩下14头骆驼。最后一名护卫队队长达沃策楞 (Davo Tsering)在此地离开我们，他一直都和我并排骑行，自愿提供大量信息，现在和我告别，带着他的人马走了。

到达错洛－凌错 (Tsollo-ring-tso) 西端，即是如妥 (Rudok)① 地界，那里有7顶帐篷，卓克－甲龙 (Chok-jalung) 的总管和100名武装人员正严阵以待。这位绅士摆出傲慢自大的官架子，誓言拒绝我们通过如妥地区，要求我们从哪来就回到哪里去，除非出示达赖喇嘛发给的护照。哥萨克们一听都气炸了，要求用连发枪回复他们。但是，我冷静地处理此事，通知这位官员我第二天即向拉萨返回，同时让他明白，他必须给我写一份公文，说明他拒绝我通过如妥。"是的，他会这样做的，他会自动地给我一份文书，而且他会立刻派特使去拉萨，在信使返回前，我们尽可以保持沉默，他会采取必要措施的。"

其实，要对付这个人的阻挠是很容易的，因为我们有4支来复枪，其中两支装有炸裂弹，而藏民们只有笨重的、原始的前装枪。我们只要躲在隐蔽处，在他们到达落后枪支的有效射程前，就可以把他们逐个地射杀了。但是利用我们的优势这样做是可耻的，是懦夫的行为。

◇　西藏西部一山谷

◇　我们的喇嘛和牦牛队领队们在争吵

此外，给我配备哥萨克护卫队的目的也不是让他们卷入战斗。事实上我从来未想过要动用武力。我把道理都向哥萨克们讲清楚了。不过我脑海中确实浮现出一个计划：回到别若则错的草场去，用草皮修建一座堡垒。这样，我们可以到近处短期出游，靠打猎为生；到了春天，旅行队的元气恢复后，重新起程去"禁地"。坦白地说，这计划既有趣又诱人。不过它从未实施，因为自负的官员改变了主意。他许诺，只要不进入如妥镇，他可以为我们提供牦牛和生活物资，也允许穿越他的地区。我从未想过要进入小镇，问题很快就解决了。

11 月 7 日，天朗气清，永不停歇的风也忘记刮起来了。唯一破坏情绪的事是护卫队和舍热布喇嘛吵了起来，骂他和"他们俄国人"旅行，是"走狗"，一向文静的喇嘛怒不可遏，抄起马鞭抽打藏民的脊背。我通知藏民，如果再找麻烦就把他们塞进箱子里，带回我们家去。

这个地区一个牧民也没有，也找不到一滴水，后来藏民们把我们带到则布 (Tsebu) 泉，我们就在那里过夜。我始终忘不掉在西藏西部荒野上的这个夜晚。极度寒冷，极端寂静，简直可以听到地面结冰的声音，只有远处的狼嚎和夜哨踏着冰碴儿兜圈子的脚步声冲破这深沉的死寂。早晨水罐里的水一冻到底，钢笔里的墨水也结了冰，只得斜靠火盆坐着。气温已下降到零下 $16\frac{1}{2}$ 华氏度。藏民们想回家，回到自己的帐篷中，对此我丝毫不感到奇怪，特别是他们连马裤都没有穿。

第二天，小骆驼也被宰杀了。除了狗以外，全旅行队最健壮的动物是剩余的两只羊：一只是凡卡，另一只是从阿布达勒买的。穆斯林们宁愿饿死也不肯宰杀它们。迎着刀割一样的冷风又走了几天，我们到达距离列城 240 英里处。我很焦急，打算不惜代价地在圣诞节前赶到这个镇子，以便向瑞典的家人发一封电报。

在 11 月 20 日至 21 日的那个夜晚，气温已达零下 $18\frac{1}{2}$ 华氏度；狼群非常吵闹，我们的狗冲它们吼叫起来，这种合唱使得夜晚加倍难熬。现在旅行队沿着仓嘎－沙河 (Tsangar-shar) 前行，26 日在繁茂的灌木丛中休息一天。这时一

匹马跌落河中，费尽力气才回到岸上。我们生起一个巨大的篝火让它烘烤，用
毡毯子裹着它，但几小时后它还是死了。第二天早晨，李·罗耶报告说他的马
已死去。当天晚些时候图尔杜·巴伊的老黑马突然倒地死亡，接着，西藏人所
赠几匹马中的最后一匹也倒下了。半年前从查克里克起程的壮观的旅行队现在
只剩下 1 匹马，即我的坐骑，13 头骆驼，5 头骡子。我宁愿跨越戈壁滩十几次，
也决不再于冬天去西藏旅行！

我们挣扎着向前行进，终于到达诺 (Noh) 寺庙村。村中的房屋有红白相
间的洋葱头形尖顶，那里还有喇嘛灵塔，有经幡和金光闪闪的小尖塔。再走
不远，就从一个隘口上看见那令人神往的错–昂波湖(Tso–ngombo)，又称蓝湖，
这时已经结冰了。错–昂波湖形状狭长，两岸的岩壁不断地朝湖心方向突出。
我们在此宿营。藏民们把营地建在一个小岛上，夜间，营火在透明的冰面上投
下红色的闪光。藏民护卫队的首领派遣一名信使前往列城，以便我们到达西藏
和克什米尔边界时能得到所需的一切。我抓住机会给列城的英国当局发去一些
信件。

◇　诺寺庙村

◇　错－昂波的中部湖盆

◇　错－昂波西部一瞥

◇ 一座喇嘛灵塔

◇　在错–昂波湖畔的艰难时刻

　　我们贴着湖北岸的岩壁下方，一会儿向里，一会儿向外，弯弯曲曲地行进。路上遇到多个来自列城的商旅队伍，货物都由羊群背着。这条路线骆驼走起来有困难，须要人先去把道路铺垫一下，才能带骆驼前行。在绕过一处危险的岬角时，只得领着骆驼蹚水过去，行李则由藏族人的牦牛驮过去，牦牛翻越这些障碍并无大困难。

　　12月3日，遇到一处突入湖心的巉岩，行进受阻。岩石直落水面，攀爬的小路由嵌入裂缝中的厚石板构成，不论是人还是羊和牦牛，走起来都相当困难，骆驼要过去则绝不可能。怎么办？走湖的南岸过去行不行？"不行。"西藏人答道。我不会盲目相信他们，便叫切尔诺夫去找一处狭窄而完全结冰的地方，看看是否能承载。他回来说可以。于是我在多个冰裂缝处测量其厚度。如果我们逐头地领着骆驼过去，也许是可以的。不过黄昏时，我还是打发奥尔德克从冰面走过去，观察一下南岸的情况，告诉他如果骆驼不能走，就点起一个

◇　把小船改装成"雪橇"

烽火。我们一直在北岸等着,很快便看见三个巨大的火焰,说明南岸同样不能走。

　　既然不清楚冰面能否承载骆驼,我又不想绕着这拦路的北部山岭走,那就须要动动脑子。我们曾经克服比这更严重的困难,现在又只有10头骆驼。突然,有办法了。这附近林木丰盛,有许多干的原木。干吗不造一艘渡船,将骆驼逐匹渡过去呢?经过仔细研究,这办法是可行的。我们刚到时湖上是开阔的水面,而第一晚湖面就结了一层薄冰,24小时后,冰的厚度就有两英寸。于是我们用驮鞍的材料做了一个宽阔的大雪橇,让相当于骆驼重量的那么多人站上去。接着推着雪橇绕过岬角。但是随着冰面发出不祥的爆裂声,第一个人匆忙跳下来,跟着是第二个,这可把拉雪橇的人乐坏了。冰层晶莹剔透,一个气泡都没有,人就像走在平稳的水面上一样,还可看见在湖底藻丛中游进游出的鱼类的黑色背脊。可以听见冰层发出噼噼啪啪的声音,有时就像从长枪中发射的子弹一样,其声响贴着冰面回荡良久才在远处慢慢消失。

◇　用临时拼接的"雪橇"把行李拖过冰面

◇　小船在班公错湖面上

我们耐心地等待了一天多，看着冰层逐渐增厚。第二天早晨在日出之前，将全部行李装上"雪橇"，绕过突入湖心的岬角，然后在湖面撒下30袋沙子，为骆驼铺出一条路，再谨慎地逐一带领过去。所幸最后它们都平安无事。

这个湖和相连的班公错（Panggong-tso）咸水湖都是仙境一般的湖泊，景色之美丽实非笔墨所能描绘。我们沿着这两个湖走了十几天。付出超人的努力后，我们成功攀越另一处折磨人的突出的崖壁，12月13日终于到达西藏西部边界。

在这里，旅行队与支援的队伍会合，我们的快乐真是无法形容。他们共有12匹马和30头牦牛，这是拉达克当局派来接应的。支援队由两位拉达克人领导。一位名叫古朗·希拉门 (Gulang Hiraman)，是一位有善心、脾气很好的老人，很乐观，总是眉开眼笑的；另一位名叫安马尔·朱 (Anmar Ju)，讲波斯语，我能凑合和他交流，得益于我对狮与太阳之国的不完整的记忆。他们带来了羊只、面粉、大米、干果、牛奶、糖和喂牲口的玉米。感谢上帝！我们的苦难结束了，残存的、已经奄奄一息的旅行队也得救了。也是在这里，当我们和陪伴我们到达边境的护卫队告别时，我们和神奇的、令人惊叹的西藏土地的最后联系也就割断了。分别时，我们把不再需要的旧烹饪器皿如平底锅、茶杯、罐子等，还有穿旧了的衣裳，以及一把来复枪都送给了西藏人，他们对这一切都极为满意。

但是，也许是作为穿越其荒野的过境税吧，西藏还留下了我们的一位老伙伴。约尔达什和往常一样，一整晚都睡在我脚下的毡毯子上。太阳升起时它起来了，抖颤一下身子，便往回向东边的山上跑去，并且永远不再回来了。也许它当时想——也许现在仍这么想，认为我会回去寻找它的。

注释：

① 如妥，历史地名，在今日土县内。见《常见藏语人名地名词典》。——译者注

◇ 古朗·希拉门和拉达克人

第三十一章

印度之行——回家

▼

　　离开班公错这个无比迷人的湖泊之后，我离开了旅行队，带着切尔诺夫和切尔敦，还有安马尔·朱，快速向列城前进。我们取道唐克斯 (Tanksi)，其庙宇美丽如画；翻越了昌格拉 (Chang-la) 山口（17715 英尺），经过印度河畔的吉姆雷寺 (Jimreh) 和提克西寺 (Tikkseh)；庄严的印度河从这高寒地域滚滚向前，一直流入温暖的印度洋。一路上，我遇到川流不息的信使，带来了信件和电报。自从踏上英国的领地，我就被友谊和善意所包围，这种氛围逐日加深，直至到达印度首府。在列城，当局为我准备了美丽的住所，又为旅行队的人员及牲口安排好商队旅馆。我还收到来自家乡的一大堆信件。我曾给瑞典国王奥斯卡陛下发过一封电报，他的回电极为仁慈有礼。我还给印度总督寇松侯爵发过一封电报，回电是邀请我到加尔各答（Calcutta）拜访他和夫人。

　　在列城，我和友善的传教士们共度圣诞之夜。虽然我对里巴奇 (Ribbach)先生的拉达克语布道一个词也听不懂，但其庄严神圣气氛远远超过我曾参加的所有礼拜仪式。圣诞树上闪烁的灯光，风琴柔和安抚的曲调，都唤起了我无尽的追思！我有表达不尽的感恩之情！

圣诞节当天，旅行队到达了。最后的 9 头骆驼带着羞涩、好奇的眼神，踏过吵闹的街道。锡尔金急于要见到妻儿，想直接骑马去喀什，我同意了，但其他人必须在列城等待。在此期间，我打算由沙格杜尔陪伴，对印度作短暂的旅行。从此地骑行 240 英里，可以到达克什米尔王公辖区的首府斯利那加 (Srinagar)，然后再驱车 180 英里。

1902 年元月 1 日，我们带着几个侍从出发。大家都骑拉达克小矮马，沿着印度河走去，过了河，从喀拉赤 (Kalachi) 进入峡谷。穿越小城木尔贝克 (Mulbekh) 时，心中充满胜利的喜悦；一大队火把手走在队伍前面，火星飞舞，使得杏树林在夜空中闪耀着火红的光辉。在卡尔吉尔 (Kargil)，盛装打扮的 40 名年轻姑娘列队欢迎我们，献上各种盘装水果和美食。9 日，我们徒步跨越喜马拉雅山的左吉拉 (Zoji-la) 山口，它高度只有 11485 英尺，却以难于攀爬著名。去时倒没什么困难，但两个月后返回时，由于山崩而落石不断，通过峡谷的确艰险异常，我们迅速下山。不过，有谁能描述最后两天的美景呢？那里有深绿色的树林，有风光如画的村庄，有快乐的村民，有白浪翻滚的河流，有跨越河水的优雅便桥；背景是闪亮的、白雪皑皑的田野，上面覆盖着圆顶似的湛蓝的天空。

在斯利那加，我和勒·梅热勒 (Le Mesurier) 上校及夫人度过了难以忘怀的几天。1 月 14 日，第一辆"唐嘎"，即旅行马车在他们好客的门口等候我们。该市海拔 5250 英尺，马车沿着盘旋的石路快速下行，奔向低处的温暖地区，沿途只有低矮的石砌胸墙隔开下面的深渊。每半小时换一次马，每次只费两三分钟，因为马车夫提前用号吹出悦耳的曲调，预告他的到来。当我们驱车穿过拉瓦尔品第 (Rawal-pindi) 又长又直的街道时，天已经很黑。只差一小时火车就要开了。火车！在寂静的沙漠和西藏的荒野度过漫长年月后，听见火车头的呼啸声，产生一种怪异的感觉！

在拉合尔 (Lahore)，我扔掉旧衣服，从头到脚换了一套新装束。德里 (Delhi)，阿格拉 (Agra)，勒克瑙 (Lucknow)，贝那勒斯 (Benares)！你们是多么神奇的城市，对你们的历史遗迹我只能走马观花，今后再也看不到你们了，这使我感到难过！在贝那勒斯，我到河边去了，看到数以千计的教徒，在码头上和台阶上拥挤着，趁着晨曦在圣水中沐浴，希望恢复健康和体力。沙格杜尔对

◇ 唐克斯神庙

◇ 提克西寺庙的一个庭院

什么都惊讶不已。在勒克瑙，有一天我得到允许，让一头大象停下来，好喂它吃一根甘蔗，因为那位忠诚的哥萨克坚持认为，大象是机器，和火车头或汽船是同类。

1月25日早晨抵达加尔各答，总督派四轮马车到车站迎接，车上有四名仆人，身穿猩红和金色相间的制服，头戴高高的白色缠头巾。另一辆车由沙格杜尔乘坐，兼带行李。车夫驱车直抵总督府，我被安排在二楼居住。我的寝室有单独的阳台，上有巨大的遮阳棚，花园里的棕榈树散发着阵阵清香。从阳台上，我可以饱览雄伟的加尔各答全景，还可以远眺胡格利河 (Hughli) 三角洲上的丛林。入夜，总督官邸灯火通明。有两辆四轮马车归我自由支配。有一天，一艘小火轮逆流而上，把我带到巴勒克布尔 (Barrackpur)，这是寇松侯爵和家人周末度假的地方。巴勒克布尔的总督府邸绿树婆娑，十分美丽。寇松侯爵像老朋友一样亲切地、热烈地欢迎我，把我介绍给他迷人的妻子。我在友好的氛围中愉快地度过了10天，日子过得太快了，这是记忆中最快乐、最有意义的经历之一。在总督府，我有幸参加了两三次正式宴会和正式舞会，其豪华程度堪比欧洲大宫廷的同类活动。

变化真是太大了。整整两年半时间，我在中亚的沙漠和大山中旅行，挨饿受冻，备尝艰苦，和世界割断了联系；如今我却身处最精美的文明生活之中。仅仅一两周前，我们还在遭受敌视的西藏荒野上苦苦挣扎，气温为零下十几华氏度，海拔高度为15000—16000英尺，只有野羊和牦牛才会在那里的雪地上留下踪迹，而今，我却在印度洋畔温暖而亮丽的美景中，在棕榈树下漫步。不久前，我还在藏民肮脏的、有异味的帐篷中造访，现在我却被请入英式客厅中，鲜花环绕，音乐迷人，受到好客的主人和美丽的女主人的款待。藏民把我看作可疑的、危险的人物，而在印度，我却受到最善意的、令人舒心的厚待。

在这个神奇之邦，我还收到来自多个地区的邀请，其中有我的老朋友杨哈斯本 (Younghusband) 上校的盛情相邀。他当时是驻印多尔 (Indore) 的特派代表，现在是英国西藏探险队负责人。但是不管多么想接受各方的好意，我却不能忘记在列城等待的旅行队。我能做的只是对经过的地方窥视一下。例如，在诺斯科特 (Northcote) 男爵处逗留四天，他当时是孟买总督，现在是澳大利亚总督。在马拉巴尔 (Malabar) 岬时，官邸位于岬角尽头处，我的阳台三面环海，仿佛居住在船上。在焦伊布尔 (Jaypur)，当地的王公带我去参观安贝尔 (Amber) 废墟，路上骑一头庞大的盛装大象，十分有趣。焦伊布尔的房屋都是玫瑰红色，居民都穿深红和红色的衣服。格布尔特拉 (Kapurtala) 的王公发电报邀请我到他的城堡去，在骑大象环绕格尔达布尔 (Kartarpur) 观光时，殿下还亲自当向导。他有 4 个儿子，都是活泼帅气的小家伙，都能讲一口流利的英语和法语。他们认为，在遥远的北方有一个 73 岁的国王，这事太奇怪了，因为他们的父亲才 30 岁。

在拉瓦尔品第，我和忠心耿耿的哥萨克沙格杜尔会合，他在加尔各答染上热病，被送往北方接受特殊护理。英国医生们，特别是总督本人的医生芬恩 (Fenn) 上校，全程为沙格杜尔治疗；事后沙皇赠予他们贵重的礼物，感谢他们对俄罗斯哥萨克的关心。沙格杜尔恢复得很好，我们可以一起返回斯利那加和列城，但这时他旧病复发，而且很严重。4 月 5 日我再起程时，只得将他留给传教士们照顾。明媚的阳光将病房照得温暖、亮堂，我走进去和他最后一次道别，说实在的，我真是难以和他分手。一年以后，得知他已安全返回俄罗斯土耳其斯坦，但是现在他又在哪里呢？上帝保佑，但愿他仍然活着！

回到喀什，我解雇了所有穆斯林，只留下图尔杜·巴伊陪我到奥什。在奥什我还把玛连其与玛尔赤克留给赛塞夫 (Saitseff) 上校照管。切尔诺夫在切尔尼亚耶瓦 (Chernyayeva) 离开了我；切尔敦和舍热布喇嘛则陪我渡过里海，打算取道阿斯特拉罕回家。谦和的喇嘛第一次见到开阔的大海时，充满了惊愕，当他看到大轮船的桨叶拍打海水时，更是惊呆了。最终只剩我自己坐火车横跨俄罗斯。我向沙皇及库罗帕特金将军报告了哥萨克们的出色表现。1902 年 6 月 27 日，我进入瑞典领海，乘坐的是三年零三天前出发时的同一艘船，在同一座码头上，看见我的父亲和母亲，还有兄弟姐妹们，他们全都健康、快乐。

◇ 列城小镇

〉 攀爬左吉拉山

◇ 一位拉达克老者